永不枯竭的
是我的心跳

聂鲁达
诗选

Antología

[智利]巴勃罗·聂鲁达 著
Pablo Neruda

赵振江 译

人民文学出版社

Pablo Neruda
POESÍA (I II)
EDITORIAL NOGUER, 1974

图书在版编目（CIP）数据

永不枯竭的是我的心跳：聂鲁达诗选 ╱（智）巴勃罗·聂鲁达著；赵振江
译 .-- 北京：人民文学出版社，2024
ISBN 978-7-02-018487-3

Ⅰ.①永… Ⅱ.①巴… ②赵… Ⅲ.①诗集－智利－现代 Ⅳ.①I784.25

中国国家版本馆 CIP 数据核字 (2024) 第 025055 号

责任编辑　张欣宜
装帧设计　陶　雷
责任印制　苏文强

出版发行　人民文学出版社
社　　址　北京市朝内大街166号
邮政编码　100705

印　　刷　北京盛通印刷股份有限公司
经　　销　全国新华书店等

字　　数　214千字
开　　本　850毫米×1168毫米　1/32
印　　张　17.5　插页3
印　　数　1—5000
版　　次　2024年5月北京第1版
印　　次　2024年5月第1次印刷

书　　号　978-7-02-018487-3
定　　价　84.00元

如有印装质量问题，请与本社图书销售中心调换。电话：010-65233595

《聂鲁达诗文集》，人民文学出版社 1951 年版

聂鲁达在写作中

聂鲁达像

"伐木者，醒來吧！"
挿畫之三
勞萊爾 Leopoldo Méndez 作

讓浴佛斯河呀●純潔的翻笑將消失得無踪無影，
播放在草原的笑聲，
永遠漂游在白堊下面，
那屋者會出現無數英雄戰士，
從泥沼得大命●在新世界誕生，
他們曾經促令全世界安靜，
使他們都忙於我們章比院小小的流诗的子彈，
不給這播時●穿越這片薔薇叢的土地，
而現在這努力去地是秦亥的，
到那時候，那常春藤遮蓋着的實驗室
也靠放出解除束縛的原子，
奔向你們的槍管的都市●

● 聶鲁達場《Wekolms》，孤調情民塢諸這肉的一腈城市──譯者話●

《聂鲁达诗文集》内页

希望之声

请将所有的生命
赋予我的生命，
请赋予我
全世界所有的悲伤，
我要让它们
化作希望。

—— 巴勃罗·聂鲁达

目　录

高山意志，大海情怀

—— 聂鲁达的生平与创作

义务和爱情

是我的两只翅膀。

—— 巴勃罗·聂鲁达

聂鲁达（Neruda），多么动听而又熟悉的名字，然而它的译音并不准确，准确的译音应该是内鲁达；但诗人自己很喜欢这个"聂"字，因为他说自己有三只耳朵，其中一只专门用来倾听大海。诗人的确有着大海一样的胸怀，大海一样的情感，大海一样的气魄。至于他为什么叫聂鲁达，按照诗人自己的说法，是为了瞒过父亲，因为后者不愿意自己的儿子成为诗人，于是他便从一本杂志上找到了这个捷克人的名字，那时他十四岁。

聂鲁达原名叫里卡多·内夫塔利·雷耶斯·巴索阿尔托，1904年7月12日出生在智利中部的帕拉尔城，此地盛产葡萄酒，他的祖辈即以种植葡萄和酿酒为生。1906年他家迁居智利南部的特木科镇；父亲是一名铺路司机，母亲在他刚刚满月时就去世了，幸好他有一位慈祥的继母。

聂鲁达在特木科读中学时便开始写作。1917年7月他在特木科《晨报》上发表了一篇题为《热情与恒心》的文章，署名内夫塔利·雷耶斯，这是诗人第一次发表作品。从此以后，他不断使用不同的笔名在家乡和首都的学生刊物上发表习作。1919年玛乌莱省举办诗歌比赛，他的诗《理想夜曲》获三等奖。从1920年起，他正式使用巴勃罗·聂鲁达作为自己的笔名。1921年3月，聂鲁达离开家乡到圣地亚哥教育学院学习法语。不久，他的诗《节日之歌》在智利学生联合会举办的诗歌比赛中获一等奖。1923年他出版了第一部诗集《晚霞》，第二年他的成名作《二十首情诗和一支绝望的歌》问世，引起智利文学界的瞩目，奠定了他在智利诗坛的地位。紧接着他又于1926年发表了诗集《奇男子的尝试》《戒指》和小说《居民及其希望》。

聂鲁达于1927年步入外交界，先后任智利驻仰光（1927）、科伦坡（1928）、雅加达（1930）、新加坡（1931）、布宜诺斯艾利斯（1933）、巴塞罗那（1934）、马德里（1935—1936）和墨西哥城（1940—1943）的领事或总领事。这期间的主要诗作是《大地上的居所》。

1936年7月，西班牙内战爆发。聂鲁达坚定地站在西班牙人民一边，参加了保卫共和国的战斗。正是由于这个原因，智利政府要他离职。诗人怀着极大的愤怒与痛苦回到了自己的祖国。1937年他发表了不朽的诗篇《西班牙在心中》。然后他又奔走于巴黎和拉美之间，呼吁各国人民声援西班牙人民的反法西斯斗争。

1939年4月他被智利政府任命为驻巴黎专门负责处理西班牙移民事务的领事。他竭尽全力营救集中营里的共和国战士，使数以千计的西班牙人来到拉丁美洲。反法西斯战争的洗礼改变了聂鲁达的诗风。他决定将更多的精力放在诗歌创作上。1940年8月他到墨西哥城任总领事，并访问了美国、危地马拉、巴拿马、哥伦比亚、秘鲁等许多国家，写下了许多著名的诗篇。在此期间，第二次世界大战正在进行，英勇的苏联人民正在与法西斯浴血奋战。聂鲁达到处演说，呼吁人们援助苏联人民的卫国战争。《献给斯大林格勒的情歌》和《献给斯大林格勒的新情歌》就是这个时期的作品。

1943年11月，聂鲁达回到圣地亚哥。此前他在黑岛买下了一处别墅，便开始在那里着手创作《漫歌》。

1945年在聂鲁达的一生中是难忘的一年：他当选为国会议员，获得了智利国家文学奖，并于同年加入了智利共产党。这时候，聂鲁达既感到兴奋和骄傲，又感到忧虑与失望。在巨大的硝石和铜矿区，成千上万没有进过学校、没有鞋子穿的劳苦大众投他的票，然而与此同时，那些衣着华丽的达官贵人却在灯红酒绿中消磨醉生梦死的时光。他经常在荒凉地区最穷苦人家的茅屋里过夜，给他们朗诵自己的诗作，听他们诉说苦难和希望。这样的经历和感受在他当时的诗歌创作上留下了鲜明的烙印。

1946年智利共产党被宣布为非法组织，大批的共产党人被投入监狱。聂鲁达不得不中止《漫歌》的创作。他的住宅被放火焚烧，他本人遭到反动政府的通缉，被迫转入地下，辗转在人民中间。在此期间，他创作了长诗《1948年纪事》并最终完成了《漫歌》。

1949年2月他离开了智利，经阿根廷去法国，到巴黎参加了世界和平大会。他到过欧美和亚洲的许多国家，积极参加保卫和平运动。1951至1952年，他暂居意大利，在此期间曾来中国访问。1952年智利政府撤销了对他的通缉令，8月，人民以盛大的集会和游行欢迎他的归来。回国后，他过了几年比较安定的生活，除参加国际文化活动之外，专心从事创作，完成了《元素的颂歌》（1954）、《元素的新颂歌》（1956）和《颂歌第三卷》（1957）。1957年他当选为智利作家协会主席。同年再次来华访问。此后，国际政治形势的剧变使聂鲁达陷入困惑和苦闷，但是对于一个"历尽沧桑"的诗人，希望之光是不会泯灭的。1969年9月，他接受了智利共产党总统候选人的提名。他在回忆录中说："每个地方都要求我去。成百成千的普通人，男男女女都紧紧地拥抱我、吻我并哭泣，他们把我感动了。圣地亚哥郊外贫民区的人、科金波的矿工、来自沙漠的铜矿工人、怀抱婴儿等候多时的农村妇女，从比奥比奥河流域到麦哲伦海峡对岸那些遭受冷漠的穷人，在滂沱大雨中，在大街小巷的泥泞里，在冷得使人发抖的南风中，我向他们讲话或朗诵我的诗。"这次竞选只是促成人民联盟各党派合作的战略。当人民联盟推举阿连德为共同候选人之后，聂鲁达立即退出竞选，支持阿连德直至取得最后胜利。

在此期间，聂鲁达的诗作有《出海与返航》（1959）、《爱情十四行诗一百首》（1959）、《智利的岩石》（1961）、《礼仪之歌》（1961）、《全权》（1962）、《黑岛纪事》（1964）、《鸟的艺术》（1966）、《沙滩上的家》（1966）、《船歌》（1967）、《白昼之手》（1968）、《世界末日》（1969）、《依然》（1969）、《海啸》（1970）、《燃烧的剑》（1970）、《天空的石头》（1970）、《无用地理学》（1972）、《孤独的玫瑰》（1972）以及政治诗《处死尼克松和赞美智利革命》（1973）等。

1971年他被阿连德政府任命为驻法国大使，同年10月获诺贝尔文学奖。1973年9月11日智利发生军事政变，阿连德总统以身殉职。同年9月23日，聂鲁达与世长辞。

在聂鲁达逝世以后，人们又出版了他的诗集《海与钟》《冬天的花园》《2000年》《黄色的心》《疑问之书》《挽歌》《挑眼集》以及回忆录《回首话沧桑》、散文集《我命该出世》等。1980年，西班牙巴塞罗那还出版了他少年时代的诗文集《看不见的河流》。

聂鲁达是一位多产的诗人，生前发表的诗集有数十部之多。他的诗歌题材广泛，风格多样，但都是他心灵的歌。就意境而言，无论是清晰的还是朦胧的，都是他心境的写照；就文字而言，无论是优美的还是粗犷的，都是他心声的反响；就风格而言，无论是婉约的还是豪放的，都是他心情的抒发。在他身上，诗如其人，名副其实。

聂鲁达出身于一个工人家庭，低下的社会地位，贫困的童年生活，幼年丧母和父亲外出，造就了诗人沉默、内敛、善于思考的性格以及对大自然和外部世界的关注与向往。聂鲁达与巴列霍一样，他们都是外省人。但是后者出生在一个保留着传统和宗教道德观念的家庭里，而聂鲁达的童年却是在智利南部边境地区的开拓者中间度过的，这些劳动群众大多不信教。因此，巴列霍的诗歌反抗传统，肢解语言，力图打破童年时期所接受的古老神话，而聂鲁达的诗歌则是大自然力量的直接表现："那里的大自然使我如醉如痴，十来岁时，我已经是个诗人了。我不写诗，但是小鸟、甲虫和石鸡卵吸引着我。"①

聂鲁达十七岁时来到圣地亚哥。在寄宿公寓和咖啡馆里度过的孤苦岁月给他的心灵留下了创伤，这或许是他成为诗人的另一个原因。

聂鲁达的第一部诗集《晚霞》作于1920年至1923年，这是模仿性的作品。聂鲁达的成名作是《二十首情

① 转引自金·弗朗科的《西班牙美洲文学史》第300页。

诗和一支绝望的歌》，出版于1924年，当时他还不满二十岁。在创作这些诗篇的时候，他刚刚从外省来到首都。爱情抚慰了他孤独的心灵，焕发了他磅礴的诗兴。爱情和大自然是聂鲁达早期诗歌的创作源泉。正如诗人1957年访华时，在北京的一次演讲会上所说："……首先，诗人应该写爱情诗。如果一个诗人不写男女间的恋爱，就是一个很奇怪的诗人，因为人类的男女结合是世间非常美好的事情。如果一个诗人不写祖国的大地、天空和海洋，那他也是一个很奇怪的诗人，因为诗人应该向别人揭示事物和人的本质、天性。"毫无疑问，爱情和大自然是贯穿这部诗集的两个主题。这些作品自然，流畅，节奏鲜明，将朴实无华的语言与鲜明生动的形象融为一体，尤其受到青年读者的喜爱，成为世界诗坛发行量最多的诗集之一。后来许多青年诗人都以他为楷模，遗憾的是画虎类犬者居多。

人们不禁会问，这些情诗究竟是写给谁的呢？女主人公是谁呢？智利共产党领导人鲍罗迪亚·泰特波姆在其为诗人写的传记《聂鲁达》中，对此有颇为详细的介绍。这些情诗大多是献给两位少女的。诗人分别称她们为玛丽索尔（即"大海阳光"）和玛丽松布拉（即"大海阴影"）。玛丽索尔是一位名叫黛蕾莎·莱昂的姑娘。她深邃的目光像广阔的星夜，又像诗人家乡湿润的天空。1920年春天，黛蕾莎当选特木科的春光皇后，十六岁的诗人写诗向她祝贺，并发表在当地的报纸上。

从此，两人之间产生了一段纯真而又动人的恋情。20
首情诗中的第3、4、7、8、11、12都是写给这位纯真、
开朗、快乐的少女的。但是最终，他们还是分手了。
这不仅因为从特木科到圣地亚哥，需要坐一天一夜的
火车，主要还是因为双方的家庭属于不同的社会阶层，
姑娘的父母对聂鲁达不屑一顾，而黛蕾莎又没有背叛
家庭的勇气和决心。这是诗人铭心刻骨的初恋，也是
他受到的人生第一次沉重打击。对于黛蕾莎来说，聂
鲁达可能是她唯一深爱过的男人。她始终珍藏着聂鲁
达给她的情书和照片。她一遍遍地摩挲着那些泛黄的
信纸，阅读那些柔情蜜意的文字，凝视那张年轻英俊
的面孔。在与聂鲁达分手后的二十几年中，当年的"春
光皇后"，尽管有众多的追求者，却一直孤独地度过
悠悠岁月。直到四十五岁的时候，她才嫁给了一位比
她小二十岁的打字机技师。1972年，美丽的黛蕾莎在
圣地亚哥的侄女家去世。但是爱情并未随之葬入坟墓。
正如聂鲁达在《黑岛纪事》中献给黛蕾莎的诗中所说，
那往日的爱情，或许在小鸟的坟墓、黑石英、雨水打湿
的木头中对抗时间的流逝，化作永恒。

　　玛丽松布拉名叫阿尔贝蒂娜·罗莎·阿索卡尔。她
和聂鲁达一样，也是智利南方人，有明显的印第安人
血统。她是首都的女大学生，戴着灰色贝雷帽，有着
最温柔的眼睛。和黛蕾莎相比，她不仅内向，而且有
几分骄傲和矜持。据阿尔贝蒂娜回忆，聂鲁达比她小

一岁。每年9月和12月的假期，他们经常一起坐火车回家：在达圣·罗森多下车后，聂鲁达回特木科，而阿尔贝蒂娜则去了康塞普西翁。但是好景不长，一年多之后，离阿尔贝蒂娜家很近的康塞普西翁大学也开设了法语课，所以她只好听从父亲的安排转到那里继续学习。圣地亚哥和康塞普西翁相距五百公里，年轻的恋人又要忍受离别之苦。聂鲁达别无他法，只好用一封封炽热的情书排解自己的苦闷和孤独。从1921年开始到1932年止，阿尔贝蒂娜一共收到聂鲁达115封信（一说为111封）。这些用五颜六色的信纸和墨水写就的情书记录了聂鲁达对阿尔贝蒂娜深切的思念。但后者似乎并没有那么投入。除了偶尔一些充满感情的信之外，她经常迟迟不予回复，即便回复，也是草草了事。对此，聂鲁达起初是感到万般痛苦，后来觉得自尊心受到巨大创伤。1927年，诗人漂洋过海，来到缅甸的首都仰光任领事。他举目无亲，甚至连一个讲西班牙语的人都碰不到。这是他一生最孤独无助、与世隔绝的时候。他一到仰光就把阿尔贝蒂娜的大照片摆在房间的桌子上，在凝视她的时候思念她，在思念她的时候凝视她。他不断地从那冷清狭小的房间里给她写信，为她写诗。阿尔贝蒂娜大学毕业后，在一所实验学校任教，后来被送往比利时留学。于是聂鲁达热情洋溢的情书又飞往了欧洲。在这些信里，除了表达思念之苦外，还急切地催促阿尔贝蒂娜来仰光和他结婚。聂鲁达对待此事非常严肃，他认真地告诉阿尔贝蒂娜，他已经准备好了一切……还细致入微地向她解释该怎样乘船。他每天都在焦急地等待，但是阿尔贝蒂娜始终没有回信。

聂鲁达对阿尔贝蒂娜的爱持续了至少十一年，那是贫穷大学生式的爱情。在这份感情中，他似乎总是不满足，总是感到失落、痛苦甚至绝望。正是这些复杂的情感体验激发了诗人表达的欲望，才会有那些流传至今的震撼心灵的诗篇。聂鲁达自己在五十岁生日的时候说，20首情诗中的第1、2、5、6、13、14、15、19这八首是写给玛丽松布拉的。诗人自己有时也会把"阳光"和"阴影"混为一谈，有时说灰色贝雷帽是玛丽索尔，有时又说那是玛丽松布拉。

其实，这些诗是写给谁的并不重要，重要的是诗人在用真心写自己的真情、真爱，他为我们展示了一个二十岁的青年对于爱与美的渴望与追求。《二十首情诗和一支绝望的歌》是少男少女的初恋之歌，青春萌动，天真无邪，激情澎湃。初恋是美好的，但往往以遗憾告终。因为"二十首情诗"最终化作了"一支绝望的歌"。

1926年他发表了《奇男子的尝试》。这部诗集显然受了超现实主义的影响，虽然不失《二十首情诗和一支绝望的歌》的风韵，但试验的色彩更浓，结构也不再那么严谨。

由于经济拮据，聂鲁达于1926年辍学。鉴于拉美国家有任命诗人和作家为外交官的传统，他便去外交部谋职。作为一个毫无社会背景的年轻诗人，当然不可能去什么富贵繁华之地，他被派到仰光做领事，以后又去了科伦坡、雅加达、新加坡。上任途中，他顺访了布宜诺斯艾利斯、里斯本、马德里、巴黎、马赛，后来又访问了印度、中国等一些亚洲国家。当时他的薪水微薄，看到的是剥削与贫困，接触的是殖民政府的官僚和商贾，这是聂鲁达一生中最苦闷的时期："东方给我的印象，是一个不幸的人类大家庭……我在这时期所写的诗，只能反映一个被移植到狂烈而又陌生的土地上的外来人的寂寞。""孤独培养不出写作的意愿，它硬得像监狱的墙壁，即使你拼命尖叫号哭，让自己一头撞死，也不会有人理会。"在西方，这正是未来主义、达达主义、超现实主义以及拉美的极端主义和创造主义令人眼花缭乱的时期，诗人虽然也接受了它们的某些影响，但却难解困惑；在东方，则是神奇与腐朽同在，智慧和愚昧并存，诗人虽然也不乏友谊和情恋，但却充满孤独。《大地上的居所》第一卷就是他在缅甸、锡兰、印尼任外交官期间写成的。对聂鲁达来说，无论从人生道路还是从创作风格上看，这都是一个观察和思考、探索与寻觅的时期。这时期的许多诗作缺乏逻辑，句式混乱，意象诡异，类比新奇，其原因概出于此。

　　《大地上的居所》第二卷的基调仍是比较灰暗的，

但作品的色彩已较前鲜明。诗人是1935年2月3日到马德里任领事的，很快就结识了加西亚·洛尔卡等许多文艺界的朋友。他们经常在一起聚会，创办了《绿马诗刊》，主张诗歌"要有生活气息""要横扫纯粹诗歌贫乏的抽象"。

西班牙内战的爆发（1936年7月）打破了诗人平静的生活，也彻底改变了他的诗风。聂鲁达在晚年写的回忆录中说："当第一批子弹射穿西班牙的六弦琴，喷出来的不是音符而是鲜血时，我的诗歌便像幽灵一般在人类受苦受难的街心停住，并开始沿着一股根与血的激流升腾。从那时起，我的道路与大众的道路汇合了。我顿时感到自己从孤独的南方走到了人民的北方，我愿自己卑微的诗歌化作剑和手帕，为人民揩干净沉重苦难的汗水，向他们提供一件争取面包的武器。"①

这时期创作的《西班牙在心中》以充满生命力的全新面貌出现。诗句朴实无华，充分表现了诗人爱憎分明的激情。1939年他在自己的诗作《愤怒与痛苦》的前面写道："这首诗是1934年写的，从那时起又发生了多少事情啊！这首诗是在西班牙写的，如今那里已是一片废墟。唉！要是用一点诗和爱就能把世上的愤怒平息，该多好啊，然而这却只有靠斗争和决心才能办到。世界变了，我的诗也变了。落在这些诗句上的血滴将

---

① 引自《巴勃罗·聂鲁达：其人、其诗》，见《聂鲁达诗选》（陈实译）。

永远留在上面，像爱情一样不可磨灭。"

《西班牙在心中》第一版是由23首诗组成的。根据英国历史学者汤马斯在《西班牙内战史料》中记载，《国际纵队来到马德里》的写作时间应在1936年11月8日，即第十一团的三个营抵达马德里的日子。当时马德里已进入巷战，两天之后，该团有三分之一阵亡。《哈拉马河之战》写的是1937年春天的一场历时20余天的著名战役。佛朗哥的军队于2月6日突袭哈拉马河谷，意在截断马德里与巴伦西亚之间的公路。共和国军守卫在哈拉马河东岸，火线长达16公里，国际纵队的四个团协助他们。在整个战役中，共和国军队死伤过万，在志愿军中，以第十五团的"英国营"和美国"林肯营"损失最重，阵亡者在半数以上。志愿军中有不少诗人，有些壮烈牺牲，有些幸存生还，他们有关西班牙内战的作品，后来编成集子出版，聂鲁达的《西班牙在心中》就是其中的杰作。它热情讴歌了国际纵队战士舍生取义的高贵品格：

> 弟兄们，从现在起
> 让男女老幼，尽人皆知
> 你们庄严的历史，你们的纯真，你们的坚毅，
> 上至奴隶非人的阶梯，
> 下至硫黄气体腐蚀的矿井，
> 让它传到所有绝望人们的心底。

诗人投身于火热的斗争，不再感到孤独和失望了。随着思想感情的变化，聂鲁达的视野更开阔了。他开始把自己的目光转向外部世界，开始关注人类的前途和命运。他认识到，作为一个诗人，只有接触人民，了解人民，与人民同呼吸、共命运，才能有信心，有力量，才不会有那种"为赋新诗强说愁"的空虚与痛苦。从1940年年底到1943年，在担任智利驻墨西哥总领事期间，他陆续写出了《献给斯大林格勒的情歌》《献给玻利瓦尔的歌》《献给斯大林格勒的新情歌》《歌颂红军到达普鲁士门口》等诗篇。这些作品连同《西班牙在心中》《集合在新的旗帜下》《愤怒与痛苦》等都收在诗集《第三居所（1935—1945）》里。

魏地拉的叛变，反动政府的通缉，对聂鲁达来说，是坏事又是好事。依靠人民群众的保护，虽然终日东躲西藏，经常搬家，但却在这一年零两个月的动荡不安的生活中，最终完成了他一生最辉煌的诗作《漫歌》。这是一部庞大的诗集。诗人在这部作品中倾注了全部感情、全部经验和全部理想。这是聂鲁达诗歌创作的巅峰，显示了他广阔的视野、博大的胸怀和卓越的才华。

《漫歌》是聂鲁达的代表作，是他创作生涯的里程碑，是他献给整个拉丁美洲，当然首先是献给智利的史诗。在这部宏伟的诗集中，这位代表着大自然的声音、来自智利南方林区的青年，在经受了城市生活的磨砺和政治斗争的洗礼之后，成了人类的代言人。

《漫歌》分为15章，共有248篇诗作。从美洲对人的召唤——第一章《大地上的灯》，一直写到作者作为战士和诗人的责任，即最后一章《我自己》。其中包括对"征服者"的描述，对"解放者"的礼赞，对压迫者、剥削者、掠夺者、独裁者的谴责，对鞋匠、水手、渔夫、矿工、农民和民间诗人等穷苦大众的歌颂以及诗人的生平、愿望和理想。尤其是第二章《马丘比丘高度》和第九章《伐木者醒来》更是脍炙人口的长篇佳作，是全书的精华。

"马丘比丘"在印第安土语中是"古老"的"金字塔形山丘"的意思。在这首近500行的诗中，作者不仅回顾了历史的足迹，讴歌了美洲的风光，赞美了人民的品德，同时也表现了他本人从一个空虚的个人主义者发展成为被压迫人民代言人的过程。全诗分为12节，描写了坠入深渊的"我"又登上了马丘比丘。这是一次"寻根"之旅，表明了诗人对这座古城无名建筑者们的崇敬之情。

> 于是我攀登大地的阶梯
> 从消失的林海蛮荒的荆棘中间
> 来到你——马丘比丘面前。

《漫歌》的第九章《伐木者醒来》也是一首内容广泛、感情真挚、气势磅礴的长诗。诗中写道：

> 我不过是一位诗人：我爱你们所有的人，
> 我在自己热爱的世界上游荡：
> 在我的祖国，矿工被关进牢中，
> 士兵向法官发号施令。
> 但是我热爱自己寒冷的小国
> 直至它的每一条根。
> 即使要死一千次，
> 我愿一千次在那里死；
> 即使要生一千回，
> 我愿一千回在那里生……

《漫歌》所展示的历史画卷是绚丽多姿、雄浑悲壮的。在《漫歌》中，诗人继承并发扬了安德烈斯·贝略、莱奥波尔多·卢贡内斯的诗歌传统，同时又没有摈弃自己作为先锋派诗人的艺术风格。在这部诗集中，宏观和微观世界都遵循着同一个进化和发展规律：暴政和阶级压迫毁灭了人和大地，阻碍真正的繁荣。在谈到《马丘比丘高度》一诗的创作时，他在回忆录中写道："我在秘鲁停下来并登上了马丘比丘遗址。因为当时没有公路，我们是骑马上去的。我从高处看到石砌的古老建筑嵌在青翠的安第斯山高耸的群峰之间。激流从被风雨侵蚀了千百年的城堡奔腾而下。维卡玛尤河上的白色云雾袅袅升起。站在那岩石的脐心，我觉得自己何等渺小，那是一个傲然耸立、荒无人烟的脐心，我不知为什么感到自己属于它。我觉得在某个遥远的时刻，我的手似乎曾在这里掘过沟堑，磨过岩石。我觉得自己属于智利，属于秘鲁，属于美洲。在这崎岖的高地，在这辉煌的、分散的废墟，我找到了继续创作诗歌的信念。《马丘比丘高度》就是在这里诞生的。"在《漫歌》中，这首史诗中的史诗是最引人瞩目的一章。这是一首政治抒情诗，将聂鲁达诗歌的两种倾向、两种风格熔为一炉。它既不同于《西班牙在心中》的明朗，也不同于《大地上的居所》的晦涩。它的结构严谨，文字凝练，意境清新，视野开阔。这是对泥土与岩石的赞歌，这是对自然和人生的思考，这是一次寻根的旅行。诗人对于现代人单纯追求物质文明的悲悯，对于轰轰烈烈的战斗和牺牲的向往，都通过丰富的想象和隐喻表露出来。这不是梦，不是呓语，也不是单纯的怀古。它的确不易读，但也的确具有鲜明的主题。读者只要把想象的触须伸长，就不难捕捉诗人发出的扑朔迷离的信息。

与聂鲁达的其他作品相比，"纪实性"和"散文化"是《漫歌》的突出特点。诚然，并非《漫歌》中每首诗都具有很高的艺术性，比如有些斥责独裁者的诗篇就因过于简单和直白而缺乏艺术美感。对《漫歌》这样一部"通史"般的巨著，读者不能要求它尽善尽美，更何况个人的审美情趣和欣赏角度又千差万别呢。"文章千古事，得失寸心知"，其实作者对此早有预见，他说："我并非为自己的作品辩护。一本像《漫歌》这样的巨著，总会是有人喜欢这一部分，有人喜欢那一部分。许多人一点也不喜欢。当它成为一幅广阔的风景画卷时，我的宏愿是获得了成功的。"

在《漫歌》之后，聂鲁达写了《葡萄和风》，这是他在访问欧洲、苏联和中国以后创作的，是他参加一系列保卫世界和平的政治活动的记述。值得一提的是在流亡期间，他于1952年在那不勒斯匿名发表了情诗《船长的诗》。《船长的诗》是聂鲁达写给玛蒂尔德·乌鲁蒂亚（1912—1985）的。这部诗集为何要匿名发表呢？这要从诗人的婚姻状况说起。

聂鲁达第一次结婚在1930年，时任驻爪哇领事，妻子是一位有印尼血统的荷兰女子，名叫玛丽亚·安东涅塔·哈格纳尔（1900—1965），这是一次失败的婚姻，略去不表。1934年，他在西班牙认识了比自己年长二十岁的画家黛丽娅·德尔·卡里尔（1884—1989）。黛丽娅是一位成熟、干练、热情、有魅力的女性，是一位坚定的共产主义战士。两人相互吸引，但对于聂鲁达，黛丽娅不仅是情人，更像他的"导师和母亲"。在和聂鲁达相处的二十多年中，黛丽娅一直像大树一样挺立在他身旁，像母亲一样为他遮风挡雨，陪伴他从苦吟诗人到革命战士的成长历程。聂鲁达和黛丽娅并未正式结婚，只是于1943年在墨西哥举行了一场不被法律认可的婚礼。1946年在智利总统大选期间的一次露天音乐会上，聂鲁达结识了歌唱演员玛蒂尔德。三年后，两人又辗转在墨西哥相遇。当时聂鲁达正在生病，玛蒂尔德体贴入微，两人坠入爱河。但他们都不愿伤害黛丽娅的感情和自尊，始终秘密地保持情人关系。这期间，诗人的心情是复杂的。首先是内疚，黛丽娅在他心中坚定、果敢、独立、倔强的印象依然鲜明如初，他对黛丽娅有难以言表的感激之情。但同时，他对玛蒂尔德的真爱也无法放弃，因而只能寄希望于时间来冲淡怨怼，原谅过失，抹平伤痕。

1952年的意大利之旅，让两人在卡普里岛度过了一段美好时光。电影《邮差》表现的正是诗人的这一段经历。在此期间，聂鲁达几乎每天给玛蒂尔德写诗，后由朋友汇集成册，在那不勒斯匿名出版了不到50册，题为《船长的诗》。1953年，在阿根廷又多次再版，成为畅销诗集。直至1963年，聂鲁达才承认自己是该诗集的作者。墨西哥经济文化基金会与联合国教科文组织合作，于1992年出版了报刊绘图版《船长的诗》，编者是这样评价这部诗集的:"《船长的诗》是抒情诗的新发展,它包含了围绕在人们身边并激励人们的主旋律:诗中有大海和沃土的大自然,祖国和它的堡垒,还有充满爱意的凝视。全书由七个部分组成:'爱情''渴望''狂怒''生命''颂歌与萌芽''贺婚诗'和'途中信札'。在这部出色的作品中,聂鲁达颂扬了爱情及其生命力。对文字的娴熟运用和对抒情的把握,无疑使聂鲁达成了拉丁美洲文学领域中最重要也是最受欢迎的诗人之一。"

在这个时期,除了政治诗和爱情诗外,他还创作了一种更富于哲理性的诗歌。这就是《元素的颂歌》《元素的新颂歌》和《颂歌第三卷》。这些作品歌颂了普通的劳动者和平凡的事物。聂鲁达在创作这些颂歌的时候,似乎在尝试用新的眼光,从新的角度去观察日常生活中的人和物,探索其中蕴藏的美与善的因素。这些颂歌与《西班牙在心中》那种一气呵成的节奏迥然不同,它的语言简洁活泼,节奏缓慢,一步一顿,一句诗分成几行,每行只有两三个甚至一个字:

在高耸、
陡峭的山脉,
凿石,
钉木板,

　　　　缝衣，

　　　　砍柴，

　　　　捣碎土块……

这些诗歌的朴实、欢快与《大地上的居所》的朦胧、生硬形成了鲜明的对照。

　　1958年，《遐想集》出版，诗人的想象力得到更加自由的发挥。《美人鱼和醉鬼们的寓言》是其中最好的诗。美人鱼超出了自己的自然本性，因而成了不理解她的人们仇恨和蔑视的对象。在奇特的比喻中，美人鱼不愿忍受酒吧里的污辱，选择了纯洁和死亡，从而可以看出诗人对自己身世的隐喻和对洁身自好的追求。

　　在《遐想集》之后，聂鲁达倾向于重复前期作品的模式，对平凡事物、大海和爱情的歌颂是他作品中的三个焦点。《爱情十四行诗一百首》《智利的岩石》是其中轮廓比较鲜明的作品。

　　20世纪60年代以后，国际政治风云变幻莫测，诗人陷入了迷惘和彷徨，作品的内容比较复杂，格调也比较消沉。然而值得注意的是，诗人始终没有放弃对理想的追求和对未来的信心，正如他在一首题为《为了所有人》的诗中所说："我理解很多人在想，/巴勃罗在做什么？我在这里。/如果你在这条街上找我/你会找到我和我的提琴/准备歌唱/也准备死亡。"

聂鲁达的作品之所以能长期受到广大读者的欢迎，与他写人民的题材是分不开的。尤其在进入成熟期之后，他所描写的都是时代的重大题材，如西班牙内战，智利人民的斗争，苏联人民的卫国战争，拉丁美洲争取民族独立的斗争，各国人民保卫世界和平的斗争，等等。在将政治转化为诗歌的过程中，他注意保持语言和形象的艺术魅力，注意将现实主义的政治内容与他所熟悉的超现实主义的艺术形式结合起来。正如他自己所说的："我比亚当还赤裸裸地去投入生活，但是我的诗却要穿戴整齐，这种创作态度是一点也不能打折扣的……"

至于聂鲁达的艺术风格，很难将它划入某一个流派。如果一定要说它属于什么"主义"，只能说它属于"聂鲁达主义"，因为他的艺术风格是浪漫主义、现实主义、象征主义和超现实主义等各种流派相互融合的产物。在拉美和世界诗坛，长期以来，聂鲁达是个有争议的人物。比如，他与另一位诺贝尔文学奖获得者——墨西哥诗人奥克塔维奥·帕斯就有过激烈的争论。他们的分歧主要在于政治和诗歌创作的理念不同。帕斯着眼于人类的自然性，聂鲁达着眼于人类的阶级性；帕斯要超越现实，聂鲁达则要贴近现实。然而值得指出的是，他们所进行的是认真的辩论，而且彼此都尊重对方，承认对方的成就，正因为如此，他们才能在争论了三十多年之后，又重归于好。他们对于诺贝尔文学奖都是当之无愧的。但是有一点，帕斯和聂鲁达是不能比的，那就是后者是"全世界最具反帝精神和最富有人民性的诗人"①。

赵振江

初稿于2005年10月25日

修改于2023年3月3日

---

① 当聂鲁达要前往斯德哥尔摩领奖时，收到一位黑人从荷兰寄来的信。信的大意是："我代表荷属圭亚那乔治敦的反殖民主义运动。我曾要求得到一张参加在斯德哥尔摩举行授予您诺贝尔文学奖仪式的请柬。在瑞典大使馆，有人通知我要准备一件燕尾服 —— 这种场合一定要穿的礼服。我没钱买燕尾服，也绝不穿租来的礼服，因为穿旧衣服会使一位自由的美洲人丢脸。所以我通知您，我将用凑到的一点点钱到斯德哥尔摩举行记者招待会，揭露那个授奖仪式的帝国主义性质和反人民性质，以此向全世界最具反帝精神和最富有人民性的诗人表示敬意。"（见《回首话沧桑》，聂鲁达著，林光译，知识出版社，1993，第374页。）

晚　霞

（1923，选五）

告　别

I

一个痛苦的孩子，从你的内心，
像我一样，跪倒在地，注视我们。

为了那生命，它将在血管中燃烧
这些血管会将我们的生命系牢。

为了那双手，你双手的
女儿们，会杀害我的双手。

从她们在大地上睁开的眼睛
有一天我会看到泪水在你的眼中滚动。

II

亲爱的，这非我所愿。

为了对什么都不挂牵，
愿什么也不使我们相连。

无论是使你的口变得芳香的话语，
也无论是话语不曾说出的秘密。

无论是我们不曾有的爱的节日，
也无论是你在窗前的抽泣。

III

（我喜欢海员的爱情
亲吻后便远行。

留下一个诺言。
却一去不复还。

每个港口都有一个女人在等：
海员们亲吻，然后便启程。

一天晚上，与死神躺在一处
大海是他们的床铺。）

IV

我喜欢化分成
吻、床和面包的爱情。

可以转瞬即逝
也可以化作永恒。

爱情力争使自己获得自由
为了将新的爱追求。

化作神圣的爱走向近旁,
化作神圣的爱也走向远方。

V

我的眼睛已经不会将你的眼睛迷恋,
我的痛苦已经不会在你身旁变甜。

但是我无论走到哪里都会带着你的目光
而你无论走到哪里都会带着我的忧伤。

我曾属于你,你曾属于我。还能有什么?

我们共同缔造了爱的旅途中的曲折。

我曾属于你，你曾属于我。你将属于爱你的人，
我在你的果园种下的将由他来收割。

我走了。我很悲伤：不过我一向这样。
我从你的拥抱中走来。我不知奔向何方。

…… 一个孩子和我说再见，从你的心间。
我也和他说再见。

二十首情诗和一支绝望的歌

（1924）

I

女性的身躯，洁白的山丘，洁白的双腿，
你献身的姿态宛似这世界。
为了让婴儿从大地的底部跳出
我粗野农夫的身躯将你挖掘。

孤独的我像隧道。鸟儿从我身上逃离
强大的黑夜侵袭了我的躯体。
为了生存，我曾将你锻造成一件武器，
像弓上的箭，投石器上的石粒。

但报复的时刻降临，可是我爱你。
肌肤、苔藓、贪婪而又坚韧的乳汁的身体。
啊，胸部的酒杯！啊，迷茫的眼睛！
阴阜的玫瑰啊！缓慢而忧伤的叫声！

我的女人的躯体，我将执着于你的魅力。
我的渴望，我的无限情欲，我的路扑朔迷离！
昏暗的沟渠，我永恒的渴望，我的疲惫

9

以及我无限的痛苦都将在那里永恒地持续。

II

即将逝去的光焰将你遮笼。
苍白的你，全神贯注，忧心忡忡。
背向黄昏中古老的风车
风车的翼片在你周围转动。

我的女友，默不作声，
在这死亡的时刻孤身只影
但却又充满火的活力
将被毁的日子纯洁地继承。

一束阳光落在你深色的衣裙。
突然从你的灵魂
长出黑夜粗壮的根，
你的隐私重又表露在外面
一个刚出生、苍白、蓝色的村民
便从你那里汲取养分。

啊，黑暗与光明交替的女仆，
伟大，丰满，像磁铁一样：昂首挺立，
争取并赢得如此活跃的创造
花儿纷纷落下，自己满怀忧伤。

III

辽阔的松林，崩裂的涛声，
光线缓慢的游戏，孤独的钟，
姑娘啊，陆上的海螺，大地
在你身上歌唱，黄昏落入你的眼睛。

河流在你身上歌唱，我的灵魂从河中逃离
如你所想的那样并向你喜欢的地方逃去。
请在你的希望之弓上为我标明路途
我将在痴迷中将自己的箭射出。

我正在自己的周围观赏你云雾的腰身
而你的寂静在追逐我受折磨的时辰，
正是你和你那透明岩石的双臂，我的亲吻
在那里抛锚，我湿润的欲望在那里筑巢。

啊，黄昏逝去伴随着回响，爱为你
神秘的声音染色并使它成倍增长！
在深沉的时刻里，我看见
麦穗在田野上随风飘荡。

IV

风暴席卷着清晨
在夏季的心中。

白云像一块块告别的手帕在漫游，
风用漫游的双手将它们摆动。

风无数的心灵
跳动在我们相爱的寂静。

在林间呼呼作响，神圣而又动听，
如同一种语言，充满战斗与歌声。

风飞快地掠走枯枝败叶
并扰乱了鸟儿跳动之箭的飞行。

风将她推倒，在没有浪花的波涛
失重的物质和倾斜的火中。

她亲吻的力度在爆裂并沉没
在夏日的风口拼搏。

V

为了让你
听得见我的话语
它们有时细得
像海鸥在沙滩上的足迹。

项链，陶醉的铃铛
献到你像葡萄般柔软的手上。

我望着自己在远方的话语。
它们其实更属于你。
它们像常春藤一样爬上我痛苦的往昔。

它们这样攀上潮湿的墙壁。

这淌血的游戏，由你引起。

它们正在逃离我阴暗的巢穴。
你无所不在，充满一切。

它们先于你，占据了你的孤独，
它们比你更习惯于我的愁苦。

此刻我愿它们道出我要对你的诉说
为了让你听到它们如同听到我。

苦闷的风依然常常将它们拖跑。
梦幻的狂飙依然不时将它们横扫。

在我痛苦的声音中你会听到别的声音。
古老口中的哭泣，古老乞求的血滴。

伴侣啊，爱我吧。跟着我，别将我抛弃。
伴侣啊，跟着我，在这苦恼的波涛里。

我的话语会染上你的爱的色彩。
你占据了一切，无所不在。

我要用所有的话语做成一条长长的项链

献给你洁白的双手，它们像葡萄一样柔软。

VI

我记得你宛若去年秋天的模样。
灰色的贝雷帽，平静的心情。
叶片纷纷落在你灵魂的水面。
黄昏火焰搏斗，在你眼中。

你像一条藤蔓将我的双臂缠紧，
叶片在收集你缓慢、平静的声音。
我的渴望在惊愕的篝火里燃烧。
蓝色温柔的风信子倒向我的灵魂。

我感到你的眼睛在漫游，而秋天多么遥远：
灰色的贝雷帽，鸟儿的啼鸣和家的心田，
我深切的欲望向那里迁徙
我快乐的亲吻火炭般落在那里。

从船上仰望天空。从山冈将田野眺望。
你的记忆是光芒、烟雾与平静的池塘！

晚霞在你眼睛的深处燃烧。
秋天的落叶盘旋在你的灵魂上。

VII

傍晚，我将自己忧伤的网
撒向你双眸的海洋。

我的孤独伸展并燃烧在熊熊的篝火里
宛似一个溺水者旋转自己的双臂。

我向你迷茫的双眼发出红色的信号
它们在灯塔边的海上涌起波涛。

我远方的女人，你只保存着黑暗，
恐怖的海岸有时在你的目光里浮现。

傍晚，我俯身将忧伤的网
撒向搅动你大海般双眸的汪洋。

夜鸟啄食那些初升的星星

它们在闪烁，宛似我爱你时的心灵。

夜跨着自己昏暗的雌马驰骋
将蓝色的麦穗撒向田垄。

VIII

洁白的蜂，在蜜中陶醉，在我心中奏鸣
你在烟雾缓慢的螺旋里蜿蜒前行。

我是绝望者，话语无回声，
曾拥有一切，也曾两手空空。

牢系我最后的渴望，最后的缆绳，
你是最后的玫瑰，在我荒凉的园中。

啊，寂静！

请闭上你深邃的眼睛。夜在那里将翅膀舞动。
啊，请赤裸你的躯体，它像雕塑令人惊恐。

你有深邃的眼睛。夜在那里将翅膀扇动。
花一样清新的手臂，玫瑰一样的心胸。

你的乳房像洁白的海螺。
在你的腹部，一只影子般的蝴蝶来安然入梦。

啊，寂静！

这里有你所缺席的孤独。
冒着雨。海风猎取流浪的海鸥。

雨水赤脚行走在湿漉漉的街上。
树叶，在抱怨那棵树，像病人一样。

洁白、迷茫的蜜蜂，依然在我的心中奏鸣。
你在时间中复活，苗条而又宁静。

啊，寂静！

IX

陶醉在松林和漫长的亲吻里，

驾驭着玫瑰夏日的风帆远航，
加固水手坚实的狂热，
屈身向瘦长日子的死亡。

面色苍白并紧贴着贪婪的水
穿越露天环境的酸味，身上
还披着灰色的外衣和苦涩的声音，
头上顶着被抛弃的浪花那痛苦的头盔。

我忍受激情，乘着唯一的波浪，
沐浴着燃烧，寒冷，太阳，月亮，
顿时在幸运的岛屿进入梦乡，它们
洁白，温柔，像清凉的臀部一样。

我亲吻的衣裳疯狂地抖动
在潮湿的夜里，疯狂地带电运行，
以一种英雄的方式，在我身上
分化成迷人的玫瑰和梦境。

顺水而上，在外面的波浪里，
我的双臂支撑着你平行的身躯
它像一条紧紧贴在我灵魂上的鱼
既快且慢，沐浴着天下的活力。

X

我们竟失去了今天的黄昏。
当蓝色的夜在世上降临
谁也没看见紧握双手的我们。

我通过自己的窗户看见
远山上夕阳的狂欢。

有时像一枚钱币，一片
太阳燃烧在双手之间。

我回忆着你，你熟悉的悲痛
压迫着我的心灵。

那时，你在哪里？
什么样的人围绕着你？
说着什么样的话语？
纯真的爱情为什么会突然降临在我身上
当我感到悲伤，并觉得你在远方？

总是在黄昏时拿起的那本书落在地上，
我的外衣像一条受伤的犬滚动在脚旁。

你总是，总是在傍晚远去
去向黄昏迅速抹掉那些雕像的地方。

XI

半个月亮，几乎在天外
抛锚在两山之间。挖掘
眼睛的女人，夜在漫游，旋转。
请看有多少星星，碎在池塘里面。

逃啊，做个哀悼的十字架，在我眉宇间。
蓝色金属的熔炉，无声搏斗的夜晚，
我的心像疯狂的飞轮一样旋转。
来自远方的姑娘，从远方带来的眼神，
有时会在天底下闪光。
抱怨，风暴，愤怒的旋涡，
不停地从我的心灵穿过。

坟墓之风传送、毁坏、分散你瞌睡的根。
在它的另一侧，将一棵棵大树拔起。
但是你，亮丽的姑娘，烟雾、麦穗的询问。
那是风和闪光的叶子构成。
夜晚山峰的后面，燃烧的白百合，
啊，我无话可说！那是世间万物的杰作。

渴望用利刃切开我的心胸，是走
另一条路的时候了，她在那里没有笑容。
风暴埋葬了一口口钟，暴风雨漫天飞舞
为何在此时抚摸她，为何要让她伤情。

啊，继续远离一切的行程，她没有
在那里阻拦痛苦、死亡、严冬，
用在露水中睁开的眼睛。

XII

使我心满意足的是你的胸膛。
让你自由翱翔的是我的翅膀。
它将从我的口升到天上

在你的心灵进入梦乡。

那是你心中每日的憧憬。
你到来就像露水落在花冠。
用你的缺席破坏地平线。
永远在逃走，宛若波澜。

我说你在风中歌唱
犹如松树，宛似桅杆。
像它们一样高大并默默无言。
突然又宛似远行而变得伤感。

像古道一样接纳他人。
充满回响和怀念的声音。
我醒来，但你灵魂上安睡的鸟儿
有时却迁徙并逃遁。

XIII

我用一个个火的十字架
标示了你身躯洁白的地图。

那时我的口，在你身上，在你身后，
羞怯，渴求，像一只隐蔽爬行的蜘蛛。

在黄昏岸边给你讲述的故事，
忧伤而又温柔的姑娘，为了你不再忧伤。
一只天鹅，一棵树，遥远而又快乐之物。
葡萄的时光，成熟与果实的时光。

曾生活在一个港口的我，在那里开始爱你。
孤独穿插着梦想与沉寂。
在大海与痛苦之间禁闭。
在两个宁静的船夫之间，沉默，痴迷。

在双唇与声音之间，有什么在渐渐死亡。
它属于苦闷和忘却，它具有鸟儿的翅膀。
它们就像留不住水的网。
几乎没留下颤抖的水滴，我可爱的姑娘。
不过，在这些转瞬即逝的话语中，有什么在歌唱。
有什么在歌唱，有什么升到我贪婪的口上。
啊，可以用所有快乐的话语将你赞扬。
歌唱，燃烧，逃走，宛似疯子手中的一座钟楼。
你突然变成了什么，我忧伤的情意？
当抵达最陡峭与寒冷的巅峰

我的心便像夜间的花朵一样关闭。

XIV

你每天都和宇宙之光玩耍。
敏感的嘉宾，伴随着花儿和水到达。
你不仅是我捧起的洁白的头颅
更像我每天手捧的鲜花一束。

自从我爱上你，你便与众不同。让我
使你伸展在黄色花环。在南方的星空
谁用烟雾的字母写下你的名字？
让我想起你的模样，当你尚未出生。

突然风开始吼叫并击打我关闭的窗。
天空像挂满隐约鱼儿的网。
所有的，所有的风都要吹到这里。
雨脱掉了自己的衣裳。

鸟儿逃离。
风在吼。在吼。

我只能与人世的力量搏斗。
暴风雨使昏暗的落叶聚在一起
并让昨晚系在天空的所有船儿四处漂流。

你在这里，啊，你没有逃离。
你会回答我最后的呐喊。
你似乎害怕，忘记了在我身边。
然而有时一个奇怪的影子会掠过你的双眼。

现在也一样，你给我带来了忍冬，小姑娘。
连你的乳房都散发着芳香。
当可悲的风驰骋着杀死多少蝴蝶
我爱你啊，我的快乐咬在你的樱唇上。

你忍受了多少痛苦，为了习惯我，习惯我
孤独而又粗野的灵魂，还有我遭大家回避的姓名。
多少次我们注视着金星亮起，相互亲吻着眼睛，
霞光在我们头上展开，呈旋转的扇形。

我的话雨水般落向你，抚摩你。
很久以来，我就爱上了你螺钿般闪光的身体。
甚至相信你是宇宙的女主人。
我会从山里给你带来欢乐的花儿，

科碧薇 ①，黑榛子，还有一筐一筐野生的吻。

我愿和你一同
做春天和樱桃树所做的事情。

XV

你沉默时令我欢欣，好像身边没有你这个人，
你从远方听我说话，却又接触不到我的声音。
你的眼睛好像已经飞走
又好像一个亲吻合上了你的双唇。

由于世间万物充满我的灵魂
你浮在万物之上，同样充满我的灵魂。
梦之蝶啊，你就像我的灵魂
就像与"忧伤"同义谐音。

你沉默时令我欢畅，你好像是在远方。
窃窃私语的蝴蝶啊，好像是牢骚满腔。

<hr>

① 科碧薇，又称风铃草，类似牵牛花，但花形更长，是智利的国花。

在远方倾听，我的声音到不了你耳旁：
用你的沉默叫我也不声不响。

让我也用你的沉默对你讲
它就像戒指一样纯朴，像灯盏一样明亮。
你就像沉默不语、满天星斗的夜色。
你的沉默就是星星的沉默，遥远而又平常。

你沉默时让我喜欢，因为你似乎不在我身边。
多么痛苦，多么遥远，好像已离开人间。
这时一个词语、一个微笑足矣，
我会心花怒放，因为你就在我面前。

XVI

（对泰戈尔诗作的"意译"①）

黄昏时分，你在我的天空宛似云朵
而且有着使我称心如意的形状和颜色。
双唇甜蜜的女人，你属于我，属于我，

---

① 该诗是对泰戈尔《园丁集》第三十首的意译。

28

你的生命是我无限梦想的居所。

我的灵魂之灯为你的双足染上了玫瑰色，
我的酸酒在你的双唇变得甜了许多：
啊，我傍晚之歌的采集者，我孤独的梦想
觉得你何等地属于我。

你属于我，属于我，我在晚风中
呼喊，风儿拖着我失去配偶的声音。
我双眸深处的女猎手，你的盗取
似水停滞了你夜间的眼神。

亲爱的，你在我的音乐之网中被俘获，
我的音乐之网像辽阔的天空。
我的灵魂在你悲哀的眼边诞生。
梦的国度在你悲哀的眼中形成。

XVII

思考，在深深的孤独中和影子纠缠。
你同样遥远啊，比任何人都远。

思考，放飞鸟儿，模糊形象，埋葬灯盏。
雾的钟楼，何等遥远，矗立在上面！
磨坊主沉默寡言，磨碎
渺茫的希望，扼杀声声哀怨，
黑夜降临，远离城市，将你遮笼在其间。

你的存在如同物件，令我惊奇又与我无关。
我想，我的生活先于你，已走了很远。
我粗犷的生活，在所有人之前。
面向大海的呼喊，在岩石中间，
自由、疯狂地奔跑，冒着海雾漫漫。
可悲的愤怒，呼喊，大海的孤单。
放肆，猛烈，仰面朝天。

女人啊，你，你是什么？什么线条？什么扇骨
在那无比巨大的扇面？像现在一样遥远。
树林里的烈火！燃烧在蓝色的十字架中间。
燃烧，燃烧，喷吐烈焰，林中火光闪闪。
烈火。烈火。噼啪作响，四处蔓延。

我被火花灼伤的灵魂在舞蹈。
谁在呼叫？什么样的寂静充满回声？
怀念的时刻，快乐的时刻，孤独的时刻，
在所有的时刻中，它属于我！

风儿歌唱着刮过吹响汽笛。
多少令人落泪的激情聚集在我的躯体。

我的灵魂，被所有的根震撼，
被所有的浪冲击！
无休止地滚动，快乐，悲戚。

思考，将一盏盏灯埋进深深的孤独。
你是谁，谁是你？

XVIII

在此我爱你。
风在阴暗的松林中解脱自己。
月亮在游荡的水面上闪着磷光。
相同的日子相互跟踪，此来彼往。

雾气散开，化作翩翩起舞的形象。
一只银色的海鸥坠落在夕阳。
有时是一片帆。高高的星星挂在天上。

或者是一条船黑色的十字架。

茕茕孑立。

有时早晨起来，连我的灵魂都是湿的。

响声，远方的海洋在回响。

这是一个港口。

在此我爱你。

在此我爱你，地平线徒劳地将你隐蔽。

在这些寒冷的东西中我依然爱你。

有时我的吻在那些沉重的船上，

它们漂洋过海，驶向无法到达的地方。

我发现自己如同这些旧船锚已被遗忘。

当傍晚靠岸时港口更加悲伤。

我饥饿的生命已徒劳地疲惫。

我爱自己无有之物。你在那么远的地方。

我的厌倦在与缓慢的黄昏搏斗。

但夜色降临并开始为我歌唱。

月亮在转动它的梦想。

最明亮的星星用你的眼睛注视着我。

由于我爱你，风中的松林

愿用自己的针叶将你的名字歌唱。

XIX

黝黑、灵敏的姑娘，太阳
使果实成长、水草茂盛、小麦灌浆，
造就了你快乐的身体、明亮的眼睛，
并使水灵灵的笑容挂在嘴角上。

当你伸开双臂，一轮黑色、渴望的太阳
卷动在你黑色的发丝上。
你和太阳玩耍，宛似和小溪玩耍一样
它使两汪深色的水在你眼中流淌。

黝黑、灵敏的姑娘，我无法靠近你身旁。
一切都使我远离你，像远离正午一样。
你是蜜蜂狂热的青春，
波浪的陶醉，麦穗的力量。

然而，我忧郁的心在将你找寻，
我爱你快乐的身体、轻松纤细的声音。
温柔而又坚定的黑色蝴蝶

宛若麦田和太阳，水和虞美人。

XX

今晚我能写下最忧伤的诗句。

比如："夜缀满繁星，
蓝色的星星在远方颤抖。"

夜风在歌唱并在天空盘旋。

今晚我能写下最忧伤的诗句。
我爱她，有时她也爱我。

许多像今晚这样的夜，她在我怀中。
我吻她多少次啊，沐浴着无垠的天空。

她爱我，有时我也爱她。
怎能不爱她那双坚定的大眼睛。

今晚我能写下最忧伤的诗句。

想到她已不和我在一起。感到我已将她失去。

倾听无限的夜晚，没有她更加无限。
诗句落在心灵，像露珠落在草中。

我的爱不能将她挽留，没什么关系。
夜缀满繁星而她没和我在一起。

这就是一切。有人在远方歌唱，在远方。
失去了她，我心不爽。

为了接近她，我的目光将她寻觅。
我的心也在将她寻觅，可她没和我在一起。

同样的夜晚使同样的树木闪着白色的光。
此时的我们与那时的我们已经两样。

此时我已不再爱她，真的，可我曾何等地爱过。
我的声音曾寻找过风，为了将她的听觉触摸。

属于另一个人。她将属于另一个人。像从前她属于我的亲吻。
她的声音，她明亮的身体。她大大的眼睛。

我已不再爱她，真的，但或许还爱。

爱多么短暂，而遗忘又何等漫长。

因为在许多像今晚这样的夜里，她在我怀中。
失去了她，我的灵魂怎能高兴。

虽然这是她使我产生的最后的忧伤，
可这些也是我写给她最后的诗行。

绝望的歌

对你的记忆从我所在的夜晚浮现。
河流向大海倾诉自己滔滔不绝的怨言。

被抛弃的人，像拂晓的码头。
被抛弃的人啊，已经是离开的时候！

寒冷的花冠像雨水落在我的心上。
啊，溺水者残酷的洞穴，废料的底舱！

在你身上积累了战争与飞翔。
从你身上竖起歌唱鸟儿的翅膀。

你吞下了一切，犹如远方。
像海洋，像时光。一切都沉没在你身上！

那是进攻与亲吻的快乐时光。
惊喜的时光，宛似灯塔在点亮。

舵手的焦虑，盲目潜水员的怒火，
爱的陶醉痴迷，一切都在你身上沉没！

雾的童年，我的灵魂生了翅膀并受伤。
迷失的探险者，一切都在你的身上沉没！

你缠绕痛苦，抓住欲望。
悲伤将你打倒，一切都沉没在你身上！

我让阴影的城墙倒退，
我向前走，超越了欲望与行为。

啊，宝贝啊，我的宝贝，我爱过并失去的女人，
在这潮湿的时刻，我召唤你并为你而歌。

宛似一个杯子，你怀着无限的温柔，
可无限的忘却将你像杯子一样打破。

那是岛屿黑色的，黑色的孤独，正是在那里，
可爱的女人啊，你的双臂拥抱了我。

那里是干渴与饥饿，而你是水果。
那里是痛苦和废墟，而你是奇迹。

女人啊，我不知你怎能将我包容
在你灵魂的土地上，在你双臂的十字中！

我对你的欲望可怕而又短暂，
动荡而又痴迷，紧张而又贪婪。

亲吻的墓地，你的坟里还有火苗，
鸟儿啄食的串串果实还在燃烧。

被咬的双唇啊，被吻过的肢体，
饥饿的牙齿啊，相互纠缠的身躯。

啊，希望与勇气的结合多么疯狂
我们在那里拧成结却又绝望。

那柔情，如水与面粉般细腻。
那话语，宛若双唇间的气息。

那是我的命运，我的渴望在那里跋涉，
又在那里失落，一切都在你的身上沉没！

啊，废料的底仓，一切都落在你身上，
你榨取所有的痛苦，你窒息所有的波浪！

从浪尖到浪尖你依然在燃烧并歌唱。
就像一个水手屹立在船头上。

你仍在歌声中开花，仍在激流中奔腾。
啊，废料的底仓，敞开的苦井。

苍白盲目的潜水员，倒霉的投石者，
迷失的探险者，一切都在你身上沉没！

这是离去的时刻，艰巨而又寒冷的时刻
黑夜随时在将它把握。

大海轰鸣的腰带缠绕着海岸。
星星在涌现，黑色的鸟儿在迁徙。

被抛弃的人，像拂晓的码头。
颤抖的影子扭结在我的双手。

啊，一切都已过去。啊，已成过眼烟云。

是离开的时候了。啊，我这被抛弃的人！

大地上的居所

（1925—1935，选八）

梦幻的骏马

我在镜子中，毫无必要地，看着自己，
以一种对星期、对传记作家、对纸张的情趣，
掏出我的心献给地狱的首领，
将无限痛苦的契约建立。

我四处漫游，陶醉于梦幻，
与裁缝们在其巢穴攀谈：
他们，常常用冷酷致命的声音，
歌唱并将妖怪驱赶。

天空中有一个无限辽阔的国度
上面铺着彩虹迷人的地毯，
还有傍晚的植物：
我奔向那里，不无疲倦，
踏着布满了相当新的坟墓，
梦想着，在那些凌乱的菜蔬中间。

我穿过享有的那些文件，那些根源，

衣着与特殊而又萎靡的人相同：
我爱被尊敬消耗的蜜汁，
甜甜的教义，在叶子的缝隙中
年迈、矜持的紫罗兰
和因乐善好施而动人的扫帚安然入梦，
在它的表面，无疑有着真实与沉重。

我破坏呼啸的玫瑰与掠夺的渴望：
我打碎可爱的极点：更有甚者，
我等待单一的无法测量的时光：
心里的一种滋味令我沮丧。

突然降临的是怎样的一天！ 乳汁浓厚的光芒，
迷失的，数字化的，对我恩德无量！
我听到它红色的骏马在嘶鸣，
赤裸，没有马掌，神采飞扬。
我驾驭着它越过一座座教堂，
驰骋过士兵们荒芜的营地，
一支不纯洁的军队对我紧追不放。
它蓝桉色的眼睛抢掠着阴影，
它钟一般的身躯在奔驰、冲撞。

我需要一种永放光辉的闪电，
一种节日的亲情 —— 将我的遗产承担。

冬日情歌

在深海底层,
在夜晚长长的名册中,
你沉默不语的名字
宛似一匹马在穿越驰骋。

让我留宿在你的脊背,啊,让我藏躲,
让我在你的镜中出现,突然
从黑暗中,从你身后
在你孤独、夜晚的叶片上萌生。

温柔完美的光明之花,
你亲吻的口将我报答,
坚定而又细腻的口
因久别而猛烈地爆发。

现在好了,雨线和雨水的呐喊,
和我一起,从遗忘到遗忘,
在漫长的过程中,栖息

在黑暗之夜的收藏。

线的傍晚将我收容，
当夜幕开始将大地遮笼
一颗充满风的星星
为自己缝衣并在天空颤动。

你的离去直逼我的心底，
你紧紧地蒙住自己的双眼，
你的存在将我穿越，
以为我的心化成了碎片。

诗的艺术

在阴影与空间、饰物与少女当中，
具有独特的心灵与不幸的梦，
我急剧地苍白，身着愤怒鳏夫的丧服，
生命的每一天都在前额上凋零，
啊，为了我昏昏欲睡地饮着的所有无形的水
和颤抖着采集的每一个响声，
我有着同样无形的渴望和同样冰冷的热度，

刚刚出生的听觉，间接的苦闷，
仿佛来了盗贼或幽灵，
在一个坚定而又深刻的广阔的外壳里，
宛若卑微的堂倌，有些沙哑的钟，
古老的镜子，孤零零房屋的味道
一群醉醺醺的宾客在夜间步入其中，
还有丢在地上的衣物的味道，花的思念，
—— 若非如此，或许还没有那么伤情 ——
然而，真理，突然，风吹打我的心胸，
跌落在我卧室中营养无限的黑夜，
用牺牲燃烧了一日的响声，
忧伤地要求我所拥有的预言和向着呼唤
又得不到回应的目标的冲击，
一种无休止的动，一个模糊的名。

孤独骑士

同性恋的男青年和可爱的姑娘们，
忍受魂不守舍的失眠煎熬的苗条的寡妇们，
三十小时前怀孕的少妇们，
在黑暗中穿过我的花园并号叫的猫儿们，

宛似一条活生生的性的牡蛎的项链
围绕着我孤独的住所，
宛似与我的灵魂对抗的业已树立的敌人，
宛似身着睡衣的同谋者
以口令换取漫长深沉的亲吻。

阳光灿烂的夏季引导恋人们
穿着悲哀的团队统一的服装，
使胖的、瘦的、快乐的、忧伤的都结对成双：
在潇洒的椰子树下，在海边沐浴着月光，
一种持续的长裤与内裙的生活，
一阵抚摩丝袜的声响，
像眼睛一样闪光的女性的乳房。

小职员，等了很久，
在一周的烦闷之后，夜晚在床上阅读一本本小说，
终于下决心勾引女邻居，
将她带到那些寒酸的电影院
那里的主人公是充满激情的马驹或王子，
在那里用自己散发着烟味的炽热而又潮湿的双手
将她们长满柔软汗毛的大腿抚摩。

勾引者的黄昏和夫妻们的夜晚
像两张床单一样联合起来将我埋葬，

而午饭后，年轻的大学生们
年轻的女大学生们和教士们在手淫，
而畜生们干脆在通奸，
蜜蜂散发着血腥，苍蝇狂怒地嗡嗡，
表兄妹们奇怪地在一处玩耍，
医生们怒视着年轻女患者的丈夫，
清晨的时刻，教授好像出于疏忽，
在履行做丈夫的义务
并吃早餐，更有甚者，偷情者们，真正地相互爱恋
在又高又长像船一样的床上：
呼吸并纠缠着的伟大树林
实在而又永恒地包围着我
用像指甲与鞋子一样的黑色的根
和宛似口和牙齿一样的硕大的花朵。

鳏夫的探戈

啊，居心叵测的女子，你将会见到此信，并将因狂怒而哭泣，
你将会玷污我对母亲的记忆
称其为腐烂的母狗和狗崽子的母亲，
你将孤零零地独自喝下午茶
看着我那双永不再用的旧皮鞋，

你将无法记起我的疾病，我夜间的梦，我的饮食，
不再大声地诅咒我，就像我还在那里
抱怨那回归线，那些苦力，
那如此伤害我的狠毒的高烧
和那些我至今痛恨的恐怖的英国佬。

居心叵测的女子，真的，夜何等漫长！大地何等荒凉！
我又一次回到孤独的卧室，
又一次在餐馆里吃冰凉的午饭，
又一次将裤子和衬衣丢在地上，
在我的寝室里没有衣架，墙上也没有任何人的肖像。
在我心中有多少争取重新得到的你的阴影，
我觉得每个月的名字都是极大的威胁，
而"冬天"这个字眼在怎样回荡着闹丧鼓的声响。

然后你将会发现在椰子树旁
我因害怕被你杀害而藏匿的刀在那里埋葬，
我现在突然想嗅到它的厨房的味道
它习惯于你手的重量和你脚的闪光：
在土地的潮湿下，在无声的根须中，
可怜的刀在所有的人类语言中只知道你的姓名，
但厚重的土地不懂你的姓名
用无法渗透的神圣的精华构成。

正如想到你那双腿的明亮的白昼令我痛苦

它们斜倚着，像太阳静止而又顽强的水一样，
昏睡而又飞翔的燕子栖息在你的秋波上，
还有你在心中豢养的狂怒的犬，
我同样看到了从此将永远在我们中间的死亡，
我在空气中呼吸着灰烬与瓦解，
漫长、孤独的空间将永远围绕在我身旁。

你急剧的呼吸像辽阔海洋的风
在没有遗忘混杂的长夜里回荡，
与大气融合在一起，像皮鞭对于马的毛皮一样。
在黑暗中，在房间的深处，为了听到你在小便的声音，
就像一股细小的、颤抖的、银铃般的、持续不断的蜜水在
　流淌，
多少次我奉献了自己所拥有的阴影的合唱，
还有在我的灵魂中萦回的那些无用之剑的声响，
而孤独的血的鸽子在我的前额上
呼唤着那些消逝的事物、消逝的存在，
那些奇妙的不可分隔却又消失殆尽的本质。

只有死亡

有多少孤孤单单的墓地，

墓里充满无声的尸骨，
心在穿越漆黑
漆黑，漆黑的隧道
像遇难船只，我们从外
向里死去，从皮肤向灵魂
跌落，在心中窒息。

有多少尸体，多少
黏糊糊冰冷墓石的脚，
多少骨骼里的死亡，
像纯粹的声音，
像没有犬的吠声，
发自一些钟，一些坟墓，
在潮湿中增长，像哭泣或雨水一样。

有时，我独自看见，
多少棺材扬帆起航
载着苍白的死者，载着发辫枯死的女人，
天使般洁白的面包师，
嫁给公证员陷入沉思的姑娘，
棺木沿死者们垂直的河，
紫色的河，逆流而上，
鼓足的风帆充满死亡的声音，
充满死亡静静的声响。

死神抵近声响
像无足的鞋子，无身体的服装，
用既无钻石又无手指的指环
叩门，发出无口无舌无喉咙的呼喊。
然而它的脚步发出声响，
它的衣裳发出声响，它默默无语像树一样。

我不知道，知之甚少，几乎看不见，
但我相信它的歌声有湿润的紫罗兰的色调，
那是习惯于大地的紫罗兰，
因为死神的脸是绿色的，
死神的目光是绿色的，
带着紫罗兰叶片锐利的潮湿
和严冬沉重的色调。

但死神也身披扫帚在世上行走，
舐着地面将死人搜寻，
死神骑在扫帚上面，
死神的舌头在寻找尸体，
死神的针在寻找线。
死神在行军床上：
在慢腾腾的床垫，在黑色的毛毯，
活着躺在那里，突然吹气：

吹出阴暗的声响，使一张张床单膨胀，
那些床驶向同一个码头，
他在那里等候，身着舰长的戎装。

船　歌

倘若你只触摸我的心，
倘若你将自己的口，自己细嫩的口，
自己的牙齿，放在我心上，
倘若你将自己的舌，像红色的箭，
放在我布满尘埃的跳动的心房，
倘若你在大海旁，在我的心上呼气，啼哭，
发出昏暗的声音，带着梦想
和火车车轮的轰鸣，
像动荡的水，
像落叶中的秋天，
像血液，
带着潮湿火焰的声音焚烧上苍，
发出如同梦幻、树枝、雨水的声响
或悲伤港口的汽笛，
倘若你在我的心上呼气，在大海旁，

像白色幽灵，
在泡沫边上，
在风的中途，
像挣脱枷锁的幽灵，啼哭在海岸旁。

像蔓延的思念，像突然的钟声，
大海切分心灵的声音，
在孤独的海岸，黄昏冒雨垂下幕帐，
夜无疑在降临，
海难中旗帜那悲哀的蓝色，
聚集着星星嘶哑的银光。

心像严厉的海螺在作响，在呼唤，
啊，大海，啊，哀怨，啊，焦虑的恐慌
分散在不幸和汹涌的波涛上：
大海将自己倾斜的身影和绿色的虞美人
归咎于那声音的震荡。

倘若你突然存在于一个悲哀的海岸上，
被逝去的白昼包围，
面对一个新生的夜晚
充满波浪，并在
我寒冷恐惧的心上呼气，
在我的心孤独的血液上呼气，

在它带着火焰的鸽子的动作上呼气，
它黑色血液的音节会出声，
它不停的红色波浪会增长，
而我也会作响，在阴暗处作响，
像死神一样作响，像吹奏
或哭泣的乐管在呼唤，要么
就像瓶子冒着恐怖的气泡一样。

就这样，闪电会笼罩你的发辫
雨水会进入你睁着的双眼
准备你悄悄储存的哭泣，
大海黑色的翅膀盘旋在你身旁，
带着巨大的爪、吼叫和飞翔。

你愿成为孤独的幽灵，孤独地
在海边吹奏自己贫乏、忧伤的乐器？
如果你只是在呼叫，
它那魔笛，它那悠长的曲调，
它那受伤的波涛的号令，
说不定有人会来到，
从岛屿的山顶，从大海红色的底部，
有人会来到，有人会来到。

有人会来到，愤怒地吹奏，

像破损船只的汽笛声，
像哀怨，像泡沫
和血液中的嘶鸣，
像残酷的水在啃咬自身并发出响声。

在大海的站台
它阴影的海螺像呐喊在回旋，
海鸟将它藐视并逃亡，
它所有的声响，它悲哀的棍棒
矗立在孤独大洋的岸上。

献给费德里科·加西亚·洛尔卡 [①] 的颂歌

倘若能在孤独的房间里恸哭，
倘若能抠出并吃掉自己的眼睛，
为了你身披丧服的橘树般的声音，
为了你呐喊出来的诗，我会做这样的事情。

因为为了你，医院被涂成蓝色，

---

① 费德里科·加西亚·洛尔卡（1898—1936），被法西斯杀害的西班牙诗人，是聂鲁达和拉菲尔·阿尔贝蒂（1902—1999）的好友。

学校和海滨在增长，
受伤的天使长满羽毛，
婚宴上的鱼长满鳞片，
刺猬向天空飞翔：
因为你成衣店让黑色的浆膜
充满勺子和血液
并吞下扯断的带子，用亲吻
互相杀戮，身穿洁白的衣裳。

当你穿着桃色的衣裳飞翔，
当飓风般稻谷的笑容洋溢在你脸上，
当你为了歌唱晃动
血管和牙齿，喉咙和手指，
我会为你的温柔而死，
为红色的湖泊而亡，
你生活在那里的秋天
与倒下的战马和流血的神在一起，
我会为一座座公墓而死
它们像灰色的河
充满灵柩和水，
夜晚在窒息的钟声里流淌：
河流像伤员的病房，
在充满大理石号码、腐朽王冠
和丧葬用油的河里，向着死亡暴涨：

为了在夜间看见你，看见
溺死的十字架经过，站立着哭泣，
我愿死去，
因为你面对死亡之河，
无依无靠、伤心地流泪，
哭啊，哭啊，眼睛里
充满泪水，泪水，泪水。

倘若能在夜里，失迷地孤独，
在铁路和轮船上，
用黑色的漏斗，啃噬灰烬，
将阴影、烟雾和遗忘收集，
我会这样做
为了你在那里生长的树，
为了你汇集的金色之水的巢，
为了遮盖你的骨骼的藤蔓
它们向你传授夜的秘密。

城市带着水灵灵洋葱的味道
等着你沙哑地歌唱着走过，
静悄悄的捕鲸船追踪你，
绿色的燕子在你的头发上筑巢，
此外，蜗牛和岁月，
卷起的桅杆和樱桃树

包围你，义无反顾
当你露出浸在血中的口
和长着十五只眼睛的苍白的头颅。

倘若能让城区充满煤烟
抽泣着将钟表打烂，
那是为了看看何时到达你家
嘴唇破裂的夏天，
外衣挣扎的人群，
光辉凄惨的地区，
死去的犁和虞美人，
掘墓人和骑手们，
星球和血迹斑斑的地图，
布满灰尘的潜水员，
蒙面人拖着
被刀刺伤的姑娘，
根须，血管，医院，
喷泉，蚂蚁，
带着床的夜晚
孤单的骑兵死在蜘蛛中间，
一朵仇恨和别针的玫瑰，
一条黄色的航船，
一个带着孩子的刮风天，
到达的还有我和奥利维利奥、诺拉、

维森特·阿莱克桑德雷、黛丽娅、

马鲁卡、马尔瓦·玛丽娜、玛丽亚·路易莎和拉尔科,

"金头发"、拉菲尔·乌加特、

科塔波斯、拉菲尔·阿尔贝蒂、

卡洛斯、"宝贝儿"、马诺洛·阿尔托拉吉雷、

莫利纳里、

罗萨莱斯、贡恰·门德斯①

和其他我记不起来的人。

来,让我为你加冕,健康

和蝴蝶的青年,纯洁的青年

像一道永远自由的黑色闪电,

让我们交谈,

现在只剩下你我,在岩石中间,

开诚布公,像你我的为人一样,

要不是为了雨露,诗句有什么用处?

若不是为了那个晚上,可恶的匕首

将我们调查,诗句有什么用处?

为了那一天,那个黄昏,在那破败的角落

那人受打击的心准备死亡。

①　这些人都是两位诗人共同的亲友,多是诗人。

尤其是夜晚，
有许多星星的夜晚，
它们映在河心
像窗边的一条飘带
房间里挤满了穷人。

他们中有人死了，
也许是失去了岗位，
在办公室，医院，
电梯或矿山，
受伤害的人们强忍悲苦
到处都有哭泣和打算：
当星星在无尽的河里流转
有多少哭泣在窗前，
门槛被哭泣磨损，
泪水将卧室湿遍，
像浪一样啃噬地毯。

费德里科，
你看这世界，
街道，醋，
车站上的告别
当灰烟启动了果敢的车轮
向着那除了分别、岩石

和铁轨，什么也没有的地方。

在各地
有那么多人质问。
有流血的盲人，
有的灰心，有的愤怒，
有的悲惨，有带爪的树，
强盗的怀里揣着嫉妒。

费德里科，这就是生活，
这是我伤感而又男性的友谊
能献给你的东西。
你自身就懂得很多，
其余你会渐渐懂得。

西班牙在心中 ①

（1937）

① 该诗集后收入《第三居所（1935—1945）》。

祈 求

为了开始，为了在被割裂的
纯洁的玫瑰上，在苍天、空气
和土地的根源上，一支歌的意志
伴随爆炸轰响，一支无限之歌的欲望，
一种金属的欲望，这金属在收集
战争和赤裸血浆。
　　　　　　西班牙，酒杯的水晶，并非王冠，
但的确是被砸的岩石，燃烧着的小麦、皮革
和牲畜遭受攻击的柔情。
明天，今天，你的脚步
留下寂静，留下希望的惊恐
犹如更猛烈的风：一道光，一轮月，
被磨损的月，从手到手，
从钟到钟！
　　　　生身的母亲，
变得坚硬的燕麦的拳头，
　　　　　　　　英雄们
干涸、淌血的星球！

轰　炸

是谁？在路上，谁，
谁，谁？在阴影里，在血泊中，谁？
在闪光里，谁？
　　　　　　谁？投下
灰烬，投下
钢铁，
石块，死亡，哭泣，火焰，
谁，谁，娘啊，谁，去何方？

诅　咒

被犁过的祖国，我发誓你一定
会在灰烬中诞生，像永恒流水的花儿
一样，我发誓从你干渴的口中
一定会有面包的花瓣绽放，

有刚抽出的谷穗流淌。那些坏蛋，
坏蛋们，带着斧头和毒蛇
来到你的土地，坏蛋们等候这一天，
为强盗和摩尔人打开家门：
你们得到了什么？请拿来，拿来灯盏，
请看这血淋淋的土地，请看
这被火焰吞噬的黑色的尸骨，
请看这被枪杀的西班牙的面目。
　　　　　　　　　有一天不看事实的坏蛋们，
有眼无珠的坏蛋们，
身穿肮脏制服的坏蛋们，浑身
皱皱巴巴的教士们和坟墓
与洞穴中的癞皮狗们，提前给
庄严祖国带来的不是面包，而是泪水。

西班牙因富人而贫困

贫困对于西班牙
犹如浑身冒烟的马，
犹如从倒霉的源泉
落下的石块，
没有开发的庄稼地，

蓝灰色秘密的酒窖，
卵巢，门户，关闭的拱门，
想献出宝藏的深处，这一切
都有头戴三角帽手握猎枪的宪警们、
可悲的雌鼠色的神父们、
臀部肥厚的国王的走卒们在看护。
艰苦的西班牙，苹果和松树的国度，
游手好闲的主子们在禁止你：
不许播种，不许开矿，
不许给母牛配种，要像坟墓
一样安详，每年要去拜谒
水手哥伦布的纪念碑，和来自美洲的
猕猴们一起声嘶力竭地演讲，
他们的"社会地位"和腐败程度一样。
你们不建学校，不让地表和犁铧擦出声响，
不让丰收的小麦储满粮仓：祈祷吧，畜生们，
祈祷吧，一位上帝，他的臀部和国王的臀部
一样肥厚，他在等候你们："兄弟们，来这里喝汤。"

传　统

在西班牙的夜晚，沿着古老的花园

传统拖着尾巴，沾满干枯的鼻涕，
滴着脓液，散发臭气，漫步
在虚无缥缈的迷雾中，
气喘吁吁，宽大的袍服鲜血淋漓，
脸上深陷的眼窝，
像啃食坟墓的绿色蛞蝓，
每天夜里，没牙的嘴
咬着未抽出的谷穗、深藏的矿石，
头戴刺蓟的绿色王冠，在所到之处
播种匕首和死者模糊的尸骨。

马德里（1936）

马德里孤单凝重，七月用你贫瘠蜂巢的快乐
令你吃惊：你的街道光明，
光明是你的梦境。

将军们
黑色的饱嗝，教士服
波涛汹涌
从你的双膝之间

冲进水的泥塘，痰的河中。
马德里，用受伤的眼睛，睡意蒙眬，
你刚刚受伤，用石块和猎枪
保卫了自己。你在街上奔跑
留下神圣的血迹，
用大洋的声音，用永远
被血光变换的面容，将人们呼唤和聚拢，
像一座复仇的山峰，
像一颗匕首呼啸的星。

当你燃烧的剑
插入黑暗的兵营，
插入叛变的密室，
只有黎明的寂静，只有旗帜的步伐
和一滴光荣的血，装点你的笑容。

几点说明

你们会问：丁香花今在何处？
还有虞美人蕴含的玄机？
经常敲打它自己的话语

并使其充满小洞

和小鸟的雨水，如今又在哪里？

我要向你们讲一讲自己的遭遇。

我原本生活在马德里

一个有教堂，有钟，

有树木的街区。

从那里可以眺望

卡斯蒂利亚干燥的面庞

宛似一片皮革的海洋。

                      我的家

有鲜花之家的美誉，因为

天竺葵遍地盛开：

那是美丽的家，到处

都有小狗与孩子们在嬉戏。

                    劳尔 [①]，你可记得？

拉菲尔 [②]，你可记得？

---

① 指阿根廷诗人劳尔·冈萨雷斯·图尼翁（1905—1974）。

② 指西班牙诗人拉菲尔·阿尔贝蒂。

还有你，费德里科^①？

你在地下
可记得我那带阳台的房舍
六月的阳光窒息你口中的花朵？

兄弟啊，兄弟！

那时节，到处是
沸腾的人声，商品的味道，
热腾腾面包的堆放，
我那阿圭耶斯^②街区的市场，那里有一尊雕像
宛若鳕鱼中间苍白的墨水瓶一样：
油倒入一把把汤匙，
手与脚
深沉的跳动充满大街小巷，
尺寸，容量，
生活多么喜人的芳香，

成堆的鲜鱼，
连接着的屋顶沐浴着寒冷的阳光，
风标上的箭已经疲惫，
马铃薯令人着迷的象牙般的细腻，
西红柿延伸至海岸旁。

---

① 指西班牙诗人费德里科·加西亚·洛尔卡。
② 阿圭耶斯，马德里的一个区。

一天早上，这一切都被点燃，
一天早上，烈焰
冒出地面，
从那时起，大火
吞食了人群，
从那时起，只有炸药硝烟，
从那时起，只有血流迷漫。
带着飞机和摩尔人的强盗们，
戴着戒指并挽着公爵夫人的强盗们，
带着满口祝福的黑衣教士的强盗们，
从天而降来杀害儿童，
孩子们的血流淌在大街上，
大街上，孩子们的血在流淌。

连豺狼都会排斥的豺狼！
连蒺藜都会唾弃的石头！
连毒蛇都会憎恨的毒蛇！

在你们面前，我看见
西班牙的血巍然挺立
为了将你们在一个
骄傲与刀剑的波浪里窒息！

将军们

叛徒们：

请看我死去的家，

请看破碎的西班牙：

然而从每一个死去的家

都会长出燃烧的武器，而不是鲜花，

从西班牙的每一个洞里

都会长出西班牙，

从每一个死去的孩子的身上

都会长出一支有眼睛的步枪，

每一桩罪行都会生出子弹

迟早有一天会射中你们的心房。

你们会问我：为什么你的诗歌

不对我们将你祖国的梦想、树叶

和雄伟的火山诉说？

请你们来看看鲜血流淌在街上，

来看看

鲜血在街上流淌，

看看鲜血

在街上流淌！

献给阵亡民兵母亲们的歌

他们没有牺牲！
他们像燃烧的导火索
屹立在火药中！

他们纯洁的身影
凝聚在黄铜色的草原上
像装甲之风的护帘，
像愤怒之色的围墙，
像天空无形的胸膛。

母亲们！ 他们屹立在麦田，
像深邃的正午一样高大，
俯视着辽阔的平原！
他们是黑色的钟声
掠过被杀害的钢铁身躯
将胜利的喜讯频传。
　　　　　　　　　姐妹们
宛若落下的灰尘，

破碎的心，
你们对死者要满怀信任！
他们不仅
是血染的岩石下的根，
不仅是他们被摧毁的可怜的骨骼
依然在大地上耕耘，
而是他们的口依然咬着干燥的炸药
像钢铁的海洋攻击敌人，
他们高举的拳头还在对抗死神。

因为一个无形的生命从那么多躯体上
站起来。母亲们，旗帜，孩子们！
一个真正生命的活的躯体：
一张眼睛被打破的脸监视着黑暗
用充满大地希望的剑！

请放下
你们黑色的披肩，
让你们的泪水化作武器：
让我们在这里日夜不停地进攻，
日夜不停地踩脚，
日夜不停地唾骂，
直至仇恨之门统统倒下！

我认识你们的儿子，

你们的不幸，我不会忘掉，
我为他们的死骄傲，
同样为他们的生自豪。
                    他们的笑声
在无声的车间里闪光，
他们的脚步在地铁里
在我身边日夜回响，
在莱万特^①的橙园，在南方的渔场，
伴随印刷厂的墨香，在建筑物的水泥上
我看到他们坚强的心放射火红的光芒。

母亲们，像在你们心中一样，
我心中也有那么多丧服和死亡
像被扼杀了他们的笑容的血
浸湿的森林一样，
失眠愤怒的阴霾带着白日里
令人断肠的孤独闯入我的心房。

但是
被悲痛和死亡煎熬的母亲们，
对那些饥渴的鬣狗，对那奄奄一息的牲畜，
它们从非洲就叫嚣自己龌龊的荣誉，

————————————————

① 莱万特泛指西班牙东部沿地中海区域，当年是西班牙反法西斯战争
的前线。

不仅要对它们愤怒、蔑视，不仅要哭泣，
更要看看在这崇高的日子诞生的心灵，
要知道你们的死者在大地上微笑
在麦田上将拳头高举在空中。

那时的西班牙

西班牙，紧张而又枯干，
白日里声音沉闷的战鼓，
鹰巢和平原，受鞭挞的风云
沉寂无言。

为什么，我爱你直至灵魂，直至哭泣，
我爱你坚硬的土地，贫瘠的面包，
贫穷的人民，为何直至
我所在的深邃之地，
都有迷失的花朵，开在你
布满皱纹、时间停滞的村庄，
你辽阔的矿山
蔓延在月亮和年龄上
被虚无的神吞光。

你所有的机构，愚蠢的孤立
和你的睿智一起
寂静抽象的石块围绕在这睿智的周边，
还有你粗犷的葡萄酒，
柔和的葡萄酒，
繁茂而又娇嫩的葡萄园。

西班牙，阳光、纯洁的石头
在世界各地区之间，唯一充满活力
昏睡而又嘹亮的西班牙，布满
鲜血和金属，蓝色和胜利的无产者
他们属于鲜花和枪弹。（以下从略）①
……

国际纵队来到马德里 ②

清晨，一个寒冷的月份，

---

① 以下14小节（56行）基本是由人名、地名组成的，只好从略。
② 在西班牙内战期间（1936—1939），有50多个国家的工人和进步人士为支援西班牙共和国和人民组成志愿军国际纵队，于1936年10月抵达西班牙参战。1938年9月，被迫撤出西班牙。白求恩等人就是从那里辗转来到中国反法西斯战场的。

挣扎的月份，被泥泞和硝烟污染的月份，
没有膝盖的月份，被不幸和围困折磨的悲伤的月份，
透过我家湿漉漉的玻璃窗
听得见非洲豺狼用步枪和血淋淋的牙齿嗥叫，
我们除了火药的梦想，没有别的希望，
以为世上只有贪婪、暴戾的魔王，
这时候，冲破马德里寒冷月份的霜冻，
在黎明的朦胧中
我用这双眼睛，用这颗善于洞察的心灵
看到赤诚、刚毅的战士们来了，
他们岩石般的纵队
机智，坚强，成熟，热情。

那是悲伤的时刻，妇女们
失去亲人的煎熬像可怕的火炭，
西班牙的死神比其他死神更凶残，
布满长着麦苗的农田。

在街上人们伤口的血和从住宅
被毁坏的心流出来的水汇合在一起：
孩子们被折断骨骼，母亲们
披着丧服，令人心碎的沉默，
手无寸铁的人们再也睁不开的眼睛，
这就是损失和悲伤，

就是被玷污的花园,
就是永远被扼杀的鲜花和信仰。

同志们,
这时
我看到你们,
我的眼睛至今仍充满自豪
因为我看见你们冒着清晨的雾气
来到卡斯蒂利亚纯粹的战场,
像黎明前的钟声一样
肃穆,坚强,
你们庄严隆重,蔚蓝的眸子来自远方,
来自你们的角落,你们失去的祖国,
来自你们的梦乡
满怀燃烧的柔情,你们肩扛步枪
来保卫西班牙的城市
这里遭围困的自由正被野兽吞噬
会倒下和死亡。

弟兄们,从现在起
让男女老幼,尽人皆知
你们庄严的历史,你们的纯真,你们的坚毅,
上至奴隶非人的阶梯,
下至硫黄气体腐蚀的矿井,

让它传到所有绝望之人的心底。

让所有的星星，卡斯蒂利亚

和世界上所有的谷穗

都铭记你们的名字，你们严酷的斗争

和像红橡树一样坚实伟大的胜利。

因为你们用自己的牺牲复活了丧失的信仰，

死去的灵魂，大地的信任，

一条无穷无尽的河流，带着钢铁和希望的鸽群，

沿着你们的富饶，你们的高尚，你们战友的遗体

犹如沿着鲜血染红的坚硬岩石的山谷流淌。

哈拉马河之战 ①

在大地和被西班牙的死者们

与油橄榄堵塞的银白色之间，

哈拉马河，纯洁的匕首，你顶住了

　　肆虐者的狂澜。

---

① 　哈拉马（Jarama）又译作雅拉玛，有一首歌颂国际纵队的歌曲写道："西班牙有个山谷叫雅拉玛，人们都在怀念她，多少个同志倒在山下，雅拉玛开遍鲜花。国际纵队留在雅拉玛，保卫自由的西班牙，他们宣誓要死守在山下，雅拉玛开遍鲜花。"

心灵被火药镀成金色的人们
从马德里来到此地
像灰烬和抵抗的面包,
　　　来到这里。

哈拉马河,你在硝烟和钢铁中间
像倒下的水晶的树桩,
又像对胜利者的奖赏
　　　长长的一串勋章。

无论燃烧造成的地裂,
还是飞机的滥炸狂轰,
以及惊天动地的大炮都不能
　　　使你的水顺从。

嗜血者们喝了你的水,
喝时嘴巴朝上:西班牙的水,
油橄榄的家乡,叫他们
　　　只剩下遗忘。

摩尔人和叛徒的血管
在水和时光的瞬间,像苦涩
泉水里的鱼,在你的
　　　闪光里打战。

你的人民粗犷的面粉
因枪弹和尸骨而布满荆棘，
肥沃麦田的人民，就像你捍卫的
　　崇高的土地。

哈拉马河，为了诉说你管辖的
光辉的地域，我的手苍白，
我的口无语：牺牲的人们
　　长眠在这里。

那里有你痛苦的蓝天，
岩石的和平，你的水流波光闪闪，
你的人民永远明亮的眼睛
　　警戒着你的河岸。

阿尔梅里亚 ①

给主教的一盘菜，苦涩而又破碎，
盘里有废铁、骨灰和泪水，
浸着抽泣和颓垣断壁，

① 阿尔梅里亚，西班牙南方（安达卢西亚行政区）地中海沿岸城市，
商业和旅游中心。农渔业发达，有银、铅矿。

给主教的一盘菜，
盛满阿尔梅里亚的血。

给银行家的一盘菜，盘里
有幸福的南方的孩子们的颧骨，
有爆炸，疯狂的水，废墟和恐怖，
有断裂的车轴和被践踏的头颅，
一盘黑色的菜，阿尔梅里亚的血。

每天早晨，你们生活中每个污浊的早晨
你们的餐桌上有一盘烟熏火燎的菜：
你们用自己柔软的手把它挪开，
为了不看它，不消化那么多遍：
把它挪远一点，在面包和葡萄之间，
这盛着寂静的血的盘子
每天早晨都在那里，每天。

给上校夫妇的一盘菜，
在卫戍区每一次的节日宴会上，
在晨曦的葡萄酒的光亮中，伴着诅咒、唾骂的叫嚷，
为了使你们看见它就浑身颤抖、冰凉。

是的，给你们大家的一盘菜，各地的富人们，
大使们，部长们，贪婪的食客们，
舒舒服服地坐着品茶的太太们：

一个破盘子，肮脏的盘子，将穷人的血盛满，
每天早晨，每个星期，永远，永远，
在你们眼前，总有一盘阿尔梅里亚的血，永远。

被凌辱的土地

沉浸在无休无止的煎熬，
没完没了的沉寂，蜜蜂的旋律
和被摧毁的岩石，这些地区
本该遍地是小麦和三叶草，可你们
却带来干巴巴的血和罪恶的痕迹：
富饶的加利西亚，像雨水一样纯洁，
却永远浸泡在泪水的苦涩里；
埃斯特雷马杜拉银灰色的天际，
黑得像弹坑，被叛卖、伤害、摧毁，
巴达霍斯失去了记忆，在死去的儿女中
仰望着记忆中的天空；
被死神犁过的马拉加
在悬崖峭壁间被迫害
以致发了疯的母亲们
将刚出生的婴儿往岩石上摔。

狂怒，报丧的飞行，
死亡和悲愤，
直至眼泪和哀悼交融，
直至话语、昏厥和怒火
变为路上的一堆尸骨和一块岩石
被埋在灰尘中。

有多少，多少坟茔，
多少煎熬，多少野兽
在星星上的驰骋！
就连胜利
也不能抹平血泊中的弹坑：
不能，就连大海、沙滩
和时间的流动，坟上
燃烧的天竺葵也不能，
不能！

桑胡尔霍 ^① 在地狱

被捆，冒烟，

---

① 桑胡尔霍（1872—1936），西班牙军人，因在古巴和摩洛哥作战有
功而晋升为将军，1932年背叛共和国，1936年从葡萄牙里斯本回西班
牙途中死于飞机失事。

被捆在背叛的飞机上，
叛徒因背叛而焚毁身亡。

他的脏腑和军人邪恶的嘴巴
像磷火一样燃烧
叛徒在诅咒声中化为灰烟，

冒着永恒的烈焰飞行，
只能任飞机操纵，被烧死
在一次又一次的背叛中。

莫拉 ① 在地狱

莫拉，那头浑骡子从悬崖峭壁
被拖到永恒的悬崖峭壁上
像失事的船只颠簸在惊涛骇浪中，

被硫黄和号角纷扰，

① 莫拉（1887—1937），西班牙军人，出生在古巴，因在非洲作战
有功而晋升为将军。1936年在纳瓦拉任叛军司令，与佛朗哥（1892—
1975）合作。1937年死于飞机失事。

在石灰、胆汁和欺诈中煎熬，
提前在地狱等候，

该死的杂种，浑骡子莫拉
彻头彻尾的愚蠢幼稚
一直被烧到屁股和尾巴。

佛朗哥将军在地狱

胆小鬼，无论火爆女巫们巢穴中的火
或滚热的醋，也无论贪婪的冰
还是腐烂的乌龟用女鬼的声音
在你的肚子上号哭抓刨，
将结婚戒指与无头小孩的玩具找寻，
这一切，对你而言，不过是一扇昏暗、平常的门。

的确。
从地狱到地狱，有什么？在你的军团的号叫里，
在西班牙的母亲们神圣的乳汁中，
在沿途被践踏的乳汁和乳房上，
还有一个村庄，一片静默，一座破碎的门廊。

你就在这里。悲惨的眼睑，
坟墓上可恶母鸡的粪便，肮脏的浓痰，
鲜血抹不去的缩写的背叛。你是谁，是谁？
啊，不幸的可悲的叶片，啊，大地上的恶犬，
啊，阴影不该降生的惨淡。

不留灰烬的火焰在后退，
地狱咸的渴望，苦的圆满
变得一片黯然。

可恶的家伙，只有人性在和你周旋，
在万物绝对的火中，你不会耗完，
在时间的阶梯上，你不会转向，
熔化的玻璃与残酷的浪花都无法将你洞穿。

为了汇合在一起的所有的眼泪，
为了死亡之手和腐烂眼睛的永恒，
你独自，独自在地狱的洞穴中，
吞食脓与血的寂静，仅仅
为了一个令人诅咒的孤寂的永恒。

       你不配有睡眠
哪怕用别针别住你的眼睑：

将军，你必须醒着，永远醒着，
在秋天遭机枪扫射的
刚刚分娩的腐烂尸体中间。
所有的妇女，所有被肢解的悲惨的儿童，
僵硬地吊在你的地狱里，等着寒冷的
节日：你下地狱的那一天。

          被爆炸熏黑的儿童，
脑浆的红色碎块，柔软的肠子，所有人都在等，
以同一个姿势在等你，或穿过街道，或踢球，
或啃水果，或微笑或出生。

微笑。
被鲜血扭曲的笑容
有着七零八落的牙齿
戴着不知用何物制成的面具，
被持久的火药炸破的脸庞，
无名的幽灵，暗藏的阴影，
从不离开瓦砾床铺的儿童
都在等你。为了度过黑夜
大家都在等你。他们挤满了走廊，
像腐烂的海藻一样。

         他们属于我们，

我们的肌体，我们的健康，
我们铁一样的和平，
我们空气与肺的海洋。
通过他们，干涸的土地本应鲜花绽放。
现在，他们都在你的地狱里等你，
因为在大地的那一边，
精华，物质，面粉
在遭受摧残，屠戮，死亡。

可怕的恐惧或悲伤会耗尽，
等候你的既不是恐惧也不是悲伤。
你恶贯满盈而且孤独，
在所有的死者中，你孤独并无法进入梦乡，
让鲜血像雨水般落在你身上，
让一条眯缝着的眼睛挣扎的河流
在你身上掠过并盯着你
无休止地流淌。

废墟上的歌

这里曾被创造和统治，

被淋湿、使用和参观,
可怜的手帕,在大地的波浪
和黑色的硫黄中长眠。

      如同向天
挺立的蓓蕾和胸膛,如同从残废的骨骼里
向上的花朵,世界的形式
就这样出现。啊,眼睑,
啊,立柱,啊,阶梯。

      啊,深刻的物质
混杂而又纯洁:多久才能成为手表!
多久才能成为时钟!
具有蓝色比例的铝,贴在
人类梦想上的水泥!

      灰尘在聚集,
树胶,污泥,各种物品在增长
而墙壁像人的黑色皮肤似的葡萄藤
一样矗立。

     那里,是空白,是废铜,
是火,是抛弃,纸张增长,
恼人的哭泣,当有人发烧
半夜里拿到药房的处方,
干枯、思考的太阳穴,人
为了永不打开而建的门。

       一切都已逝去

突如其来的凋敝。

　　　　　　　受伤的器皿，夜晚的
布匹，肮脏的泡沫，刚撒的尿，
废水，面颊，玻璃，羊毛，
樟脑，线团和皮革，应有尽有，
为了轮转而化作灰尘、
化作金属凌乱的梦想，
一切芬芳，一切迷惑，
一切化作虚无的团聚，一切
为了永不出生的跌倒。

　　　　　　　你们是天蓝色，
面粉色腰部的鸽群：花粉
和枝条的时代，请看
木材如何毁灭
直至成为哀悼的标志：
没有人的根：一切几乎都没有
在雨水的颤抖上休息。

　　　　　　　请看六弦琴
如何在芳香新娘的口上腐烂：
请看有诸多创造的言语
现在如何销声匿迹：请看在石灰上
和破碎的大理石中间
哭泣的痕迹已经长了苔藓。

人民武装的胜利

如同大地的记忆，金属
岩石般的光辉和沉寂，人民，
祖国和燕麦，这是你的胜利。

你被洞穿的旗帜在前进
如同你的胸膛
在伤痕累累的时间和大地上。

同业公会在前线

矿工们在哪里，编绳的，
制鞋的，撒网的人们在哪里？
在哪里？

他们在高高的水泥的建筑物上

放声地赌咒，发誓，歌唱，
这歌声现在在何方？

那些自愿的、上夜班的
铁路员工在哪里？
食品供应的公会在哪里？

他们手握步枪，手握步枪。
在平原褐色的搏动中
将一片片废墟观望。

他们的子弹射向
顽敌，犹如射向豪猪，
射向毒蛇一样。

无论是灰烬凄惨的黎明，
还是燃烧的中午，
日夜不停，绝不放松！

胜　利

人民的胜利庄严雄壮。

伟大的胜利步履铿锵
盲目的马铃薯和天空的葡萄
在大地上闪光。

战后即景

被咬过的空间，蹂躏
庄稼的部队，断裂的马蹄铁，
在冰霜和石头中冻结，一轮
　　峥嵘的弯月。

受伤母马的月亮，曾被烧煳
在磨损的芒刺中，凶光毕露，沉没的
金属或尸骨，消逝，苦涩的抹布，
　　掘墓人的云雾。

在硝石带着光晕的酸味后面，
从物到物，从水到水，
被焚烧和吃掉，像小麦脱粒
　　一样迅速。

软绵绵的地壳偶尔得见，
黑色的灰烬分散难寻，
现在只剩下响亮的寒冷，雨水
　　何等的恼人。

让我的双膝将被埋葬者保护，
不仅是这逃亡的领土，让我的眼睑
将它抓紧，直至将它呼唤和弄伤，
让我的血液保存这黑暗的滋味
　　为了永不遗忘。

反坦克手

古典螺钿的所有枝干，大海
和天空的光环，月桂的风，
反坦克手，这一切都为了你们，
圣栎树般的英雄。
在战争漆黑夜色的风口上
你们是火的天使，令敌人恐慌，
你们是大地纯洁的儿郎。

你们在那里，像农作物
播种在田野，悄悄地等候。
你们不仅是把那苍白的炸药包，
而是把你们深沉火热的心房，
把火药蓝色的毁灭性的引信
抛向钢铁的飓风，
抛向魔鬼的胸膛。
啊，蓝天下机敏的身影，
奋起扑向残酷的
山冈，大地和荣光
赤诚的儿郎。
　　　　　　从前你们只见过
橄榄树，只见过沾满
银色鳞片的渔网：
你们收集工具，木材，收割
和建筑用的铁器：双手
种出繁茂美丽的石榴
或营养丰富的菜蔬，
如今你们突然到此，满载闪电，
紧握荣光，爆发出
愤怒的力量，独自面对黑暗
无比坚强。

自由之神在矿山将你们召唤，

为你们的犁铧要求和平：
自由之神，哭泣着
站在路上，在庭院的走廊中
呐喊：她的呼声随风穿过橘园
将成年男人们召唤，
你们来了，胜利的宠儿们，
多少次倒下，多少次，你们的手
被炸飞，最深的软骨被粉碎，
你们的口说不出话，
连你们的沉默都被摧毁：
但又一次，又一批反坦克手，
你们的根和心灵
那深不可测的燃烧着的种族，
像石破天惊，又出现在旋风中。

马德里（1937）

此时此刻，我想起一切和所有人，
深深地沉浸在
那些地区 —— 声音和笔
轻轻地敲击，它们存在于大地

又超越大地。今天
开始了新的冬季。

    在那座城市，
我所爱的都在那里，现在没有面包
也没有光明：一块冰冷的玻璃
落在干枯的天竺葵上。榴弹炮炸开
夜间黑色的梦想，像淌血的耕牛一样：
拂晓的工事里空无一人，
只有一辆破车：已长满苔藓，
被焚毁的房屋，血已流尽，家徒四壁，
门开向天空，燕子已无踪影，
只有时代的寂静：市场开始
摆出可怜的绿色，还有柑橘和鱼，
每天通过血液流到这里，
交到姐妹和孀妇手上。
身着丧服的城市，破损，创伤，
毁坏，打击，千疮百孔，遍地
是血迹和破碎的玻璃，没有夜晚的城市，
全是夜晚，寂静，轰响和英雄，
现在又是更赤裸、更孤单的冬季，
没有面粉，没有脚步声响，只有
士兵们的月亮。

    属于全体和大家。

　　　　　　　　暗淡的太阳，我们

失去的血，恐惧，震颤的心在哭泣。

眼泪像沉重的子弹落在你昏暗的土地，

发出鸽子坠落的声响，死神

永远握紧的手掌，每天，每夜，每周，

每月的血。不谈你们，沉睡

和清醒的英雄们，不谈用卓越的意志

使大地江河颤抖的你们，

此时此刻，我倾听街上的时间，

有人在和我说话，冬天又来到

我居住的饭店，

我听到的只有城市

和被毒蛇泡沫似的战火

团团围住，被地狱的洪水

袭击的远处。

　　　　　那是在一年多以前

那些戴面具的人触及你的人性之岸

碰到你带电的血便命丧黄泉：

摩尔人的口袋，叛徒的口袋，

纷纷滚到你岩石般的脚下：无论是硝烟

还是死神都无法征服你燃烧的城垣。

　　　　　　　　　　那时，

那时，有什么？有，那是些丧尽天良的人，

贪得无厌的人：他们窥伺着你，洁白的城市，

面目可疑的主教，酸腐、封建的少爷们，

手里有三十枚银币 ① 叮当作响的将军们：

一群雨水似的假圣女，

一帮腐烂的大使，

一伙可悲的军犬在向你的城垣发起攻击。

赞美你，在云端，用光线，

用干杯，用利剑，

用淌血的前额，鲜血染红的岩石，

坚强甜蜜的滑行，

武装的闪电上明亮的摇篮，

坚固的城堡，血的天空

蜜蜂从那里诞生。

今天还活着的你，胡安，

佩德罗，今天你还在察看，憧憬，睡眠，用餐：

今夜没有灯光，目不转睛地警戒，

在水泥工事里，在被切割的土地上，孤孤单单，

从悲哀的铁丝网，到南方，在中间，在周围，

没有苍天，没有神秘，

像一条生命线一样的人群捍卫着

被火焰包围的城市：马德里，星际的打击、

火的洗礼，使她无比坚强：

---

① 据《圣经·新约》，耶稣的门徒犹大为了三十枚银币出卖了耶稣。

大地和坚守沐浴着胜利的高高的寂静：
无数的月桂环绕身旁，
像一朵残破的玫瑰在绽放。

阳光颂歌献给人民军队

人民的武装！在这里！威胁、
围困还掺杂着死亡，恶劣的蛇蝎，
笼罩在大地上！
          致敬，致敬，
全世界的母亲向你致敬，
学校向你致敬，人民的军队啊，
年长的木工向你致敬，用麦穗、
牛奶、马铃薯、月桂、柠檬，
用大地长出和人类口中的一切
向你致敬。
          一切，像人手构成的项链，
像闪电的矜持，像腰带在颤动，一切
为你准备，一切向你集中！
                  钢铁的日子，
蓝色的防线！

兄弟们，向前，

在耕耘的土地上向前，

在干燥、无眠、亢奋、磨损的夜晚向前，

在葡萄园之间，踏着岩石寒冷的颜色向前，

致敬，致敬，继续向前。比冬天的声音更锋利，

比霹雳的顶端更稳固，比眼睑更敏感，

像快捷的钻石那样精确，新的战神，

如同地心的钢水一样，

如同鲜花和葡萄酒，如同喷薄欲出的岩浆，

如同所有绿叶的根，如同大地上所有的芳香。

致敬，士兵们，致敬，红色的拓荒，

致敬，顽强的三叶草，致敬，沐浴着

闪电之光的村庄，致敬，致敬，致敬，

向前，向前，向前，

越过矿山，越过墓地，面对叛徒毛骨悚然的恐惧，

面对死神令人憎恶的贪婪，

人民，说到做到的人民，勇敢加步枪，

步枪加勇敢，向前。

摄影师，矿工，铁路员工，

煤矿和采石场的弟兄，铁锤的亲友，

森林，快乐射击的节日，向前，

游击队员，首长，班长，政委，

人民的飞行员，夜袭的战士，

海军战士，向前：

你们面前，

只有一条垂死的锁链，

一个臭鱼的弹坑，向前！

只有挣扎的尸体，

只有脓血淋漓的沼泽，

所向披靡；西班牙，向前，

向前，人民的钟声，

向前，苹果的产地，

向前，谷物的旗帜，

向前，火的大写字母，

因为在斗争中，在波涛间，在草原，

在高山，在硝烟弥漫的黄昏，

你们带来永恒的新生，

带来生生不息的信念。

　　　　　　　与此同时，

为了矿产的胜利，

寂静中长出根和花冠：

每个工具，每个红色的车轮，

每把锯或每张犁，

地面的每个萌芽，血的每一次抖动

都愿跟随你 —— 人民军队的步伐：

你给被遗忘的穷苦人带来光明，

你的永恒之星将灿烂的光芒钉进死神

并点亮希望新的眼睛。

十一月七日胜利节日的颂歌

这具有双重意义的周年，今天，今晚，
难道人们会看到一个空洞的世界，
会看到痛苦心灵被愚蠢地刺穿？
　　　　　　　　　　　不，这一天
不仅是二十四小时的连续，更是明镜
和利剑的步履，是一朵花具有双重意义，
它打击黑夜，直到将黎明从夜的根中拔起！

西班牙的节日，你来自南方，
勇敢的日子，羽毛如钢，
你来自最后倒下去的人，
他的前额被打碎，
可你火红的号令却还在他的口中回响！

你走在那里，
带着我们永不磨灭的记忆：
你曾经是节日，而现在是斗争，

你支撑着无形的柱石和翅膀 ——
从那里会诞生带着你的号码的飞翔!

十一月七日，你生活在哪里?
你的花瓣在哪里放射光彩?
你的哨音在哪里向弟兄们说: 冲啊!
向倒下去的人说: 起来!
你的胜利在哪里形成?
从血液开始，通过人们可怜的肉体
升华为英雄?
　　　　　　　　联盟，世界人民的姐妹,
纯洁的苏维埃祖国啊,
丰硕的种子又回到你的怀里
就像树木的枝条飘洒在大地!

人民啊，在你的斗争中，没有哭泣!
一切都像钢铁一样，一切都会行走和杀伤,
一切，包括摸不着的寂静，甚至怀疑 ——
它用冬天的手寻找我们的心脏,
为了使它冻结和沦丧，姐妹和母亲啊,
为了帮助你们取得胜利,
一切的一切，包括快乐，都该像钢铁一样!

今天，让叛变者遭到唾弃!

让卑鄙者时刻受到
全部血的惩罚，
　　　　　让胆小鬼
回到黑暗中，让桂冠属于勇敢的英雄，
勇敢的道路，勇敢的保卫世界的
雪白和鲜红的舰艇！

在这样的日子里，苏维埃联盟，
我虚心地向你致敬：
我是个作家和诗人，
父亲是铁路员工：我们一向贫穷。

昨天，在我小小的多雨的国度里，
相距遥远，我却和你在一起。
你的名字在那里热烈地传诵，
燃烧在人民的胸中，直冲我国的高空！

今天，我怀念他们，他们都和你在一起，
从工厂到工厂，从家庭到家庭，
你的名字像红色的鸟儿在飞翔！

愿你的英雄受到称颂，
你的每一滴血都受到赞扬，
你胸中滚滚的心潮受到表彰，

它在保卫着纯洁、自豪的家乡!

愿滋养你的英勇苦涩的面包受到赞扬,
与此同时, 时代的大门为你开放,
让你那人民的铁军高歌猛进
在荒野和灰烬中,
踏着刽子手的身躯,
将一棵宛如明月的巨大的玫瑰
种在胜利、纯洁、神圣的土地上!

漫 歌

（1950，选三）

马丘比丘高度 [1]

I

宛似一张空网，我在空中飘荡，
街道和大气在身旁，到达又离别，
入秋时树叶像展开的金币一样，
在春天与麦穗之间，最伟大的爱
献给我们的东西，宛似在
下落的手套里，那长长的月亮。

（在裸露的躯体
熠熠闪光的岁月里：
钢铁变成了酸的沉寂，

---

[1] 该诗最早于1946年发表在委内瑞拉《全国文化杂志》上，1950年收入《漫歌》（第二章）第二版，是作者最有影响、发表次数最多的诗作之一。马丘比丘位于安第斯山东南部，在库斯科城西北，是印第安人的古城堡。该诗的标题直译应是《马丘比丘的高度》，因为它是位于山腰的城堡，而非山峰。聂鲁达于1943年10月骑马参观了这座古城堡，两年后创作了这首长诗。全诗12章，正好与马丘比丘（Macchu Picchu）的12个字母、一天的12个小时和一年的12个月相吻合，尽管这与古印加文化并无相通之处。

黑夜被撕毁，直至最后的微粒；
新婚祖国的雄蕊遭到袭击。）

曾在提琴中间等我的人
找到一个世界宛如被埋葬的塔
将它的螺旋体沉到
所有硫黄色的叶片下：
再往下，在地下的黄金里面
我将激越而又温柔的手
深入大地生殖力最强的部分
像一把风吹雨淋的剑。

我将前额垂入深深的波涛，
像一滴水落进硫黄的平静，
如同一个盲人回到人类
耗尽了的春天的茉莉花丛。

II

如果花儿向花儿献上高贵的胚芽
岩石使其分散的花
披上宝石和沙砾磨制的外衣，
人会把从海洋固有的泉中采集的光的花瓣
弄皱并在手中给颤动的金属钻孔。

而突然，在衣衫和云烟之间，
灵魂如一笔赌注，落在沉没的桌面：
石英和失眠，大洋的泪水
似寒冷的池塘：却依然用纸币和仇恨
将它扼杀、熬煎，
将它浸入岁月的地毯，将它
在铁丝充满敌意的衣裙里撕成碎片。

不：在走廊，天空，海洋，道路，
谁不用匕首将自己的血液珍藏
（宛如鲜红的虞美人一样）？
暴怒已使人贩子可悲的商品衰败，
而在李子树梢，露珠千年来将透明的书信
挂在其等候的同一根枝头上，
啊，心灵呀，啊，在秋天的洞穴间
前额已被磨光。

在城市冬天的街道上，
在黄昏的公共汽车或船上，
在最深沉的孤独 —— 节日夜晚的孤独中，
在黑暗和钟声下，在人类欢乐的同一个洞穴中，
我多少次想停下来寻找
从前在岩石或亲吻放射的闪电上
触摸过的永恒的深不可测的矿床。

（宛似在谷物中受孕的小小乳房的
黄色故事在重复一个节目，
这节目一向是胚胎层的柔情，
它一成不变，散落在象牙上
而水里是透明的祖国，
从孤立的白雪直到血淋淋波涛的钟。）

我只抓住了一束脸庞或匆忙的面具，
像空心的金指环，
像愤怒秋天的女儿们零乱的衣衫，
这秋天使受惊种族的悲惨树木抖颤。

我的手没有休息的地方，
像被锁住的泉流一样，
或者像煤块、水晶一样坚硬，
怎能奉还我伸开的手臂的热度或寒冷。
人是何物？ 那牢不可破、永垂不朽的生命
生活在仓库与哨音公开对话的哪一部分
在哪些金属的运动中？

III

人宛似玉米在脱粒，在盛着悲惨事件

和失败经历的永远填不满的谷仓，
从第一到第七，第八，
每人有多次而不是一次死亡：
每天有一个小小的死神 —— 灰尘，蛆虫，
郊区泥泞中熄灭的灯光，
翅膀粗壮的小小的死神
像一把短矛刺进每个人的胸膛
而人被面包或利刃困扰
犹如放牧者：港口之子，耕犁黝黑的船长
或闹市上的啮齿动物：沮丧地等候死亡，
每天短暂的死亡：而每天不幸的悲哀
就像颤抖地举着的黑色酒杯一样。

IV

威严的死神曾邀请我多次：
宛似波涛中无形的盐分，
看不见的咸味散发之物
宛似一半的升高和下沉
或风与雪山广阔的建筑群。

我来到铁的锋刃，来到空气的隘口，
来到农业和岩石的裹尸衣，
最后脚步的星辰的空虚

和令人眩晕的螺旋形道路：
然而，广阔的大海，啊，死神！
你不要逐浪而来，
而要像夜间奔驰的光线
要么像黑夜完整的节目。

你从不来衣袋里搜寻，
来访时总穿着红色法衣：
总有封闭的寂静朝霞般的地毯：
总有泪水在天上和地下的遗产。

我不能爱每个生灵上的树木
和它背负的小小的秋天（上千叶子的亡故），
不能爱任何虚伪的死亡和没有土地
没有深渊的复活：
我愿在最广阔的生活中
在最自由的河口游泳，
当人类渐渐地排斥我，
当脚步和门户已被封锁，使我清泉般的双手不能
将它受伤的有名无实的躯体触摸，
我便从一条街到另一条街，从一条河到另一条河，
从一座城到另一座城，从一张床到另一张床，
我咸涩的面具穿过沙漠，
在最后简陋的住房，

没有灯光，没有火，
没有面包，没有岩石，没有寂静，
我独自滚向死亡。

V

严峻的死神，铁羽的飞鸟，
你不是那些房间可怜的继承人
在空空的皮囊里，在仓促的食物中夹带的东西：
那是某种东西，折断梗儿的可怜的花瓣，
不曾参加战斗的胸膛的原子
或没有落在前额上的粗糙的露滴。
那是不能复活的东西，
一块小小的死神，既无和平又无领地：
一块骨头，一口钟在那里死去。
我揭开带碘的绷带，
将双手伸进扼杀死神的可怜的痛苦里，
在伤口上只感到一股冷风
吹进灵魂的缝隙。

VI

于是我攀登大地的阶梯
从消失的林海蛮荒的荆棘中间

来到你 —— 马丘比丘面前。
怪石垒起的高城，
终于成了住地，大地不曾
在睡衣中将主人藏匿。
在你身上，闪电和人的摇篮
在刺骨的寒风中摇曳，
宛似两条平行的直线。

岩石的母亲，神鹰的泡沫。

人类黎明高高的礁石。

失落在原始沙砾中的巨铲。

这曾是那住所，这就是那地方：
玉米宽大的颗粒升起又落下
像红色的冰雹一样。

在这里，小羊驼脱下金色的绒毛
给情侣、灵台、母亲、
国王、神父、武士做衣料。

在这里，人和鹰的双脚
夜间在高高的食肉猛禽的巢穴中

一起休息，而黎明时
它们以雷电的脚步踏着薄雾，
触摸大地和岩石
直至在黑夜或死亡中将它们认出。

我注视着衣裳和手，
响亮的坑穴中的水迹，
脸庞磨软的墙，
那脸庞曾用我的双眼注视大地的灯盏，
曾用我的双手为消失的木材涂上油漆：
因为一切，衣物，皮革，器具，
语言，葡萄酒，面包
俱已离去，一切都落入大地。

空气用橘花的手指
抚摩所有熟睡者的身躯：
空气的千秋万代，空气的岁月星期，
蓝色清风的岁月，钢铁山脉的岁月，
宛似脚步温柔的狂风，
将岩石孤独的住所磨光擦净。

VII

同一个深渊的死者，同一个山谷的阴影，

那山谷的深度与你们的规模相辅相成,
真正的、最炽热的死神来了
你们便从千疮百孔的岩石,
从猩红色的柱顶,从高耸的渡槽跌下
宛如坠入一个秋天,坠入同一个死亡。
今天,空洞的大气已不再哭泣,
它已不认识你们黏土的双脚,
当闪电的利刃划破天空
它已将你们过滤苍穹的陶罐忘掉,
巍峨的大树
已经被雾吞食,被风刮倒。

它曾支撑一只手
从时间的顶端落到终点。
你们不再是蜘蛛的爪,
凌乱的网,脆弱的线:
昔日的你们已全部跌落: 风俗习惯,
破损的音节,光芒四射的面具。

但岩石和语言永存:
这城市宛如酒杯,举在所有人手里:
无论他们是死是活,还是沉默不语,
支撑他们的是那么多的死神,一堵墙壁,
那么富有生命力的岩石的花瓣: 永恒的玫瑰,

这住地: 寒带安第斯山的礁石。

当黏土色的手
化作黏土, 当充满粗糙墙壁
布满一座座城堡的小小眼睑合拢,
当整个人类住进自己的坟坑,
高度的精确留在那里:
人类黎明的巅峰:
最高的器皿盛着寂静:
多少生命之后的一个岩石的生命。

VIII

亚美利加的爱, 请和我一起攀登。
请和我一起亲吻那些神秘的石块。

乌鲁班巴河 ① 银白色的激流
使花粉飞上它的金冠。

藤蔓的空虚, 岩石的植物,
坚硬的花环,
飞上寂静的山巅。

---

① 乌鲁班巴河, 库斯科地区的一条河, 源于维尔卡诺塔山, 从马丘比丘可以看到它, 山谷与河流同名。

来吧，细小的生命，
从大地的翅膀之中，
当结晶与寒冷、震动的空气
将搏斗的碧玉挪开，
野蛮的水啊，你从雪中下来。

爱情啊，爱情，甚至在严峻的夜晚，
请你从安第斯山响亮的燧石，
面向红色膝盖的黎明，
将白雪失明的儿子观看。

啊，琴弦响亮的维卡玛尤河 ①，
当你宛似受伤的白雪，
将自己长长的雷霆化作浪花，
当你强劲的狂风
歌唱，惩罚，惊醒天空，
你在将什么样的语言
送入刚刚脱离安第斯山浪花的耳中？

是谁捕获了寒冷的闪电
并将它锁在高空，
让它在寒冷的泪水中分裂，

---

① 维卡玛尤河，乌鲁班巴河的古名，意为"神圣之河"，其源头是雪山维尔卡诺塔，意为"太阳之家"。

在迅猛的刀剑上颤动，
敲击它久经沙场的雄蕊，
将它引向武士的床铺，
让它在岩石般的末日受怕担惊？

你追逐的闪烁在说什么？
你神秘、叛逆的雷电闪光
可曾满载着语言游荡？
在你细小动脉的液体里
是谁在打破冰冻的音节、
黑色的语言、金黄的旗、
深深的口和压抑的喊叫？

是谁在剪开从大地
出来赏花的眼睑？
是谁在抛下枯死的花串，
让它们在你瀑布似的手中
使自己脱了壳的黑夜
化作地下的煤田？

是谁在抛下交接的枝叶？
是谁又一次埋葬告别？

爱情啊，爱情，不要触及界线，

也不要崇拜沉没的头颅：
让时间在破碎泉水的大厅
完成自己的造型，
在迅速的水流和城垣之间
收集隘口的空气，
风的平行叶片，
山脉盲目的沟壑，
露珠粗犷的问候，
请上来吧，从花朵到花朵，穿过林莽，
踏着直冲而下的长蛇。

在充满岩石、树丛、绿色星星的尘埃
和明亮森林的险峻地区，
曼图尔 ① 发出轰响，宛如活的湖泊
又像是一层新的沉默。

请到我的生命、我的黎明中来吧，
直至已经加冕的孤独。
死去的王国依然活着。
神鹰血腥的阴影
像黑色的船掠过巨大的时钟。

---

① 曼图尔，山谷名，意为"红色果实"。

IX

天体的鹰，雾的葡萄园。

失落的棱堡，盲目的弯刀。

繁星的腰带，庄严的面包。

激流的阶梯，广阔的眼睑。

三角形的道袍，石头的花粉。

花岗岩的灯盏，石头的面包。

矿石的蛇，石头的玫瑰。

被埋葬的船，石头的泉。

月亮的马，石头的光。

等分的矩尺，石头的蒸气。

最终的几何学，石头的书。

阵阵狂风中雕花的定音鼓。

沉没的时间的石珊瑚。

被手指摸光滑的城墙。

被羽毛击打的屋顶。

镜子的花束，风暴的基地。

被藤蔓缠倒的王位。

血腥魔爪的统治。

斜坡上停滞的劲风。

绿松石静止的飞瀑。

沉睡者祖传的钟。

被征服的白雪的枷锁。

横卧在自己塑像上的铁器。

被困住无法接近的风暴。

美洲豹的爪，血腥的岩石。

戴帽子的塔，雪的辩论。

在手指和根上升起的黑夜。

雾的窗户，僵硬的鸽子。

夜的脚掌，雷的雕像。

重要的山脉，海的屋顶。

失踪老鹰的建筑。

天的琴弦，高空的蜜蜂。

血淋淋的水平面，建造的星星。

矿石的泡沫，石英的月亮。

安第斯山的蛇，苋菜的前额。

寂静的穹顶，纯洁的祖国。

大海的新娘，教堂的树木。

盐的枝条，黑翅的樱桃。

雪的牙齿，寒冷的雷声。

被抓伤的月亮，有威胁的石头。

冰冷的头发，空气的运行。

手的火山，昏暗的瀑布。

银的波浪，时间的方向。

X

石头在石头上，人，在何方？
空气在空气上，人，在何方？
时间在时间上，人，在何方？
难道你也是未做成之人、
空洞之鹰的碎片
沿着今天的街道，沿着足迹，
沿着秋天枯萎的落叶，
将灵魂摧残，直至进入墓地？
可怜的手，脚，可怜的生命……
失去光泽的岁月在你身上
宛似雨水落在节日的小旗，
可曾一瓣一瓣地将黑色的食物
送进你空空的嘴里？
　　　　　　　　饥饿，人的珊瑚，
饥饿，神秘的植物，砍柴人的根，
饥饿，你成排的礁石
是否升到了残塔巍峨的高度？

我问你，路上的盐粒，
建筑啊，让我看看那把羹匙，
让我用木棍儿啃咬石头的花蕊，

让我登上空气所有的阶梯直抵太虚
搜索内脏直至触摸到人类。

马丘比丘，你曾将石头
放在石头上，地基却是破烂的布片？
将煤放在煤上，底部却是泪水？
将火放在黄金上，其中却颤动着
殷红的血滴？
请还给我你所埋葬的奴隶！
请从地上摇落穷苦人坚硬的面包
并将奴隶的衣服和窗户拿给我瞧。
告诉我，当他活着的时候，怎样睡觉。
告诉我，他的梦是不是带着鼾声，
半张着口，犹如疲劳在墙上挖掘的黑坑？
墙，墙！每层岩石是不是压着他的梦，
他倒在梦乡，上面压着岩石，是不是像压着月亮！
古老的美洲，沉没的新娘，
还有你的指头，
当它们从原始森林伸向高高的仙境，
在光辉和荣耀的婚礼的旗帜下，
伴随着战鼓和刀枪的雷鸣，
你的指头，是不是
也将抽象的玫瑰和寒冷的线条，
将新鲜谷物滴血的胸脯

转移到闪光的布上和严酷的洞中，
被埋葬的亚美利加，你是不是也将饥饿
藏在最深处，藏在痛苦的内脏，像一只雄鹰？

XI

穿过朦胧的光焰，
穿过岩石的夜晚，让我将手伸进去，
让那被遗忘的古老的心灵，
像一只被捕千年的鸟，在我的胸中跳动！
让我忘却今天这幸福，它比海洋宽广，
因为人类的宽广胜过海洋和它的岛屿，
应该像落入井中一样落入大海
以便取出海底一捧神秘的水和淹没的真理。
宽阔的岩石，让我忘却那雄伟的体积，
流传千古的尺度，蜂窝的岩石，
今天让我的手从直角尺
粗犷的血和苦行衣向斜边滑去。
当凶猛的神鹰，宛如红鞘翅的铁蹄，
在飞行中拍打我的双鬓，
生着食人羽毛的狂风
横扫倾斜石阶上昏暗的灰尘，
我看不见那迅猛的飞禽，
看不见它利爪的盘旋，

只见古老的生灵，奴隶，睡在田野上的人，
只见一个躯体，一千个躯体，一个男人，一千个女人，
在黑风下被雨和夜染成黑色，
和雕像沉重的石头在一起：
采石人胡安，维拉科查① 之子
受冻者胡安，绿色星辰之子，
赤脚者胡安，绿松石之孙，
请上来和我一起出生，兄弟。

XII

请上来和我一起出生，兄弟。

从布满痛苦的深处
向我伸出手臂。
你不会从岩石深处返回。
你不会从地下的时光返回。
你僵硬的声音不会返回。
你被钻透的眼睛不会返回。
从大地深处看看我吧，
农民，织布者，沉默的牧人，
看护羊驼的驯服者，
挑衅的脚手架上的泥瓦匠，

---

① 在印第安人的传说中，维拉科查是主宰世界的神。

安第斯山泪水的挑夫，
压碎手指的首饰匠，
在种子中颤抖的庄稼汉，
和黏土混为一体的陶工：
把你们古老的被掩埋的悲哀
带给这新生命之杯吧。
让我看看你们的血和皱纹，
向我说吧：我在此遭受惩罚
是因为首饰不再闪光，
大地不再按时交纳宝石和食粮。
让我看一看你们跌倒的岩石
和折磨你们的十字架的木头，
为我点燃你们古老的火石、古老的灯盏，
鲜血淋漓的斧头
和千百年来将人抽得血肉模糊的皮鞭。
现在让我通过你们死去的口发言。
请通过大地，把所有
沉默、破碎的嘴唇连成一片，
从地下向我讲吧，在这整个漫长的夜晚，
如同我和你们一起抛锚，
把一切都告诉我，一链接一链，
一环套一环，一步挨一步，
磨利你们的刀剑，
放在我的手上，佩在我的胸前，
犹如一条黄色光线的河，

犹如一条埋葬老虎的河，

让我哭泣吧，每刻、每天、每年，

多少蒙昧的时代，繁星似的流年。

给我寂静，水，希望。

给我斗争，铁，火山。

像磁铁一样，为我粘住所有的物体。

凭借我的口和我的血管。

倾诉吧，通过我的血和我的语言。

伐木者醒来 ①

迦百农 ② 啊，你已经

---

① 《伐木者醒来》于1948年7月发表在布宜诺斯艾利斯的《方向》上，
后收入《漫歌》(第九章)，是聂鲁达传播最广的诗作之一。诗中"伐木
者"指的是美国第十六任总统亚伯拉罕·林肯（1809—1865）。他年轻
时曾从事劈木做栅栏的工作。林肯主张废除奴隶制，因而受世人敬仰。
② 迦百农，《圣经》中的地名。据称耶稣开始传道时，即迁居此地。

> 升到天上，将来
>
> 必跌落阴间……
>
> ——《路加福音》第十章十五节

I

在科罗拉多河以西
有一个我热爱的地方。
我对它多么向往，满怀着
心中跳动的一切，
过去，现在，理想。
那里有红色高耸的山岩，
狂野的风用千万只手
将它们缔造：
盲目的猩红色从深渊升起
在山岩中孕育出铜、火焰和力量。
亚美利加像一张展开的野牛皮，
驰骋的夜空晴朗，
我仰望高高的繁星密布，
畅饮你杯中碧绿的露珠。

是的，从荒凉的亚利桑那和崎岖的威斯康星，
到风雪中高高的密尔沃基城
或者是西棕榈滩炎热的沼泽，

靠近塔科马① 的松林，

在你的树林那浓郁的钢铁气味中，

我踏着母亲大地，

翠绿的叶子，瀑布的碎石，

恰似音乐般颤动的飓风，

犹如修道院般祈祷的河流，

野鸭和苹果，土地和水，

无限的宁静，为了使麦苗萌生。

在那里，从处于中心位置的岩石，

我能向空中伸展耳朵、眼睛和臂膀，

能听见书籍、机车、降雪、斗争、

工厂、坟墓、植物、脚步，

曼哈顿船上的月光，

纺织机的歌唱，

吞吃泥土的挖掘机，

兀鹫啄食般的钻孔机

和所有切割、压榨、奔驰、缝纫的声响：

物质和车轮循环往复地来到世上。

我爱"农夫"的小屋。年轻母亲们正在安睡

散发着罗望子甜饮

<hr>

① 密尔沃基、西棕榈滩、塔科马都是美国的城镇，分别属于威斯康星、佛罗里达和华盛顿州。

和刚熨过的衣料的芳香。
炉火燃烧在千家万户，洋葱的气味在那里飘扬。
（男人们的声音像河底的卵石般粗犷，
当他们在岸边歌唱：
烟草离开了宽宽的叶片
像火的精灵进入这些人家。）
请到密苏里来，看看奶酪和面粉，
喷香的餐桌，红得像提琴一样，
男人在大麦田里航行，
初次被乘骑的青色幼马
洋溢着面包和苜蓿的芬芳：
教堂的钟，虞美人，铁匠铺，
在乡野简陋的电影院里
在从大地诞生的梦乡
爱情展开自己的牙床。
我们爱的是你的和平，而不是你的面具。
美丽的并不是你武士的脸庞。
北美啊，你美丽又宽广。
你出身卑微，像河边
洁白的洗衣女。
自身建筑于陌生中，
你的甜蜜是蜂房的平静。
我们爱你的男人，他双手
沾满俄勒冈红色的泥土，

爱你的黑孩子，他给你带来

诞生于象牙之乡的音乐；

我们爱你的城市，你的本质，

你的机制，你的光明，

你那西部的活力，养蜂场和村镇

蜜一般的和平，

驾驶拖拉机的壮小伙儿，

你从杰斐逊 [①] 那里继承的燕麦，

丈量你茫茫大地轰鸣的车轮，

工厂的烟柱和新建

居民区的第一千次亲吻；

我们爱的是你劳动者的血液：

你手上沾满油污的人民。

在草原的夜幕下，在那张野牛皮上，

那些音节，关于我的过去

和我们的过去的歌，在沉静中

停息的时间已经很长。

梅尔维尔 [②] 是海边的枞树，

枝头上长出一条船体的曲线，

一条木头和航船的臂膀。

---

① 杰斐逊（1743—1826），美国第三任总统。

② 梅尔维尔（1819—1891），美国小说家，代表作是《白鲸》。

惠特曼 ①，像谷粒一样不可估量，

爱伦·坡 ② 沉浸在自己数学的黑暗，

德莱塞 ③、沃尔夫 ④

是我们自身缺失的新的创伤，

刚刚出名的洛克里奇 ⑤，束缚于深处，

又有多少其他人，被黑暗捆绑：

本半球的曙光在他们身上点燃，

我们的现实体现在他们身上。

强势的王子们，盲目的首领们，

有时在事件和恐惧的丛林之间，

被快乐和痛苦打断，

在车辆纵横的草滩下，

多少死者在人迹罕至的平原被埋葬：

多少无辜的受害者，多少刚问世的预言家，

死在这张大草原的野牛皮上。

①　惠特曼（1819—1892），美国诗人，自由诗创始者，代表作是《草叶集》。
②　爱伦·坡（1809—1849），美国作家，以诗作《乌鸦》成名，小说《黑猫》等对西方文坛产生了广泛影响。
③　德莱塞（1871—1945），美国小说家，主要作品有《嘉莉妹妹》《珍妮姑娘》等。
④　沃尔夫（1900—1938），美国小说家，主要作品有《时间与河流》《网与石》等。
⑤　洛克里奇指弗兰西斯·洛克里奇（1896—1963）和理查德·洛克里奇（1898—1982）夫妇，美国侦探小说家，他们于1941年发表的《一撮毒药》是聂鲁达很喜爱的作品。

从法兰西、冲绳岛、莱特礁

（诺曼·梅勒 [1] 对此有记述），

从愤怒的天空和汹涌的海浪，

几乎所有小伙子都回到了家乡。

几乎所有 …… 泥土和汗水的经历

都是苦涩的：他们没听够

礁石的歌唱，或许

也没摸过芬芳鲜艳的花环，

除非死在岛上：

        血和粪便

追逐他们，污垢、老鼠，

还有一颗疲惫、孤独、拼搏的心脏。

但他们毕竟回来了，

        你们接受了他们

在广袤大地上的辽阔空间里

而他们（归来的人们）却将自己

封闭起来，恰似无数不知名的花瓣

组成的花朵，为了重生和遗忘。

II

而且，除此之外，在家里

---

[1]　诺曼·梅勒（1923—2007），美国作家，代表作《裸者与死者》以第二次世界大战为背景，而冲绳岛、莱特礁都是太平洋中的岛屿，第二次世界大战时在那里发生过两栖战役。

他们还遇到一位客人，

或许他们有了新的眼光（要么从前是盲人）

或许是他们的眼皮被带刺的树枝划破，

或许是美利坚的土地上出现了新的情况。

那些和你一起战斗过的黑人，坚强

而且笑容可掬，请看：

　　　　　　　有人将燃烧的十字架

放在了他们家门前①，

吊起并烧死了你的血缘兄弟：

从前要他去当兵，如今却剥夺

他说话和表决的权利；

蒙面的刽子手在夜间集合，

拿着十字架和皮鞭。

　　　　　　（在海外

征战听到这样的事件。）

　　　　　　　　这位不速之客

像一条凶狠的老章鱼，

身躯庞大，贪得无厌，

小兵啊，他已经盘踞在你家里：

传媒渗透着柏林培植的古老毒液，

报纸（《时代》《新闻周刊》之类）

变成了告密的黄色页面。曾向纳粹

---

① 这是美国种族主义暴力组织"三 K 党"的习惯，在对黑人家庭施暴之前，将一个点燃的十字架放在其家门口。

唱情歌的赫斯特①，如今满脸堆笑

却又削尖了爪子，目的是

让你们重新奔赴岛礁或荒原

为了这霸占了你家的客人去征战。

他们不让你喘息：他们要继续

出卖钢铁和枪弹，准备新的军火

并尽快卖掉，在更新的军火

提前出炉并被新的军火商掌控之前。

主子们窃取了你的家园

将向各处派遣军队，

他们喜爱黑色的西班牙②，并献给你一杯血酒：

马歇尔③鸡尾酒（枪毙一人，勾兑百杯）。

你们挑选青年人的血：

中国农民，

西班牙囚犯，

产糖的古巴的血汗，

智利铜矿和煤矿的女人们的泪水，

然后用力搅拌，

像挥舞大棒，

---

① 赫斯特（1863—1951），美国当年的报界大亨。

② 指佛朗哥统治下的西班牙。

③ 马歇尔（1880—1959），第二次世界大战后曾任美国国务卿。这里指他的"欧洲复兴计划"，俗称"马歇尔计划"。

不要忘记加上冰块儿

和几滴"捍卫基督文化"的礼赞。

这种混合苦涩吗?

小兵啊,你很快就会习惯。

在世界的任何地点,

在月夜或清晨,在豪华酒店,

您都可以要这种提神去暑的饮料

并支付印有

华盛顿头像的大额钞票。

你还会遇到查理·卓别林,

世上最后一位温柔的父亲,

他不得不逃匿,而作家们(霍华德·法斯特[①] 等),

学者们和艺术家们

在你的家园

都要坐上被告席,因"非美"思想

而接受发了战争财的商人们的审判。

恐惧蔓延到了世界最远的边沿。

我的姑母读到这些消息感到震惊,

地球上所有的眼睛

---

① 霍华德·法斯特(1914—2003),美国小说家,1943年加入美国共产党,曾因拒绝向"非美活动委员会"透露为参加西班牙内战的美国老兵的孤儿之家所设立的基金的捐款人姓名而受迫害。他写过题为《聂鲁达在世界和平大会》的报导,并于1953年获斯大林奖金,后因苏联出兵匈牙利而与其关系破裂。

都在注视这些可耻的、报复的法庭。
这是血腥的巴比特们 ①、奴隶主们、
杀害林肯的刽子手们的审判庭,
这是如今新的宗教裁判所,它并非十字架
所建(当年也是令人恐惧和不可思议的),
创建它的是无权审判
却在妓院和银行的桌面上
叮当作响的金钱。

莫里尼戈、特鲁希略、冈萨雷斯·魏地拉、
索摩查、杜特拉 ② 在波哥大聚集并狂欢。
你,年轻的美国人,你不了解他们:
他们是我们的天空黑心的吸血鬼,
他们的翅膀投下的阴影是苦难:

               监狱、

酷刑、死亡、仇恨:
拥有石油和硝石的"南方" ③
却孕育了魔障。

         黑夜里,在智利,在罗塔 ④,
屠夫的命令传到矿工们简陋潮湿的家中。

---

① 巴比特,美国作家辛克莱·刘易斯(1885—1951)早期作品《巴比特》
中的主人公,是美国大资产阶级的典型代表。
② 他们分别是巴拉圭、多米尼加、智利、尼加拉瓜和巴西的统治者。
③ 指美国以南的地方,即拉丁美洲。
④ 罗塔,智利中部城市,有丰富的煤矿。

孩子们哭着从梦中惊醒。

人们会想，千万个

这样的人被关进了牢笼。

在巴拉圭

树丛浓密的阴影笼罩着

遇难爱国人士的尸骨，

在夏夜闪烁的磷光中，

只听一声枪响。

真理

在那里死亡。

范登堡先生、阿穆尔先生 [1]

马歇尔先生、赫斯特先生，

为什么不去干涉圣多明各以保护西方？

为什么在尼加拉瓜，

总统先生会在半夜惊醒，

仓皇出逃并在流亡中客死他乡？

（那里要保卫的是香蕉而不是自由，

对此，索摩查足以担当。）

唉，小兵啊！

这些"伟大的"胜利的思想

---

[1]　范登堡（1884—1951），美国共和党参议员，第二次世界大战后积极支持杜鲁门主义、马歇尔主义和北大西洋公约组织。阿穆尔是一个以肉肠生意闻名的美国家族。

如今正在希腊 [1] 和中国推广，辅佐那里
龌龊的政府，它们就像肮脏的地毯一样。

III

亚美利加，远离你的土地，
我同样会四海为家，日复一日
飞行，经过，歌唱，对话。
在亚洲、乌拉尔山脉、苏联，我浸透
孤独和松脂的心灵得到了舒展。

我热爱人类在各个领域
通过爱和斗争创造的一切。
在乌拉尔，松林古老的夜色
和雄伟立柱的寂静
依然环绕着我的寓所。
在这里，小麦和钢铁
诞生在人类的胸膛和手中。
铁锤的歌声使古老的树林欢唱
宛若新生的蓝色景象。
我从这里注视人民的广大区域，
妇女和儿童的乐土，

[1]　指希腊内战，它是杜鲁门主义的起因。

漫 歌

爱情、工厂和歌曲，学校
在森林中像紫罗兰一样闪耀，
昨天那里还栖息着野生的狐狸。
从这一点，我的手
能涵盖地图上碧绿的草地，
上千座工厂的烟缕，
纺织品的芳香，
能量被驯服的奇迹。
傍晚，我沿着
刚刚设计的新路回家
并走进厨房
那里煮着卷心甘蓝，
世上又平添了一股新的清泉。

这里也有年轻人返回了家园，
但千百万人却留在了后面，
他们被钩子钩住，被处以绞刑，
被焚化在特殊的炉中，
被彻底毁掉，
只留下人们记忆中的姓名。

他们的村镇也被杀戮：
苏维埃的土地被杀戮，
无数的尸骨与碎玻璃混在一起，

奶牛和工厂，甚至连春天
也被战争吞噬而消失了踪影。
年轻人回来了，然而
他们对自己建设的祖国的爱
却和那么多的血相互交融，
他们用血管呼唤"祖国"，
用血液歌唱苏维埃联盟。
当他们回来，使城市、牲畜
和春天复苏的时候，
攻克普鲁士和柏林的人们
发出了高亢的呼声，
沃尔特·惠特曼，昂起
你那草叶似的胡须，和我一起
从树林和馥郁的旷野眺望。
沃尔特·惠特曼，你看到了什么？
我深刻的兄长说：
我看到在光辉的斯大林格勒 ①，
在那纯洁的首府，
在那死者缅怀的城市，
那些正在开工的巨大的工厂。
从那战斗过的平地，
从苦难和烈火中，

〰〰〰〰〰〰〰〰〰〰〰〰〰〰〰

① 即伏尔加格勒。

在湿润的清晨，我看到一台拖拉机
正驶向原野，发出隆隆的声响。
沃尔特·惠特曼，把你的声音，
把你埋在地下的胸膛的重量，
把你脸上的根须给我，
我要为重建家园高歌！
让我们共同歌唱从所有的痛苦中
挺立起来的一切，从巨大的沉静
庄严的胜利中涌现
出来的一切：

　　　　　　斯大林格勒，
请发出你钢铁的声音，让希望
像集体之家，一层一层地生长，
前进中会有一种新的冲动
在指引
建设
歌唱。
斯大林格勒就像水、石头
和钢铁组成的乐队，从血泊中崛起
而面包又在面包房里获得了新生，
春天又来到了学校，新的脚手架
新的树木与日俱增，伴随着
古老而又坚强的伏尔加河的涌动。

　　　　　　这些书籍，

装在用红松和雪松制成的新的书箱里，
其所在之处
原来是死去的刽子手们的坟墓：
这些建筑在废墟上的剧院
掩盖了苦难和抵抗；
书籍像纪念碑一样明亮：
一本书讲述一位英雄，
讲述每一毫米死亡，
讲述每一片花瓣不可磨灭的荣光。

苏联啊，倘若我们
能将你在斗争中流的全部血液，
将你像一位母亲为了拯救垂死的自由
而献给世界的全部血液汇合起来，
我们将会有一个新的海洋，
比任何一个海洋都更广，
比任何一个海洋都更深，
它像所有河流一样有生命力，
像阿劳卡尼亚① 火山一样喷薄向上。
世界各地的人啊，
将你的手伸进这海洋，

---

① 　阿劳卡尼亚，位于智利南部。居住在此的印第安人又称阿劳科人，曾顽强抵抗殖民时期的西班牙远征军。史诗《阿劳卡纳》对此有详尽的描述。

然后再举起来，将那忘记过去之人，
横行霸道之人，撒谎行骗之人，
龌龊不堪之人，将那与西方垃圾堆中
千百条狗沆瀣一气、玷污你的血液之人，
统统淹死。啊，自由人的母亲！

沐浴着乌拉尔松林芬芳的气味
我注视着图书馆
诞生在俄罗斯心中，
实验室里一片寂静，
一列列火车驶向新的城市，
满载着木材和歌声，
这馨香的和平宛如新的胸膛
脉搏的律动在那里成长：
鸽子和姑娘们回到草地
她们的洁白在那里飘荡；
橘树林挂满了金色的果实，
每天清晨
市场都洋溢着新的芳香，
这新的芳香来自高原，
那曾是苦难最深重的地方：
工程师们用他们的数字
使平原的地图震颤，
一道道管线像一条条长蛇

在蒸汽缭绕的初冬的大地上盘旋。

在克里姆林宫的三个房间，
住着一个叫约瑟夫·斯大林的人。
房间里的灯光熄灭得很晚。
世界和祖国不给他休息时间。
其他的英雄们使祖国诞生，
而他不仅要孕育祖国，
还要建设她，
保卫她。
无比辽阔的祖国就是他自己的身体，
因此，他不能休息，因为祖国并不休息。
从前，冰雪和火药
使他面对古老的匪患 ——
他们一心想（如今又一次）使"鞭刑"①、
贫困、奴隶们的苦难和千百万穷人
以往的煎熬死灰复燃。
他曾和弗兰格尔和邓尼金之流②
这些西方派来"保卫文化"的家伙作战。
那些刽子手的虾兵蟹将
在苏联广阔的国土上，只落得魂不附体，

---

① 指皮鞭，是沙皇时期的刑具。
② 弗兰格尔（1878—1928），俄国内战后期的白军将领。邓尼金
（1872—1947），1918年出任南俄白军司令。

斯大林辛勤工作，不分黑夜和白天。
可后来被张伯伦 ① 豢养的德国人
驾着枪弹的浪潮前来进犯。
斯大林在漫长的国境线上与他们对垒，
进行各种各样的转移和进攻，
他的子弟们像人民的飓风，直抵柏林，
赢得了俄罗斯广泛的和平。

莫洛托夫和伏罗希洛夫
也在那里，我见到了他们，
还有其他的高级将领，
那些不屈不挠的人。
像雪中的圣栎树般坚定。
他们谁也没有宫殿，
谁也没有成群的奴仆，
谁也没有在战争中
靠出卖人血而成为富翁，
谁也没有像骄傲的孔雀一样
率领一帮心黑手狠的打手
去里约热内卢或波哥大逞凶：
他们谁也没有两百套服装，
谁也不是兵工厂的股东，

---

① 　张伯伦（1869—1940），英国首相，1938年同希特勒签订了《慕尼黑协定》，为纳粹侵犯欧洲提供了方便。

他们只在快乐和国家建设中
入股，他们辽阔的国家
在死亡之夜升起了响亮的黎明。
他们称世人为"同志"，
使国王成了木匠。
骆驼将无法穿越那样的针孔①。
他们清洁了农村，
分配了土地，
解放了奴隶，
消灭了乞丐，
扫除了大大小小的恶人。
给长夜带来了光明。

因此，阿肯色的姑娘，
或者西点的金发青年，
或者底特律的机械师，
或者老奥尔良的搬运工人，
我要告诉你们大家：请站稳脚跟，
聆听这广阔世界的声音，
此刻和你们讲话的人
不是国务院风度翩翩的绅士，
也不是凶残的钢铁大王，

① 语出《圣经》，意为"绝不可能"。

而是美洲南端的一个诗人，

巴塔哥尼亚铁路工人的儿子，

像安第斯山的空气一样的美洲人，

如今是离开祖国的流亡者，

在他的祖国，监狱、刑罚、苦难泛滥，

而铜和石油却渐渐变成了

外来主子的金钱。

你不是

一手拿着黄金

一手拿着炸弹的偶像。

你是

现在的我，曾经的我，我们

应共同保护之物，极纯洁的美洲

底层兄弟般的土地，

街上和路上朴实的行人。

我的兄弟胡安在卖鞋

如同你的兄弟约翰；

我的妹妹胡安娜在削土豆皮

如同你的表妹珍妮；

我的血是矿工和海员的血，

彼得 ① 啊，和你的一样。

---

① 胡安、胡安娜、约翰、珍妮以及彼得分别是西班牙语和英语中常见的普通人的名字。

你和我一起将门打开
让乌拉尔的风
穿透黑色的帘栊,
我们一起告诫那暴徒:
"亲爱的朋友,此处禁止通行!"
这边的土地属于我们,
这里听不到机枪的轰鸣,
而只有歌声,歌声,歌声。

IV

然而,美国啊,倘若你武装起
自己的军队,去摧毁那纯洁的边境
派遣芝加哥的屠夫
掌控我们
热爱的音乐和秩序,
　　我们将从岩石和空气中出来
将你咬死;
　　从最后一个窗口出来放火
将你烧死;
　　从最深的波浪中出来
用芒刺将你扎死;
　　从田垄中出来,让种子
像哥伦比亚的拳头将你猛砸;

我们将断绝你的面包和水，
在地狱中将你焚化。

士兵啊，你不要踏进
温柔的法兰西，在那里
我们将把碧绿的葡萄酿成醋，
让贫苦的姑娘们领着你
去看德国人未干的血迹；
也不要登上西班牙干燥的山峦
因为每块岩石都会变成火，
勇敢的人们会在那里战斗一千年；
不要在橄榄林中迷失方向
因为你休想再回俄克拉荷马的家园；
而且你也别去希腊，因为就连你今天
让人流出的血都会奋起将你们阻拦。
你别来托科皮亚 ① 钓鱼
因为剑鱼将识破你们的掠夺
而黝黑的矿工会从阿劳卡尼亚
找出埋藏在地下的古老的利箭
它们正等着将新的征服者射穿。
你们不要相信唱着"维达丽塔" ② 的高乔人，

① 托科皮亚，智利北部港口，产铜。
② 指阿根廷的情歌小调，流行在潘帕斯草原的高乔人中。

也别相信冷库里的工人 ①。他们

将在四面八方，瞪着眼，握着拳，

像恭候你们的委内瑞拉人一样

一手拿着吉他，一手拿着瓶装的汽油弹。

你也不要，不要进入尼加拉瓜：

桑地诺 ② 正睡在森林里等着这一天，

他的步枪布满了青藤和雨水，

他的脸上已经没有眼睑，

但是你们杀害他的伤口还在感染

就像波多黎各的双手

在等候着刀光闪闪。

　　世界将对你们毫不手软。

不仅是那些荒无人烟的岛屿，还有风

—— 它早已熟悉自己喜欢的语言。

你千万别到高高的秘鲁去寻找炮灰：

我们同一血缘的温和的祖先

正在断碣残碑的迷雾中

磨利他们紫晶的宝剑，

山谷中雄浑的螺号

会召集武士和弓箭手

① 指阿根廷人。阿根廷畜牧业发达，需冷库储藏牛肉。
② 桑地诺（1895—1934），尼加拉瓜民族英雄，曾率29名工人宣布起义，开展反美斗争。

他们都是阿马鲁^① 的儿孙。你也不要

去墨西哥山地寻找与曙光作战的人，

萨帕塔^② 的枪支并没有昏睡，

擦拭好了，正向得克萨斯^③ 的土地瞄准。

你也不能去古巴，大汗淋漓的甘蔗林

在大海的光辉里，等候你的只有阴沉的目光

和一致的怒吼：杀敌或者死亡！

           你千万

不要去喧闹的意大利游击区，

别离开你那驻扎在罗马由身穿夹克衫的士兵

组成的队伍，别离开圣彼得教堂：

离开那里，到处是乡村的圣徒，

海上捕鱼的圣徒，他们粗犷勇猛，

热爱那伟大的草原之国

世界曾在那里重新获得繁荣。

           你千万

别碰保加利亚的桥梁，罗马尼亚的河流

不会放过你，我们将给它们注入沸腾的血液

让它们烧死侵略者：你也别向农民打招呼，

如今他已认识封建主的坟墓，正握着

---

① 指何塞·加夫列尔·孔多尔坎基（约1742—1781），秘鲁印第安人
革命家，自称图帕克·阿马鲁（1545—1572）二世，曾组织反抗西班牙
殖民统治的暴动，失败后惨遭杀害。
② 萨帕塔（1879—1919），墨西哥革命时期的农民起义军领袖。
③ 得克萨斯原是墨西哥领土，后被美国吞并。

犁耙和步枪瞭望：你只要看他一眼，
他便会像星星一样将你烧光。

                                你千万
别在中国登陆：洋奴买办蒋介石和
身边围着的腐败的官僚集团都将不在：
等候你们的将是农民们
镰刀的丛林和炸药堆成的火山。

在以往的战争中曾使用灌满水的沟堑，
后来又有带钩带刺的铁丝网，一层又一层，
可这里的沟更大、水更深，
这里的铁丝网比任何金属都不可战胜。
它们是由金属和人的原子共同构成，
是扭成一个和千百个结的无数生命：
是各地人民古老苦难的结晶，
他们属于所有遥远的王国和山谷，
属于所有的旗号和航船，
属于所有群居的洞穴，
属于所有顶着风暴撒开的渔网，
属于大地所有粗犷的沟壑，
属于所有炽热锅炉的地狱，
属于所有的纺织厂和铸造厂，
属于所有散落或集合起来的火车。
这铁丝能绕地球一千次：

好像是被驱逐，时续时断
但会突然如磁铁般连接起来
直至布满人间。但是还不止于此，
冻土带和西伯利亚的男人和妇女，
战胜过死神的伏尔加河畔的勇士们，
斯大林格勒的孩子，乌克兰的巨人，
光芒四射，坚定果敢，
意志如钢，笑容满面，
歌唱、战斗
或等候你们来犯，整个一道
宽阔的高墙，筑成它的是石块
和鲜血、钢铁和歌声、勇敢和期盼。
如果你们胆敢碰一碰这高墙
便会被焚烧，像电厂的煤炭一样，
罗切斯特 ① 的微笑将会化作黑暗
然后被草原的风吹向四方
最后永远被雪埋葬。
所有战斗过的人们都将到来，
从彼得大帝到新的惊天动地的英雄，
他们将自己的勋章变成小小的冷酷的子弹，
并让它们从如今欢乐
宽广的全部国土呼啸不停。

①　罗切斯特，美国纽约州北部工业城市。

而且从那爬满藤蔓的实验室
会有解除桎梏的原子
飞向你们那些傲慢的城市。

V

但愿别发生这样的事情。
让伐木者醒来吧。
让亚伯拉罕带着他的斧头
和他的木碗
来和农民一起用餐。
让他那树皮似的头颅，
他那注视着一块块木板
和圣栎树褶皱的双眼，
升至比红杉树
更高的树冠，
再一次把这世界察看。

让他到药房去买药，
让他乘坐去坦帕的公共汽车，
让他咬一口黄色的苹果，
让他走进电影院，
和所有的普通人交谈。

让伐木者醒来吧。

让亚伯拉罕来吧,
让他那古老的酵母使伊利诺伊
碧绿和金黄的大地充满生机,
让他在自己的国家举起斧头
砍向新的奴隶制,
砍向抽打奴隶的鞭子,
砍向有毒的印刷品,
砍向人们出售的
血腥的商品。
让白人青年和黑人青年
满面春风,高歌向前,
面对黄金的壁垒,
面对仇恨的制造者,
面对倒卖血液的商贩,
高歌,微笑,凯旋。

让伐木者醒来吧。

VI

和平属于即将到来的曙光,
属于桥梁,属于葡萄酒,
属于这些文字,它们将我寻觅
并在我的血液中升腾

使古老的歌融合着土地和爱情，

和平属于清晨的城市

当面包觉醒，和平

属于密西西比河，根脉之河：

和平属于我兄弟的衬衣，

和平宛如风留在书中的印迹，

和平属于基辅伟大的集体农庄，

属于这些和另一些

死者的骨灰，属于布鲁克林

黑色的钢铁①，属于像日子一样

挨家挨户送信的邮差，

和平属于编舞者，手持喇叭筒

向那些藤蔓高喊，

和平属于我的右手，

它只想写罗莎里奥②的名字，

和平属于像锡矿石

一样神秘的玻利维亚人，

和平为了让你结婚，和平属于

比奥比奥③所有的锯木厂，

和平属于游击战士的西班牙

那破碎的心，

和平属于怀俄明州小小的博物馆

---

① 指纽约市布鲁克林钢索桥。
② 暗指诗人的第三位妻子玛蒂尔德·乌鲁蒂亚。
③ 比奥比奥，智利重要河流，全长约380公里，入太平洋。

166

那最温情的展品:
一个枕头上绣着一颗心。
和平属于面包师和他的情侣们
和平也属于面粉,
属于所有要萌生的麦苗,
属于所有寻找树荫的爱情,
属于所有的土地和水,
属于所有活着的人。

在此我要告别了,
我要回家,
魂牵梦绕的巴塔哥尼亚,
风在那里敲打着畜栏,
冰块溅出了洋面。
我不过是一位诗人: 我爱你们所有的人,
我在自己热爱的世界上游荡:
在我的祖国, 矿工被关进牢中,
士兵向法官发号施令。
但是我热爱自己寒冷的小国
直至它的每一条根。
即使要死一千次,
我愿一千次在那里死;
即使要生一千回,
我愿一千回在那里生 ……
在野生的阿劳科杉附近,

迎着南极的劲风，
听着新买来的钟的响声。
但愿谁也不要将我思念。
让我们想一想整个世界，
将爱情拍在桌面。
我不愿鲜血再将面包、菜豆
和音乐浸染，我愿矿工、女孩
律师、海员、布娃娃的制造者
和我一起走进电影院，然后
出来畅饮最红的葡萄酒。

我不是为了解决任何问题而来。

我来这里是为了歌唱
为了你和我一起歌唱。

致拉菲尔·阿尔贝蒂（西班牙，圣马利亚港）①

拉菲尔，在我到达西班牙之前，

①　这是《漫歌》第十二章《歌的河》中的第二首。拉菲尔·阿尔贝蒂是
西班牙诗人，属"1927年一代"，他和聂鲁达不仅是好朋友，而且都是
共产党员，都曾长期在国外流亡。

漫　歌

你寄给我的诗已在路上，至今对我而言
这文字的玫瑰，这剪下的葡萄，不仅
是一个纪念，而且是芬芳之光，世界之源。

　　你的土地由于残暴而枯干，你为它
　　带来天气早忘在一边的雨露，
　　西班牙和怀抱中的你一起醒来，
　　并重又戴上黎明珍珠的王冠。

　　你可能还记得我带去的东西①：由于
　　无情的酸液腐蚀已经破碎的梦想，
　　在流亡水域滞留，在寂静中
　　露出来的痛苦的根须
　　宛似森林中烧焦的木桩。
　　拉菲尔，那段时间我怎能遗忘？

　　我到了你的国家，
　　像落在岩石的月亮之上，
　　到处是荒野的苍鹰，干枯的芒刺，
　　但是水手啊②，你的声音
　　在等候并欢迎我，用海洋

---

① 　指诗人在《大地上的居所》第一和第二卷中描绘的混乱和破坏的景
象。聂鲁达于1929年将这两卷诗集寄给阿尔贝蒂，委托他在西班牙出版。
② 　阿尔贝蒂的代表作是《陆地上的水手》，故有此说。

甜蜜的果实和紫罗兰的芳香。

你的诗赤裸裸摆在桌上。

南方的松林，葡萄的种群，
使你加工过的钻石变得晶莹，
一接触到如此美好的光明
便将我带到世上的许多阴影化解干净。

光明中耸立的建筑，如同花瓣，
通过你芬芳醉人的诗句，
我看到昔日的水流，传承的雪片，
在西班牙你对我的帮助非同一般。
我用你的手指，触摸了蜂巢和荒原，
熟悉了被人民如同被大洋
消耗的海岸，还有那些石阶
上面的诗歌使自己全部
蓝宝石的服装化作了星光灿烂。

你知道，只有亲兄弟才会施教。
那时你对我不仅是施教，
你教我的不只是我们同类人
逝去的荣耀，还有你天生的刚直不阿，
当西班牙又一次流血的时候，

我捍卫了人民的基业，因为它也属于我。

你知道这些事情，而且众所周知。
我只想和你相逢，
今天，你已度过了半生 ①，
对自己的土地，你比树木更有权利，
今天祖国的不幸，不仅导致了我们
爱戴之人的丧生，而且还有你的失踪
给被狼群吞噬了的橄榄树蒙上了阴影，
兄长啊！我真想给你，如果可能，
当年你给我的兴高采烈的心境。

　　在我们二人之间
　　诗歌像天空的皮肤，
　　我想和你一起采摘一串葡萄，
　　还有这嫩枝和那地下的根部。

　　嫉妒在人际之间畅行无阻，
　　在你我之间却打不开门户。
　　当外面狂暴的风
　　解开自己的衣服，我们

---

① 这既指阿尔贝蒂的年龄（时年46岁），也指他的流亡 —— 西班牙内
战后开始，1940年到达布宜诺斯艾利斯，后移居罗马，于1977年佛朗
哥死后才回国。

在享受面包、温暖和葡萄酒，
任那愤怒的兜售者在噪叫，
任凭它在你的脚下呼啸，
而我们举起斟满琼浆的
透彻的酒杯，这多么美妙。

有人想忘记你的至高无上？
让他去闯荡，他将遇到你的脸庞。
有人想将咱们匆匆埋葬？
那好吧，但是他必须学会飞翔。

让他们来吧，但谁又能将收获动摇
它曾被秋天的手举高
直至用美酒的颤动将世界熏陶？

兄长，给我那酒杯，并听我说：
我生活在潮湿和激流汹涌的美洲，
有时我会失去寂静，失去夜晚的花冠，
仇恨抑或是空虚，空虚中的空虚，
一条狗、一只青蛙的黄昏
包围着我，那时我便感到
辽阔的土地将我们隔离，
我就想去你家里，我知道，你在等我，
只是为了成为好人，成为我们

能够成为的好人。我们不亏欠任何人。

对于你，他们却欠你的，欠你一个祖国：等着吧。

你将回去，我们将回去。有一天，我愿和你一起
走在你的海岸上，沐浴金色的阳光，
走向你的海港，我那时没有到过的南方的海港。
你将向我展示海洋，沙丁鱼
和油橄榄在那里将沙地争抢，
还有比利亚隆 [①]（同样没来看我的朋友，
因为他已被埋葬）绿眼睛公牛的田野，
还有一桶一桶的雪利酒，
一座座大教堂，在其贡戈拉风格的心脏里
放射黄玉淡淡的火光。

拉菲尔，我们要去那个人
安息的地方，他和你共同
用双手将西班牙的腰部支撑。
死者不会死，你在保护着他，
你的存在就是捍卫他的生命。

---

① 费尔南多·比利亚隆（1881—1930），西班牙诗人，擅长写安达卢西亚风光。

费德里科① 就在那里，像丢失在
山里的谷粒，但还有许多人，
在那里被深深地埋葬，不公正地
流尽鲜血，倒在西班牙的山岗，
他们是自己人，我们就在他们的泥土上。

你活着，因为你一向是创造奇迹的神。
恶狼们最想找的就是你，
它们要将你吞掉，灭你的威风。
每只狼都想成为你尸体里的蛆虫。

可是呢，他们错了。或许
你诗歌的结构，那清澈的透明，
你用温柔武装起来的刚毅，
坚定，谨慎的顽强，
拯救了你对大地的恋情。

　　我要和你一起去你给我的领地
　　将赫尼尔河② 的水品尝，
　　去看那些安睡的形象
　　它们在航行的白银中缔造了
　　你蓝色音节的歌唱。

————————————————————

① 指诗人费德里科·加西亚·洛尔卡。
② 赫尼尔河，洛尔卡家乡格拉纳达地区的河流。

我们还要走进那铁匠的工棚：
现在人民的金属期待着
在刀刃上诞生：我们唱着歌
从苍穹摇动的红色网络旁走过。
刀刃、网络、歌声将所有的痛苦抹平。
你的人民将用被炸药烧焦的双手，
像草原上的月桂，带走你的爱
在不幸中被采下的火种。

是的，鲜花会从我们的流放中诞生，
那便是人民用雷电争得的祖国的形成，
酿造失去的蜜，实现梦想的真理，
却不是一朝一夕的事情，
必须让每条根都化作歌声，
直至用它们的叶子将世界遮笼。
你就在那里，没有任何事物
不在你留下的钻石月亮下移动：

孤独，角落里的风，
一切都在触摸你的领地，
而最近的死者们，在监狱中
倒下的人们，被枪杀的雄狮们，
还有游击队员和忠心的将领，

他们用自己的根
滋润着你闪光的职责
和心灵。

共同分担的苦难给我们留下
闪光的创伤，从那时至今
过去了多少岁月，战马用它的铁蹄
踏碎玻璃，蹂躏了村庄。
这一切都在火药下面诞生，
都为了长出谷穗而期待着你，
在它们的新生中，你将被
笼罩在那些艰苦岁月的烟雾和柔情之中。

西班牙的土地是辽阔的，而你的激励
像一把手柄华丽的宝剑活跃在那里，
光辉的兄长啊，无论忘却还是严冬
都不能将你从人民的嘴里抹去。
我这样对你诉说，或许忘了一句言语，
总算在给你回信，那些信你已忘记，
当东方的气候像红色的芳香
笼罩着我，它们抚慰了
我的孤寂。
　　　　但愿你金色的前额
能在这封信中看到新时代的一天，

那一天的新时代终将到来。
　　　　　　　　　　　再见。

今天是1948年12月16日，
于我在那里歌唱的美洲。

船长的诗 ①

（1952，选十）

① 《船长的诗》于1952年在意大利匿名发表，是聂鲁达写给玛蒂尔德的。这里的十首全部选自开篇组诗《爱情》。

大地在你

小小
玫瑰，
小小的玫瑰，
有时
小巧而且赤裸
似乎能在
我手中握，
于是我要握紧你，
置于我的口，
可是突然间
我的脚和你的脚相碰
我的口与你的唇相连，
你长大了，
肩膀高得像两座山冈，
乳房漫步在我的胸膛，
我的手臂几乎无法环绕
你那有着新月曲线的细腰：
你放纵自己在海水般的爱情里：

我几乎无法探测
你那比天空更广阔的眼神
便俯身向你的口，将大地亲吻。

女　王

我称你为女王。
有的女人比你高，比你高。
有的女人比你纯，比你纯。
有的女人比你漂亮，比你漂亮。

但你是女王。

你走在大街上
无人认识你。
谁也看不见你的水晶王冠，
谁也不看
你脚下踏着的
本不存在的金红的地毯。

每当你出现，江河

会在我体内响声大作，
钟声震撼天空，
世上洋溢着颂歌。

亲爱的，可是聆听者，
只有你我，
只有你和我。

陶　工

你的整个身体
注定有为了我的酒杯或甜蜜。

每当我将手举起
在每个地方都会遇到
一只雌鸽将我寻觅，
亲爱的，
似乎为了我这双陶工的手
人们用陶土缔造了你。

我的身体

渴求你的胸脯，
你的腰肢，你的双膝，
如同
干渴的土地
被撤掉模子留下的空洞，
在一起
我们便像一条河、一粒沙
那样完整。

九月八日

今天，是满满的杯，
今天，是巨大的浪，
今天，是整个大地。

今天，狂风暴雨的大海
在一个亲吻中将我们高举
高得使我们在闪电的光辉中
瑟瑟战栗，沉入水下
也不分离。

今天，我们的身体变得无限宽广，
一直延伸到世界的尽头，
它们融为一体，滚动
在一滴烛泪
或万千气象中。

在你我之间新开了一扇门，
有个人，尚无面孔，
在那里等候我们。

你的双手

亲爱的，当你的双手
伸向我的手，
是什么带给我飞翔？
它们为何突然
停在我的唇边，
我怎么会认识它们
似乎从前，
曾将它们轻轻触摸，
似乎前世

它们曾从我的前额，
我的腰间滑过。

它们的温柔来了，
飞过了时间，
飞过大海，飞过云烟，
飞过春天，
当你将双手
置于我胸前，
我认出了
那金鸽的翅膀，
认出了那漂白的泥土
和麦穗的色泽。

在有生之年，我
一直为寻找它们而跋涉。

我穿过小径，
攀登阶梯，
流水将我带来，
火车将我带去，
在葡萄的表皮
我好像接触到你。
木材突然为我带来了和你的联系，

杏仁向我宣示了你隐秘的柔情，
直至你的双手在我胸前合拢
如同飞鸟的双翅
结束了自己的行程。

你的欢笑

如果你愿意，请拿走面包，
拿走空气，但是
别拿走你的欢笑。

别拿走我的玫瑰，
被你脱去外壳的长矛，
那在你的快乐中
突然喷涌的水，
那为你油然而生的
银色的波涛。

我的斗争艰巨，归来
带着疲劳的眼神
有时映入眼帘的

是一成不变的大地，
可是一进家门，
你的欢笑便升上天空
将我找寻，并为我
打开所有的生命之门。

亲爱的，你在
最黑暗的时刻
笑容满面，如果突然
看见我的血
染红街上的石头，
那就笑吧，因为你的笑
对我的双手而言
就是寒气逼人的利剑。

秋天在海边，
你的欢笑应矗立起
浪花的瀑布，
而在春天，亲爱的，
我愿你的欢笑
像我等候的花朵，
蓝色的花朵，它属于
我响亮的祖国。

请嘲笑
黑夜、白昼和月亮，
嘲笑岛上
蜿蜒的街巷，
嘲笑那爱你的
愚蠢少年，
但是当我将双眼
睁开又闭上，
当我迈开双脚
离开又归来，
你可以不给我面包和空气，
不给我阳光和春天，
但绝不能不给我欢笑，
否则我会命丧黄泉。

岛上之夜

在岛上，在海边
我整夜与你同眠。
你狂野而又温柔，在欢乐
与睡梦、水与火之间。

或许很晚了
我们的梦在顶端与底部
融合在一起，
上面像同一阵风吹动的枝条，
下面像相互纠结的红色的根须。

或许你的梦
曾与我的梦分离
并在黑暗的大海
将我寻觅，
就像从前
你还不存在时，
我航行驶过你身边
对你视而不见，
你的双眼在寻觅
我今日双手捧给你的东西
—— 面包、美酒、爱情和狂热，
因为你是一个酒杯
期待着我生命馈赠的精髓。

我与你同眠
整整一夜，伴随着
黑暗的大地
和生者与死者一起旋转，

当我在黑暗中
突然醒来，你的腰肢
被围在我的手臂。
无论是黑夜还是梦乡
都无法使我们分离。

我与你同眠
醒来时，你的口
离开梦乡，
将土地、海水、藻类
还有你生命深处的味道
献给了我，
我接受你的亲吻，
它浸润着霞光，好像
从围绕我们的海上
来到我身旁。

无 限 女 ①

你可见这双手？

---

① 这是 La infinita 的直译，应是诗人对情人的昵称。

它们曾丈量大地，

区分粮食和矿产，

缔造和平与战争，

曾抹去所有海洋与河流的距离，

然而，小姑娘，

当它们靠近你，

虽然你像麦粒，像百灵，

却无法将你包容，

它们疲惫不堪

追逐在你胸前

飞翔或休憩的孪生的雌鸽，

将你腿上的距离游遍，

在你腰肢的闪光中翻卷。

你是我的宝物，

比大海及其所有河流的蕴藏

更加无限丰富，

你充实，蔚蓝，白皙，

犹如葡萄收获季节的大地。

在这片土地，

我要从你的双脚走向你的前额，

走啊，走啊，走啊，

将一生度过。

美 人

美人，
就像在源泉
清爽的岩石中，水流
冲开浪花宽广的闪电，
美人啊，
这便是你脸上的笑容。

美人，
纤细的手，瘦小的足，
像银色小马，
走啊，世界之花，
我看见你，
多么美丽。

美人，
你头上，
有一个凌乱的古铜色的巢，
闪着深色的蜜的色调，

美人啊，我的心
在那里休憩，燃烧。

美人，
你的脸庞容不下眼睛，
大地也无法将它们包容。
有国家，有河流，
还有我的祖国
也在你眼中，
我在你的眼中跋涉，
美人啊，
它们照亮了世界，
我在那里前行。

美人，
你的乳房像两个面包
美人啊，它们
用粮田和金黄的月亮制成。

美人，
我的手臂
在你温柔的身体上度过千秋，
美人啊，
使你的腰肢

变得像一条河流。

美人，
没有任何东西
堪比你的臀部，
或许世上有一个隐秘的地点，
美人啊，
或许在那里
有你身体的芳香和曲线。

美人啊，我的美人，
你的声音，你的皮肤，你的指甲，
美人啊，我的美人，
你的存在，你的光，你的影，
美人啊，
这一切都属于我，美人啊，
都属于我，属于我，
无论你歇息或跋涉，
安睡或唱歌，
痛苦或梦想，
近在咫尺或远不可测，
美人啊，
你永远属于我，
永远
属于我。

大　地

碧绿的大地将田垄、
收成、金子、叶子、种子
变成一片黄色，
然而当秋天
竖起自己宽广的旗
我看到的却是你，
你分开麦穗的秀发
为我飘逸。

我看见古老碎石的遗迹，
但是当我
触到石头的疤痕
你的身体
回应我，
我的手指
突然颤抖着
认出你炽热的甜蜜。

在刚刚被授勋的

英雄们中间，
我经过战火和大地，
在他们后面，沉默不语，
迈着小小的脚步，
是不是你？

昨天，为了
看那矮小的老树，
人们将它连根拔起，
那时我见你
注视着我，从饱受
折磨、干渴的根部
走出。

当睡梦
使我延展并
将我带到自己的寂静，
一阵白色的狂风
摧毁了我的梦乡，
落叶像利刃
纷纷落在我身上
使我鲜血流淌。

每个伤口，都恰似
你樱唇的形状。

葡萄和风

（1954，选五）

飞向太阳

从正北和西北
辽阔而又布满沟壑的领域,
我飞抵橙色和绿色的北京。
向下看, 延安
不过是矿物质的月亮
和空间的一个黄色蛋壳。
马达和风,
空中的太阳,
向神圣的土地致敬,
从那里的窑洞
自由之神积累了弹药。
英雄们不再置身于
大地的伤疤:
他们的种子
在自由地生长
传播并聚拢。
中国, 在你广阔的世界
戈壁滩,

黄沙的枝干，
月亮边界的区域，
干裂的表皮在燃烧，
直至低空飞行
才能看清
草地，江河，花园，
突然，在你的岸边，
古老而又崭新的北京
接待了我。于是土地
小麦和春天的气息，
行人的步履，
民居无限的街道，
宛似将全部水的喃喃细语
汇合在一个纯洁的酒杯里，
你将自己人民的生命
向我高高举起：
尖锐的哨音，
钢铁的怒吼，
天空和丝绸的颤抖。
我在自己的杯中
举起你无数的生命
和那古老的寂静。

葡萄和风

这曾是你对我的馈赠，一种力量
来自古老的石头，它会歌唱，
来自古老的河流，
它为年轻的春天提供营养。

我突然看见
世上的古树
挂满花朵和果实。
突然听见
生命之河
坚定地流过
充满清澈的语言。
我在你古老的杯中
畅饮坚硬的透明，
新的一天：
星星的味道和土地
融合在我的口里。
我在众多面孔中眺望过你的面孔，
古老而又年轻的母亲的笑容，
用自己的游击队服播种，
用武装起来的微笑
用钢铁的柔情
捍卫人民的麦苗与和平。

游 行 ①

面向毛泽东
人民在游行。
他们不再是
住在洞穴里
以草根果腹
从贫瘠的山谷下来的
赤脚的饥饿民众,
他们下来时
是钢铁之风,
是延安和北方的钢铁之风。
今天是别样的人们在游行,
微笑而又自信,
乐观而又坚定,
强劲地踏着辽阔祖国
自由的土地。

骄傲的女青年这样走过,
身穿蓝色工装,在她的笑脸旁,

① 聂鲁达曾于1951年在北京应邀参加国庆节观礼。

像白雪的瀑布一样，

四万纺织女工，

一个个丝织厂，欢笑着前行，

新的发动机制造者，

老的牙雕艺人，

前行，前行，

面向着毛泽东，

全中国的眼睛，

一粒一粒，铁一般的粮食，

鲜红的丝绸在空中舞动

像大地上的玫瑰

最终将花瓣聚拢，

一面大鼓

从毛泽东面前经过，

以响雷的轰鸣

向他致敬。

这是中国的古老之声，

皮革之声，

被埋葬的时间之声，

世世代代，

在向他致敬。

此时，像一株

突然开花的树

孩子们，

成千成万，
向他致敬，就像
新的果实和古老的土地，
时间，小麦，
人民的旗帜
终于欢聚在这里。

在这里，毛泽东满面笑容，
因为从北方
干旱的山峰
这条人的河流诞生，
因为从被美国人
（或他们的走狗蒋介石）
在广场上砍下的
姑娘们的头颅，
诞生了这伟大的生命。
因为在那些印刷粗陋的小册子里面，
共产党的教导
使世界获得了有益的借鉴。
他在微笑，思考着
过去的
峥嵘岁月，
国土上充斥着外国人，
简陋的草棚里只有饥饿，
在扬子江的脊背上

是帝国主义侵略者
武装起来的
身披铁甲的爬行动物,
而今天，此刻,
被掠夺的祖国,
大地是清洁的,
辽阔的中国清洁无比,
人们踏着自己的土地。

祖国在呼吸
面向着毛泽东
人民在游行,
他们穿着新鞋
脚踏大地,
列队游行,
而红旗迎风
招展，在高处
毛泽东满面笑容。

一切就这么简单

在那个村庄的早上

接待我的是孩子们和阳光。
农民们向我展示
他们分得的全部土地，
共同的收获，
地主老财的房屋、谷仓。
他们向我展示
贫穷的母亲们
溺死自己女婴的地方，
要么就将她们卖掉，这并不久远，
唉，不久前还是这样！
如今就像噩梦一场，
瘟疫，饥饿，
美国人，
日本人，伦敦
和法国的银行家们，
都来使中国"文明"，
都来榨干她的内脏，
在世界交易所
进行交易，
在上海使她沦为娼妓。
他们想把她变成
一所庞大的夜总会，
变成在那里登陆的军队的游乐场，
丝绸与饥饿并存的地方。

骨瘦如柴的人们
成堆地
走在河旁,
村庄在哭泣
吐着黑烟
和瘟疫的迷雾。
"唉,地狱中
如何容得下
中国这么多的亡灵!"
衣着华丽的太太
读报时
发出这样的叫声。
在河边,死者的骨灰
堆成山,饥饿
行走在中国的条条道路上
而蒋介石却在纽约
勾结杜鲁门、艾森豪威尔
获得了一栋栋楼房。
愁苦
古老的贫民窟
散发着
粪便和鸦片的味道。
尸体
同样塞满了

牢房。
按照一项美国的法令
大学生被砍头
在人民的广场,
而《生活》杂志
发表的
蒋介石夫人的肖像
却越来越漂亮。

滚吧,噩梦!
滚出中国!
滚出世界!

请你和我一起来这村庄!

我进来
看到这些谷仓,
微笑
属于中国
她已获得解放:
农民们
分得了土地。
自由之神
从延安走来

赤脚或穿着破旧的鞋

像农民或士兵一样。

中国的自由啊,

你是我的缪斯,

穿着蓝布装

走在

尘土飞扬的路上。

你来不及沐浴

来不及擦干血迹,前进,前进,

黑色的土地

和你一起前进,

被遗忘的玻利维亚

为了自由,前进,

智利,前进,

伊朗也将到来,和你一起,

他们和我的缪斯一起

走进这村庄。

身穿蓝布

游击队服的姑娘,

风的缪斯,

自由土地的缪斯,

我为你歌唱:

歌唱你的皮带,你的步枪,

我为你干裂的口

歌唱。

我的缪斯啊，
你带着火与灰尘
带着血和汗
走进世界所有的街巷，
你会有时间
沐浴，现在只有
前进，前进，前进！

我在自由的中国的村庄
看到了一切。
人们什么也没对我说。
川流不息的孩子们
不让我通过。
我吃了他们的米饭、水果，
喝了他们的米酒。
他们向我展示了一切
满怀着
我在罗马尼亚、
匈牙利、
和波兰所看到的骄傲。
这是农民从未有过的骄傲，
他沐浴着世界

清晨的阳光,
第一次见到面粉,
第一次见到水果,
第一次见到麦苗的生长,
那时
尽管他比世界还年长,可当向你
展示稻米、葡萄和鸡蛋时,
还是没有话讲。
第一次
这一切都是他的。
全部稻谷,
全部土地,
全部生命。

当幸福已经得到,这是
多么容易,这一切
多么简单。
亲爱的,当你和我亲吻
幸福来得多么容易。
可你忘了
当你到处
找不到我时
有多少次
你心慌意乱

直至疲惫不堪。
那好，
你不知道
我也在将你寻找
我的心
痛苦、空虚，
急得乱跳。
那时我们并不知道
只要我们
决不改变，
勇往直前，
勇往直前，
你和我终将相见，
我和你终将相见。
你看，人民
也是如此：
他们不知道，
不清楚，
而且会犯错误，
但只要永不停息，
便能找到，
找到他们自己，
像你找到我一样，
那时

一切都显得容易，
其实盲目地向前
并不简单。

必须向生活学习，
向敌人、向黑暗学习，
用他们的课本，
毛泽东在那里教导，
共产党在那里
带着柔情和严厉，
现在中国
农村的青年们，
我年轻的缪斯，
让我们不要忘记：
这一切显得
像水一样简单。
其实并非如此。
斗争不是水，
而是血。
它来自远方。
有多少死亡：
我们有多少倒下的兄弟。
整个征途
充满了牺牲的人，

我们不能忘记。

这村庄
不简单，
这空气不寻常，
它带来话语，
带来歌声，
带来面孔，
带来过去的岁月，
带来监狱，
带来
血迹斑斑的墙壁
而现在
则是甜蜜的村庄，
甜蜜的胜利。

让我们举起酒杯
为了缪斯，
为了我们不能忘却的人们，
为了重建家园的人们，
为了倒下的
和依然生活
在各地的人们，
因为世界是广阔的

总会有鲜血
在各处流淌，
如同
我们的血一样。
此刻
我走进
解放了的
乡村，
空气
空前甜蜜
我呼吸
生命，
土地，
胜利。

如果我们在地表
展开双手，
到处都一样，
在这里，在巴塔哥尼亚
或海岛上。
土地总是
一样，
而此时
走进你的村庄，

面包的芳香，
炊烟的芳香，
小麦的芳香，
水和葡萄酒的芳香，
如同我的土地，
如同所有土地的芳香。
因此
我深表敬意
向这古老的土地，
她的美丽，
她统一的农业，
她沾满灰尘和露水的面孔，
自由闪耀
在她的笑容，
而我想到我的海岸，
我的旗帜，
我的沙滩，我的浪花，
我所有的星星。
因此在那个早上
当走进中国的村庄时，
我在歌唱，
因为我的心
变成了六弦琴，
所有的琴弦在发声作响，
让我想起我的土地，

所有的琴弦在歌唱，
让我想起我在美洲
那里的祖国。
当我来到
自由的土地
这人民的家里，
一切
都显得那么简单，
那么容易，
亲爱的，就像此刻
我们亲吻在一起。

中　国

中国，长久以来，有人向我们展示
专门为西方人画的你的肖像：
一位满脸皱纹的老妇人，
穷得无以复加，
拿着一个空空的饭碗
站在庙门前。

各国的士兵
出来进去，
墙壁上染着斑斑血迹，
他们抢劫你如入无人之家，
而你却给世界带来异样的清香，
茶与灰烬混在一起，
与此同时，你用古老的目光
注视着我们，在庙门前，拿着空碗。
在布宜诺斯艾利斯有人专门
把你的肖像卖给有文化的夫人们，
讲座中也会突然冒出你魔幻般的语言
宛如被掩埋在地下的光线。

对中国的朝代，大家都知道一点
当说出"明朝"或"青花瓷"
双唇会聚拢像吃草莓一样，
他们想让你成为无主的土地，
成为这样的国家：风从空空的寺庙进入
再独自唱着歌从山里走出。

他们想让我们相信
你在昏睡，
将永远昏睡在梦中，
你"神秘"，

无法理解，稀奇古怪，
你是一位讨饭的母亲，身穿破烂的丝绸，
而从你的每一个港口
远航的船只满载着宝物
冒险家们为你的遗产 —— 矿石和象牙 ——
争抢不休，盘算着，
在抽干你的血以后，如何
将满载着你的骨头的船开走。

侵 略 者

他们来了。

从前，他们
曾将尼加拉瓜蹂躏。

曾将得克萨斯侵吞。

曾将瓦尔帕莱索 ① 凌辱。

---

① 瓦尔帕莱索，智利港口城市。

至今仍用肮脏的魔爪
将波多黎各的喉咙
掐得紧紧。

他们来到朝鲜。

他们来了。

带着燃烧弹和美金,
带着毁灭、鲜血、
泪水和灰烬。

带着死神。

他们来了。

在村镇活活烧死
婴儿和母亲。

将燃烧的汽油弹
投向
如花似锦的学校。

将生命和生活摧毁殆尽。

从空中
寻找并杀死
山区
最后一个牧民。

他们割去俊俏的
女游击队员的乳房。

向床上的战俘开枪。

他们来了。

带着星星和棍棒。
还有杀人的飞机。

他们来了。

顿时只有死神。
硝烟、灰烬、鲜血、亡魂。

元素的颂歌

（1954，选六）

书的颂歌（II）

书本，
美丽的
书本，
小小的树林，
一页
接一页，
你的纸张
散发着
元素的幽香，
你是夜曲
又是晨光，
是粮食，
又是海洋，
熊的猎手
在你古老的页面，
三桅船
在密西西比河旁，
独木舟在岛上，

然后
道路
连着道路,
揭示,
一个个
起义的
村庄,
兰波像一条鱼
遍体鳞伤
在淤泥里挣扎,
兄弟情谊的美好,
从一块块石头
上升到人类的城堡,
苦难在编织
坚定,
团结一致的行动,
暗藏的书
从衣袋
到衣袋,
地下之灯,
红色之星。

我们
行走的

诗人
勘察
世界,
生活
接待我们
在每扇门中,
参加
世上的斗争。
我们如何取胜?
一本书,
一本书
充满人际关系,
衬衣,
一本书没有孤独,
和工具
和人们一起,
一本书
就是胜利。
像所有的果实
生长又落下,
不仅有光明,
不仅有
阴影,
熄灭,

落叶,
消失
在街巷,
跌落在大地上。
明天的
诗集,
再一次
会有
雪或苔藓
在你的页面,
为了脚步
或视线
刻画
自己的痕迹:
重新
为我们描绘世界,
茂密丛中的
源泉,
高高的树木,
极地的
星球,
路上
新路上的
行人,

在森林,
在水里,
在天空,
在海上赤裸的孤独中
前进,
人
在发现
最后的秘密,
人
带着书
归来,
猎人
带着书
转身,
农民
带着书
耕耘。

诗的颂歌

诗歌, 近五十年来

我和你
走在一起。
开始时
你绊着我的双脚
我常常
摔得趴在昏暗的地上
或者将眼睛
埋进池中
看星星。
后来你用恋人的双臂
将我缠系
像青藤
攀到我的血液里。
再往后
你变成了酒杯。
你缓缓地流
却未消耗净,
你献出取之不尽的水,
看着它
滴进烧焦的心灵
而那心灵便从
自己的灰烬中再生
啊，这是多么美好的事情。
然而

我对此并不满足。
长久地在一起
我对你不再敬而远之。
你对我不再有
水神般飘忽的身影,
我让你像洗衣妇一样劳动,
让你到面包店里去经营,
让你在简陋的机械上去织布,
让你到钢铁厂去做锻工。
你依然和我一起
漫游在世界上,
但你已不再是我童年
布满鲜花的塑像。
如今
你用钢铁的声音
演讲。
你的双手
硬得像岩石一样。
你的心灵
是钟声
丰富的泉,
你曾慷慨地加工面包,
帮助我
不再摔倒,

你为我
将伙伴找寻，
那不是一个女子，
也不是一个男子，
而是成万，成百万的人。
诗歌，我们一起
去战斗，去罢工，
去游行，去港口，
去矿井，
归来时当你的头上
沾着煤粉
或芳香的锯末
我却笑出声。
我们已不必风餐露宿。
一群一群的劳工
在等着我们
他们的衬衣刚洗过，旗帜火样红。

诗歌啊，从前
你多么腼腆，
却总是
走在前面
而大家
都已习惯你日常

星星似的服装，
因为尽管某一个闪电
曾揭露你的家庭
你却总是将自己的任务完成，
行走在大众的步伐中。
我曾要求你
讲究实用，
像金属或面粉，
准备着接受耕种，
像工具，
面包或葡萄酒，
诗歌啊，准备着
流血倒下
以血肉之躯去斗争。
此时此刻，
诗歌啊，
谢谢你，爱妻，
姊妹、母亲
或恋人，
谢谢你，海浪，
旗帜和橘花，
音乐的发动机，
黄金长长的花瓣，
海下的钟，

永不枯竭的谷仓，
谢谢你，
我
每一天的土地，
我每一年的血液
和天上的蒸气，
因为你陪伴我
从罕见的高度上
到穷苦人
简陋的饭桌旁，
因为你将含铁
而又冰凉的味道
撒在我的灵魂上，
因为
你把我抬到了
普通人的高尚中，
诗歌啊，
和你在一起
当我将自己消耗
你却继续
将自己坚定的清新
晶莹的气魄发扬，
宛似渐渐地
将我化作泥土的时光

让我的歌声
像水一样永恒地流淌。

夜晚献给手表的颂歌

夜晚，我的表
宛似萤火
闪耀在你的手上。
我听到
它走动的声响：
像喃喃耳语
来自
你那看不见的手；
那时你的手
又放回我黑黑的胸膛
采撷我的梦和心的跳荡。

表，继续
用它小小的锯子
切割时间：
像在树林中

将木材的片段，
树枝或鸟巢
撒落，
一滴滴一片片，
清凉的黑暗没有结束，
寂静没有改变，
这样，表
继续从你看不见的手腕
切割着时间，时间，
就像叶片
一分钟一分钟地落下，
破损时间的纤维
像黑色细微的羽毛一般。

像在树林里
我们闻到根的气味，
水从某一处吐出
硕大的一滴
像湿漉漉的葡萄。
一盘小小的磨
在磨着夜晚，
黑暗在喃喃细语
从你手落下
并充满大地。

夜里
我的表
从你的手上
磨着尘埃,
土地, 距离。

我将手臂
放在
你看不见的脖颈
与温和的体重下面,
在我的手心里
落下了时间,
夜晚,
细微的声音
来自木头和树林,
被分割的夜晚,
阴影的片段,
不断落下的水:
那时
梦落下
从那手表
从你睡着的双手之间,
像树林
昏暗的水,

从手表流向你的身躯，
从你流向家园，
昏暗的水，
落下
并流向
我们心田的时间。

那个夜晚就是这样，
空间与黑暗，大地
与时间，
什么东西在跑动
落下并经过。
夜晚都是这样
在大地上徜徉，
只留下一缕
黑色的幽香，
一片叶，
一滴水
落在大地上
不声不响，
树林，水，草原，
钟，眼睛，
都已入梦乡。

我听见你在呼吸，
亲爱的，
我们睡在一起。

时间的颂歌

在你心中，你的年龄
在增长，
在我心中，我的年龄
在前行。
时间坚定，
它的钟不发出声响，
增进，行走，
在我们心中，
像深深的水
出现
在我们的目光
在你的眼睛
燃烧的栗子旁
如同一丝一缕，
一条小河的痕迹，

一颗干枯的小小星球
上升到你的口。
时间将它的线索
升到你的发梢，
可你的芬芳
却宛似忍冬花
火一般活跃
在我的心房。
活着变老
是美好的
像我们的生活一样。
每一天
都是一颗透明的石子，
每一夜
都是一朵黑色的玫瑰，
你脸上或我脸上的这道垄沟
是花朵或石头，
是闪电的记忆。
我的眼睛消耗在你的美丽中，
可你本身就是我的眼睛。
在我的亲吻下，我或许
使你成倍增长的胸部产生疲惫，
不过大家在我的愉悦中
看到了你隐秘的光辉。

亲爱的，哪怕时间

将我的身体和你的温柔举起

像两道火焰

或两个平行的谷穗，

明天会将它们维持

或将谷粒脱光

并用它无形的手指

抹去将我们分开的身份

在地下让一个最终存在的胜利

降临在我们身上，

这样，又有何妨！

献给塞萨尔·巴列霍 ① 的颂歌

巴列霍，

我用自己的歌，

怀念

你脸上的岩石，

---

① 塞萨尔·巴列霍（1892—1938），秘鲁和西班牙语诗坛伟大的诗人，
代表诗作有《黑色使者》《特里尔塞》《人类的诗篇》《西班牙，请拿开
这杯苦酒》。

荒山上的皱纹,
你脆弱的身体
承载的
巨大的前额,
你刚刚出土的
眼睛里
那黑色的霞光,
那些日子,
残暴,
坎坷,
每时每刻
都有不同的酸楚
或遥远的
柔情,
生命的
钥匙
在街上
尘埃的光里
战栗,
你从地下,
从缓慢的
旅途归来,
而我在
布满疤痕的山巅

敲门，
让墙壁
打开，
让道路
舒展，
我刚从瓦尔帕莱索到来
在马赛乘船，
大地
像一个芬芳的柠檬
分割成
清新金黄的两半，
你
留在那里，
一向
坚贞不屈，
用你的生
和死，
用你
散落的沙，
衡量
并掏空自己，
在空气
和烟雾中，
在冬天

破碎的小巷里。

在巴黎，你居住在
穷人们
残旧的客栈里。
西班牙
在流血。
我们赶过去。
然后
你又一次
沐浴着硝烟，
这样，当你
突然已不再去，
拥有你的骸骨的
不是疤痕累累的
土地，
不是安第斯山的岩石，
而是迷雾，
是寒霜
是巴黎的冬季。

我的兄弟啊，
从天和地，
生与死，

你两度流亡,
从秘鲁,
从你的河流流亡,
离开
你的家乡。
我与你生前有缘,
死后只剩空想。
我寻你
从尘埃到尘埃,
点点滴滴,
在你的土地,
黄色的
是你的脸,
陡峭的
是你的脸,
你充满
古老的宝石,
破碎的
瓦罐,
我登上
古老的
阶梯,
或许
你迷失了,

被金线

缠系，

被绿松石

遮蔽，

悄无声息，

或许是

遍地的

玉米粒，

旗帜的

种子，

在你的村镇，

在你的族群里。

也许，也许如今

你移居

并回归，

终于

从旅途

归来，

有一天

终于

出现在

祖国的中央，

造反，

充满活力，

你水晶中的水晶，火中之火，
紫岩之光。

葡萄酒的颂歌

日色的葡萄酒，
夜色的葡萄酒，
紫螺般的双足
或黄玉似的血液，
葡萄酒，
大地之子
布满繁星，
葡萄酒，滑顺
似金色的剑，
温情
像无序的绒。
螺旋的葡萄酒
漂浮，
多情，
海洋，
一杯，一歌，

一人，岂能容下，
你群居，合唱，
至少，是互相。
有时，
你从漫长的记忆中
吸收营养，
在你的波涛里
我们从坟墓到坟墓，
冰冷墓穴的石匠，
我们的泪水
短暂地流淌，
但是
你美丽的春装
却是别样，
心升到枝头，
风吹动白昼，
在你静止的灵魂中
空空荡荡。
葡萄酒
舞动春天，
像快乐的植物在生长，
墙倒屋塌，
悬崖峭壁，
深渊在闭拢，

诞生歌唱。
年迈的诗人说,
你啊,酒坛,在沙漠中
载着我喜爱的佳酿。
愿酒坛将亲吻
加在爱的重量上。

亲爱的,突然
你的臀部
是酒杯
圆满的曲线,
胸脯是花束,
秀发是酒的光芒,
乳头是葡萄,
肚脐是纯洁的印章
印在你陶罐似的肚皮上,
而你的爱是葡萄酒
永不枯竭的瀑布,
生命大地的光辉,
落在我感官上的爽。

但是生命之酒啊,
你不仅是爱情,
滚烫的亲吻

或燃烧的心灵，
而且是
人类的友谊，透明，
纪律的群体，
花朵的茂盛。
当人们谈论时，
我喜爱餐桌上
一瓶
智慧之酒的光芒。
请大家畅饮，
并在每滴
金黄的液体
或黄玉的杯盏
或紫螺的羹匙中牢记，
它是秋天缔造
直至将这陶罐斟满，
黝黑的男子汉
要在交易的礼仪中学习，
记住大地和自己的义务，
记住传播这果实的颂歌。

元素的新颂歌

（1956，选二）

袜子的颂歌

玛鲁·莫莉
给我带来一双
袜子
是她亲自
用牧人的双手
织的,
多么柔软舒服
像两只野兔。
穿上袜子
双脚像伸进
两个
匣中
它们是
霞光
和羊毛织成。

粗犷的袜子,
我的双脚

是两条

羊毛似的鱼，

两条来自蓝色远洋

被金色绳索

串起的鲨鱼，

两只巨大的乌鸫鸟，

两门大炮：

我的双脚

用这

天赐袜子的

方式

表现

自己的

忠实可靠。

它们

那么美

我第一次

觉得

自己的脚

令人难以接受

像两位衰老的

消防员，消防员，

和那

绣花的火，

那闪光的袜子
毫无匹配度可言。

不过
我抗拒
强烈珍藏
它们的欲望
像小学生们
珍藏
萤火虫,
像学者们
收集神圣的文章,
我抗拒
狂热的冲动
将它们
放进黄金的
鸟笼中收养
并每天
喂它藨草
和玫瑰色的瓜瓤。
如同发现者
在森林
将珍稀的

绿色猎物

挂在

烤叉上

烧烤

然后不无愧疚地

吃掉,

我将

双脚

伸进

漂亮的

袜子

和

鞋子。

而这

正是我的颂歌的品格:

美丽是双倍

美丽

而善良

是双倍善良

当冬季里

事关

羊绒的袜子一双。

海滨之花的颂歌

黑岛的野花
已经开放，
它们没有名字，
有的像白色的橘花
在沙中生长，
有的像黄色的火苗
在地上闪光。

我是田园诗人。
像猎手们
一样生活，
夜间，在海滨
点起篝火。

只有这朵花，
只有这海的寂寞，
还有你，像大地的玫瑰，
天真、快乐。

生活
要求我上战场,
我鼓起心潮
唤起希望:
我是全人类的兄弟,
义务和爱情
是我的两只翅膀。

当我在海滨
岩石中
将这些花儿欣赏,
它们战胜了
遗忘和严冬,
等待着
发出一缕芳香,
闪耀一线光芒,
当我再一次告别
篝火、干柴、
树林、沙滩,
每走一步都使我心伤,
我是田园诗人,
本该留在这里
而不去城市的街巷。

但义务和爱情
是我的两只翅膀。

遐　想　集

（1958，选五）

我请求安静

现在我请求安静。
现在请习惯我不在你们当中。

我将闭上自己的眼睛。

我只要五件
最根本的事情。

第一是无尽的爱恋。

第二是能看到秋天。
我怎能不看落叶
飞舞并返回地面。

第三是严酷的冬天，
我热爱的雨水，火
抚摩着野外的风寒。

第四是夏天
像西瓜一样滚圆。

第五是你的眼睛，
我的玛蒂尔德，我多么爱你，
没有你的眼睛，我无法入梦，
你不看着我，我活不成：
我愿用春天
换取你注视我的眼睛。

朋友们，我要的就是这些。
微不足道却又是一切。

现在你们想走可以走了。

我已生活了这么久
总有一天你们会将我忘掉，
将我从黑板上抹去：
永不枯竭的是我的心跳。

但你们不要因为我请求安静
就以为我会死亡；
对我而言，恰恰相反：
我要继续活在世上。

我会依然是我并继续活在世上。

在我的内部
将会有谷物生长，
首先是粮食
破土而出，为了看到阳光，
然而大地母亲迷茫，
因而我的内心并不明亮：
我就像一口井
黑夜将它的星星在井水里收藏
而它独自待在田野上。

我已然活了这么久
可我还想再活这么长。

我从未有过这么多亲吻，
从未觉得自己这么响亮。

此时，一如既往，时间尚早
光线带着它的蜜蜂飞翔。

让我独自将日子陪同。
我请求允许出生。

美人鱼和醉鬼们的寓言

当她全身赤裸着进去
这些先生都在酒吧里
他们已喝醉并开始向她身上吐口水
她莫名其妙，她只是一条
刚离开河流、误入歧途的美人鱼
辱骂在她光滑的身体上流淌
龌龊覆盖了她金色的乳房
她不哭因为她不会哭泣
她不会穿衣服所以才赤身裸体
醉鬼们用烟头和燃烧的软木塞给她文身
狂笑着直至躺倒在酒吧里
她一声不吭因为她不会说话
她的眼睛流露着远方之爱的色彩
孪生的黄玉构成她的双臂
双唇剪裁在珊瑚之光里
她突然夺门而出
跃进河里全身立刻变得清爽
在雨中像洁白的石头一样闪亮

重新游泳不再回头
游向永远游向死亡。

V.①

那位朋友的去世令我心伤
他和我一样，也是很好的木匠。
我们曾一起出现在餐桌，
街巷，痛苦，山岩，战场。
人们的目光在怎样使他越来越伟大，
那瘦骨嶙峋者与我相比是耀眼的光芒，
他的微笑曾是我的面包，
曾几何时，他渐渐被埋葬
直至不得不在地下隐藏。

从那时起同样是那些人，
当他在世时曾将其围在核心，
现在却为他穿上外衣，将他摇晃，
不让他安息，将他装潢，
对那可怜的早已安息的人

---

① 指秘鲁诗人塞萨尔·巴列霍。

用自己的芒刺将他武装
用他来攻击我，将我杀害，
为的是看看那可怜的死者，
我的兄弟与我，孰弱孰强。

现在我向谁讲述这些事情
又有谁理解这些苦衷，
这事物中蕴含着苦涩：
需要一个伟大的面孔，
而那个人已没有笑容。
他死了，我向谁去倾诉
他们将一无所获，一无所能：
他，在他死亡的领域中，
已将自己的作品完成，
而我也在从事自己的劳动，
我们不过是两个可怜的木匠
但有权选择我们的尊严，
有权选择死亡和生命。

请别问我

我的心很沉重

知道那么多事情，
就像将太大的石头
盛在口袋中，
或者像在我的记忆上
雨水下个不停。

不要问我那件事情。
我不知他们在说什么。
也不知有什么事情发生。

其他人也不清楚
我便像从雾中走到雾中
心想着什么也没发生，
在街上寻找水果，
在草原寻找三色堇
而结果竟是这样：
大家都有道理
我可以安然进入梦乡。
因此在我的胸膛
不仅增添了岩石还增添了阴影，
不仅增添了阴影也增添了血浆。

小伙子，事情就是这样，
事情也不是这样，

因为，无论如何，我活着
而且非常健康，
我的灵魂和指甲都在生长
我在理发馆中间游逛，
我在边境来往，
宣布并标明我所在的地方，
然而如果人们想知道得更多
我便会迷航，
如果听见在我的家旁
有悲哀的吠叫，那是扯谎：
清晰的时间是爱情，
消逝的时间是泪水的流淌。

因此对于我的忘却，
对于我的记忆，
对于我从前和现在所知道的事理，
对于我在路途上
在诸多失去的东西中所失去的东西，
对于没听过我说话
或许想看见我的亡灵，
最好什么也不要向我打听：
请摸一摸我的坎肩，
你们会感到一个盛着深色石头的口袋
怎样在我的身休里跳动。

我们是许多人

在我和我们所是的诸多人中，
要找到一个都不可能：
他们都在衣服下面消失，
去了另一座城。

当一切都已准备就绪
为了显示自己的聪明伶俐，
可我藏匿的那个蠢货
却用我的口说出他的话语。

还有一些时候
当我在杰出的社会就寝
在自身寻找勇敢的人，
跑过来一个陌生的
胆小鬼，以我的骨架
加着千百倍的小心。

当一座高贵的房屋失火

急忙赶来的却不是
我召唤的消防员，而是纵火者，
这就是我本人。我当然无可奈何。
我该做何选择？

如何才能恢复原来的我？
在所有我阅读的书中
都歌颂光芒四射的英雄，
他们总是充满自信：
我对他们羡慕不已，
在枪林弹雨的影片里，
我不仅羡慕骑士，
也崇敬他的马匹。

我要求的是勇士
可出来的却是昔日懒惰的我，
于是我不知道自己是谁，
也不知我或我们有多少个。
我愿一摇铃
就出来一个真正的我
因为当我需要自己的时候
我不应不见踪影。

当我写的时候，我不在场，

当我回来时又已离开:
我要看看其他人
是否发生了同样的事情,
是否那么多人都像我一样,
他们是不是像他们自己
一旦打听清楚
我要好好地学习
以便解释自己的问题
并向他们讲述地理。

爱情十四行诗一百首

（1959，选二十）

上　午

II

爱人啊，为了一个亲吻要经过多少跋涉，
要获得你的陪伴要忍受多少漂泊的寂寞！
孤独的列车冒着雨水不停地滚动。
塔尔塔尔 ① 还没有黎明的春色。

但是你和我，亲爱的，已经在一起，
从衣服到根难舍难离，
无论在秋天，在水中，在臀部两翼，
在一起的，只有我，也只有你。

想到那条河夹带着多少石头，
想到波罗阿 ② 河水的出口，
想到不同的火车与国度将我们分开

---

① 塔尔塔尔，智利北部的一个小海港。
② 波罗阿河，位于智利阿劳卡尼亚。

而你和我却不能不彼此相爱，
与所有的人混在一起，有男人，也有
妇女，还有那种植与培育康乃馨的土地。

V

不让夜晚、空气和黎明将你触摸，
只让大地和一束束鲜花的品德，
你芬芳家乡的泥土与树脂，
还有沐浴着纯洁雨露成长的苹果。

从琴查马利①，那里缔造了你的眼睛
到弗隆特拉②，为我创造了你的双足
你是我熟悉的深色漂白的泥土
我重新触摸到了小麦，在你的臀部。

阿劳科女人啊，或许你不知道
在爱你之前，我曾忘记你的吻
我的心，只记得你的唇

我宛似街上受伤的行人
亲爱的，直至我恍然大悟：

<hr>

① 琴查马利，玛蒂尔德出生地。
② 弗隆特拉，聂鲁达度过童年的地方。

找到了自己火山与亲吻的领土。

VII

"你会跟我来"，我说过，无人知道
我的痛处在哪里并如何颤抖，
对于我，没有船歌也没有康乃馨，
无非只有一道爱的伤口。

我重复：跟我来吧，如同我在死亡，
无人看到我嘴上淌血的月亮，
无人看到那升华到寂静的血浆。
爱人啊，此刻让我们将那带芒刺的星星遗忘！

因此，当我听到你的声音在重复
"你会跟我来"，就好像在释放
痛苦，爱情，被囚禁的葡萄酒的愤怒

这酒升上来，从地下的酒窖
我口中重又感受火焰、血液、
康乃馨、岩石与烧伤的味道。

XI

我渴望你的双唇，你的声音，你的秀发，

我走在街上忍饥挨饿，沉默不语，
面包不支持我，黎明使我心神不定，
我整天在寻觅你脚步声的流动。

我渴望你滑行的笑声，
你双手宛似巨大谷仓的颜色，
我想品尝，你指甲的洁白石片，
还有你的肌肤，像品尝完整的杏仁一样。

我想品尝你美貌上的闪光，
你俊俏脸上高傲的鼻梁，
品尝你睫毛上转瞬即逝的阴影

我如饥似渴地嗅着傍晚的霞光
将你寻觅，寻觅你火热的心，就像
美洲豹，在吉特拉图埃孤独的土地上。

XII

充实的女性，丰腴的苹果，温暖的月亮，
水藻浓郁的芳香，顽强的泥土与光芒，
男子用感官抚摸多么古老的夜晚？
多么黑暗的光明在你的蕊柱间绽放？

啊，冒着令人窒息的空气与粉尘的风暴，
爱是一次沐浴着水与星星的遨游：
爱是一种闪电间的搏斗，两个身体
为了一种甜蜜斗得都俯首低头。

我一个吻一个吻地在你小小的无限徜徉，
你的边缘，你的河流，你小小的村庄，
而那化为快感的生殖之火

在血液狭窄的道路上流淌
直至像一朵夜间的康乃馨匆匆落下，
宛似阴影中若有若无的光芒。

XX

我的丑女，像没有梳妆的栗子一样，
我的美女，像风一样漂亮，
我的丑女，你的口可以做成两张口，
我的美女，你的吻像西瓜一样清爽。

我的丑女，你的乳房隐藏在何方？
它们细小得像两个麦穗一样。
我愿看到你胸脯上的两个月亮：
两座高大的塔楼耸立在你的领地上。

我的丑女，大海在其店房里没有你的指甲，
我的美女，亲爱的，我数过你的身躯：
一朵一朵的花，一颗一颗的星，一个一个的波浪：

我的丑女，我爱你黄金的腰肢，
我的美女，我爱你前额的皱纹，
我爱你，无论光明或黑暗，啊，我的爱人。

中　午

XXXIII

亲爱的，现在咱们回家
那里的藤蔓在沿着台阶向上爬：
在你走进自己的卧室之前
赤裸的夏日已经迈着忍冬的双脚到达。

我们流浪的亲吻漫游了世界：
亚美尼亚，浓浓的蜜滴被挖掘出来，
锡兰，绿色的鸽子，扬子江

用古老的耐心将日夜分开。

现在，亲爱的，沿着噼啪作响的海洋
我们像两只盲目的鸟儿回到墙头，
回到遥远春天的巢房，

因为爱情无法不停地飞翔：
我们的生命要走向大海的岩石或峭壁，
所有的亲吻都回到了我们的领地上。

XXXIV

你是大海的女儿，香草的表妹，
女泳者啊，纯洁的水缔造了你的身体，
女厨师啊，你的血液是有生命的泥土，
你的习惯是鲜花和大地。

你的眼睛注视水面便使得浪花汹涌，
你的双手伸向大地便使种子跳动，
你在水中和地里有丰厚的财富
它们宛似黏土的法则在你身上交融。

水仙啊，请将你绿宝石的身躯剪裁

然后在厨房复活并使花儿绽放
从而承担起一切的存在

并最终安睡在我的胸怀，
你梦中的泡沫是蔬菜、海藻和芳草，
为了让你休息，我的双臂会将阴影拨开。

XXXV

你的手从我的眼睛向白昼飞翔。
阳光进来了，像玫瑰园开放。
沙滩和天空在颤动，像至高的
蜂巢被砍，在绿松石中。

你的手演奏音节，叮当作声，
杯盏，油壶，泉水，花朵，
尤其还有爱情，亲爱的：
你纯洁的手佑护着一把把调羹。

那是傍晚。黑夜将天空的幕帐
悄悄滑向男子汉的梦中。
散发忧伤而又狂野气味的是忍冬。

你的手飞回来了
要将它们那我以为丢失的羽毛
封闭在我被黑暗吞噬的眼睛里。

XXXVII

啊，亲爱的，疯狂的闪电和紫红色的威胁，
你来看我，从那清爽的楼梯
上到时光用雾幔为其加冕的城堡，
封闭心灵苍白的墙壁。

无人知道只有温柔
把坚硬的玻璃建造得像城垣
血液在开辟不幸的隧道
但其专制并未将冬季推翻。

因此，亲爱的，你的口，你的皮肤，
你的光，你的痛，无不是生命的财产，
雨水和大自然神圣的馈赠

它接受并升华五谷的孕育，
窖中葡萄酒秘密的风暴，
还有粮食在大地燃起的火苗。

下　午

LIX（G.M.）①

可怜的诗人们啊，生命与死亡
都在迫害他们，以同样的固执，
然后便淹没在喧闹的浮华中，
被赋予纪念的仪式和葬礼的牙齿。

现在，他们 —— 像石子般暗淡，
在狂傲的骏马后面，伸展，
行走，最终被多事者管辖，
在侍从中，不得安静地入眠。

此前，当确信死者已经归天
人们用火鸡、猪肉和其他演说家
将葬礼变成一场可悲的筵宴。

---

① 　G. M.，智利女诗人加夫列拉·米斯特拉尔（Gabriela Mistral）名字的
缩写。

人们窥视其死亡并将她欺凌：
只因为她的口已经合拢
不能再发出回应的歌声。

LX

曾经想祸害我的人在伤害你，
那毒药对我的攻击
宛似从我作品的网中过去
将锈迹与失眠的痕迹留给你。

亲爱的，我不愿看到那窥视我的仇恨
穿行在你前额的鲜花盛开的月亮上。
我不愿让外来的怨恨将利刃
那被遗忘的无用的王冠丢在你的梦乡。

我行走，身后便有痛苦的步履，
我欢笑，便有可怕的鬼脸在模仿，
我歌唱，妒忌便嘲笑，咬牙切齿，恶意中伤。

亲爱的，那就是生活强加给我的阴影：
那是一套空洞的衣服在一瘸一拐地将我跟踪
活像一个稻草人，面带血腥的笑容。

LXI

爱情带来了痛苦的尾巴，
芒刺长长的静止的光带，
我们闭上眼睛，因为任何
任何伤害也不能将我们分开。

这哭泣并非你眼睛的过失：
你的双手并未钉在这把剑上：
你的双脚并未将这条路寻找：
暗暗的蜜流到你的心房。

当爱情像一个无垠的巨浪
使我们化作繁星碰在坚硬的岩石上，
使我们仅仅和一种面粉揉在一起，

痛苦落在了另一张温柔的脸庞
于是受伤的春天献身
在季节开放的阳光。

LXV

玛蒂尔德，你在哪里？我发现了，向下，
在领带和心脏之间，在上方，

肋骨间莫名的忧伤，
你突然踪迹渺茫。

我需要你精力充沛的光芒；
我巡视，吞噬希望，
巡视你不在家的空虚，
只剩几扇悲哀的窗。

纯粹静默的天花板
聆听古老的叶片脱落的雨水，
还有羽毛，夜所俘获之物：

我像孤独的家，这样等你
你会再来看我并和我住在一起。
否则，门窗会使我痛苦不已。

夜　晚

LXXIX

夜里，亲爱的，将我们的心系在一起，

它们在梦中能将黑暗打翻在地，
如同在树林里敲打两面鼓
抗击潮湿树叶堆积成的厚厚的墙壁。

夜间的行程：梦幻黑色的火炭
将大地葡萄的线路截断，
以狂热列车的准点，拖着
阴影和寒冷的石头不停地向前。

因此，亲爱的，将我系在更纯洁的
行动上，系在坚韧上，它在你胸中
拍打，用浸在水中的天鹅的翅膀，

为了让我们的睡梦只用一把钥匙，
只用一扇被阴影关闭的门，
回答天空繁星般的疑问。

LXXXI

你已经属于我。请带着你的梦栖息在我的梦里。
爱情，痛苦，劳作，此时都应进入梦乡。
夜旋转在自己无形的轮子上，而在我身旁，
你纯洁得像熟睡的琥珀一样。

亲爱的，任何人都不能进入我的梦乡。
而你，将与我一起走在时间的水面上。
任何人都无法和我一起在阴影中漫游，
只有你，千日红，永恒的太阳，永恒的月亮。

你的双手打开娇嫩的拳头
让温柔的符号落下，漫无方向，
你的双眼闭上，像两只灰色的翅膀，

我跟随你带来的水，这水又带着我流淌：
夜晚，世界，风卷起自己的命运，
没有你，我不过是你的梦想。

LXXXIX

我死时，愿你用双手捂住我的眼睛：
愿光明和麦穗在你可爱的手中
重又让清爽从我身上飘过：
让我感受这改变命运的柔情。

当我安息时，我愿你活着，我在等你，
愿你的耳朵继续将风儿倾听，
闻着我们共同爱过的大海的芳香，
继续踏在我们踏过的沙滩上。

愿我的所爱继续活着，
我曾爱你，曾为你将万物歌唱，
因此，你盛开的鲜花要继续开放，

为了让你得到我的爱所赋予你的一切，
为了让我的影子漫步在你的秀发上，
为了让人们明白我为什么这样歌唱。

XC

我想过死，那时感到身边的寒气，
我耗尽平生，只留下了你：
你的口是我在世间的白昼与夜色
而你的肌肤是我的亲吻建立的共和国。

在那个瞬间，不断积累的书籍、
友情、宝贝都已凋零，
还有你我共同营建的透明房舍：
一切都化为乌有，只剩下你的眼睛。

因为当生活将我们逼迫，爱情
不过是波浪中的巅峰，
唉，可是当死神来扣响门铃

只有你的目光注视那巨大的空虚，
只有你的光明为了不再是光明，
只有你的爱为了封闭阴影。

XCII

亲爱的，倘若我去世而你未去世，
亲爱的，或者你不在而我尚在人寰，
咱们不给痛苦更多的领地：
我们占据的是最大的空间。

麦子中的灰尘，沙滩里的沙，
时间，流动的水，漫游的风
携带着我们像飘浮的谷粒。
我们在时间中或许不能相遇。

让我们相遇的这片草原，
啊，这小小的无限！我们归还。
但是爱人啊，这份爱并未结束，

这就如同它没有诞生
也就不会死亡，像一条长河，
只变换双唇和地方。

C

在大地中央，为了将你眺望
我会将绿宝石拨向一旁
而你会用一支信息员的水笔
将谷穗临摹在纸上。

多么美的世界！　多么妙的欧芹！
甜蜜中的航船多么有幸！
或许你我都是美玉！
钟声里不再有纷争。

只有自由自在的空气，
苹果的生长都沐浴着和风，
枝叶间的书本有丰富的营养，

那是康乃馨生长的地方，
我们将缔造一件衣物
经得住胜利之吻的地老天荒。

伟业之歌

（1960，选一）

和黑人一起舞蹈

大陆的黑人，你们为新大陆
奉献了它所缺少的盐分：
没有你们，手鼓不会呼吸，
六弦琴发不出声音。
我们绿色的美洲毫无动静
直至它像棕榈一样摇摆
那时从一对黑人男女
血与美的舞蹈才诞生。
然后经受了多少苦难
砍甘蔗直至闭上眼睛
在森林中将猪饲养
将最重的石头背在肩上
洗的衣物像金字塔
扛重物将阶梯登攀
路上无人照顾分娩
既没有勺也没有盘
挨的棍子比工资多
忍受卖掉妹妹的辛酸

整整一个世纪都在磨面
每星期却只有一天能用餐
像马一样不停地奔跑
将一箱箱布鞋分完，
手握扫把和锯子，
不是挖路就是开山，
疲惫地躺下，和死神为伴，
每日清晨再复活
用身体和灵魂舞蹈，
唱别人没唱过的歌。
心灵啊，为了将这些诉说
生命和话语都离开了我
我无法继续，因为我更愿意
和非洲的枣椰树，
和乡土音乐的教母们一同去
现在这音乐从窗口将我激励：
和哈瓦那的黑人兄弟
沿途跳舞去！

智利的岩石

（1961，选三）

智利的岩石

智利疯狂的石头
从山峦洒落，
汇成黑色、盲目、
昏暗的河流，
拧成
大地上的道路，
为工作日
画上句号并放置石子，
白色的岩石
阻断河流
它们
是温柔的
并被一条
泡沫的
地震带
亲吻，
高处
闪光的

花岗岩

在雪

下面

像一座修道院,

像最坚强

祖国的

脊柱

或不动的

航船,

船头

属于可怕的土地,

岩石,无限纯洁的岩石,

带着

宇宙鸽子的印记,

像太阳、风、力量、矿石的梦想

和朦胧的时间一样坚强,

疯狂的石头,

星星

和昏睡的

楼阁,

山峰,岩石,滚动:

寂静

继续

你们极坚强的

寂静，
依仗智利
极地的授权
及其含铁的光明。

耕　牛

泡沫的动物
行走
沿着夜晚，白天，
沙滩。
秋天的
动物
走向
苔藓
古老的芳香，
地下
岩石的花朵
盛开
在温顺耕牛的下巴上
雷声和践踏的地震

发生时
它在倒嚼黑暗，
当泡沫活着，
它在闪电中迷失，
当白昼
从塔楼上
撤去时光，
而黑夜
将自己昏暗、寒冷
而又颤抖的口袋
倾倒在时间上。

岩石和鸟儿

南方大海的鸟儿，
你们休息吧，
这是伟大孤独的时光，
岩石的时光。
我熟悉每个鸟巢，
流浪者
偏僻的住房，

我爱它们在南极的飞翔，
遥远的禽类忧郁的直来直往。

此时请休息
在岛屿的
圆形剧场：
我无法，无法
和你们交谈，
没有
　　　信函，没有
　　　　　　　　电报
在诗人和鸟儿之间：
有秘密的音乐，
秘密的翅膀，
羽毛和威严。

何等遥远而又贪婪
金色残酷的双眼
将逃跑的白银窥探！

带着合起来的翅膀
一颗流星在下降，
泡沫在光辉中跳跃，
带着一条血淋淋的鱼

又一次向高处翱翔。

从智利的群岛，
雨水建成了
自己的家园，
伟大黑色的翅膀来了，
一路切割苍天
并统治着冬季的
领土和距离，
冒险的禽类啊，
属于岩石、大海
和不可能的苍天，
你们在这里，
在孤独岩石的大陆，
留下了
爱情，粪便，生命。

全 权

（1962，选三）

鸟　儿

白昼带来的一切
从一只鸟落到另一只鸟，
白昼从长笛到长笛，
穿着翠绿的衣裳
伴随着开辟隧道的飞翔，
风从那里经过
鸟儿在那里将蓝色
而又密实的空气打开：
夜晚从那里进来。

从那么多的旅行回来
我变成了绿色并在
太阳和地理中间陶醉：
我见过翅膀如何运作
见过长羽毛的电报
如何将芬芳传播，
我从上面看见了道路，
泉水，瓦片，

渔夫们去捕鱼，
泡沫的长裤，一切
都从我的绿色天空看到。
没有比燕子的旅行
更多的字母表，
纯洁而又细微的水
属于燃烧的小鸟
在离开花粉时舞蹈。

为了所有人

本应对你说的事
突然不能对你说，
啊，原谅我，你会知道
我既未昏睡也未哭泣
尽管你听不到我的话语
从很久以来直到永远
我和你同在但未谋面。

我理解很多人在想，
巴勃罗在做什么？ 我在这里。

如果你在这条街上找我
你会找到我和我的提琴
准备歌唱
也准备死亡。

不是抛弃谁的问题
更不是抛弃那些人和你，
如果在雨中，你听得清，
你会听到
我回我走我停。
你知道我应该起程。

如果我说的话不容易懂，请你
不要怀疑我和原先有什么不同。
没有不结束的寂静。
当时候到了，请等一等，
大家会知道我来到了
街上，带着我的提琴。

全　权

我写作为纯洁的太阳，为全街道，

为全海洋，在那里我能歌唱，
只有流浪的夜晚能阻止我，
但是我在它的打断中收集空间，
为很长的时间收集阴暗。

夜晚黑色的小麦在生长
当我的眼睛打量这草原
我从太阳到太阳将钥匙制造：
将一把把锁寻找，哪顾得黑暗
并为大海打开一扇扇破损的门
直至用浪花将柜橱装满。

往返不会使我疲倦，
死神无法用石头将我阻拦，
存在与否我都不会厌烦。

有时我自问是从何处，
是从父母还是从山峦
继承了矿石的义务，

思路属于一个燃烧的海洋
我会继续因为要继续歌唱
因为我要歌唱我要歌唱。

发生的事情无法解释
当我闭上眼睛并如同
在两条海下的水道间通行，
一条在枝杈间将我引向死亡
另一条在歌唱为了让我也歌唱。

就这样，我由虚无构成
如同大海用白色含盐的颗粒
向礁石发动进攻
并用波浪为岩石造型，
于是死亡将我包围
却为我打开了生命之窗
我在充分的发作中入梦。
在光天化日下沿着阴影前行。

黑岛纪事

（1964，选十）

出　生

一个男人出生在
很多
出生的人中。
我生活
在很多生活的人中，
没有历史
只有土地，
智利中部的土地，那里
葡萄藤卷曲自己绿色的头发，
靠阳光维持生命，
葡萄酒在村镇脚下酿成。

那地方叫帕拉尔 ①
冬季
我出生在那里。

---

① 　帕拉尔（Parral）的意思是葡萄藤或葡萄园。

房屋和街道
已不复存在：
山峦
放走了马匹，
日积月累
深厚的
强权，
怒火流向群山，
村镇没落了
在地震里沦陷。
于是土坯的墙壁，
墙上的肖像，
昏暗客厅里
摇摇晃晃的家具，
不时被苍蝇打断的寂静，
都又化作灰尘：
只有我们几个人
将形体和血液保留，
只有几个人，还有葡萄酒。

葡萄酒依然存活，
脱落下来的
葡萄甚至
沿着流浪的秋天

攀升，
化作悄悄的汁液
下到酒桶
染上温柔血液的颜色，
在那里
冒着可怕土地的恐惧
继续
赤裸着维持生机。

我不记得
风景和时光，
面孔和形象，
只记得摸不到的尘埃，
夏天的尾巴和墓地，
人们
把我带到那里
在坟墓中间
去看母亲的梦想。
由于我从未见过
她的脸庞，为了见到她
我在那些死者中呼唤，
但是她和那些被埋葬者一样，
不懂，不听，什么也不回答，
就这样，孑然一身，没有儿子，

在阴影中间
孤苦伶仃地躲藏。
我出生在那里，
那颤抖的土地上的帕拉尔，
满载葡萄的土地
而葡萄藤，从我死去的母亲
那里诞生。

亲　娘 [1]

亲娘从那边来了，
踏着木屐。昨晚
极地的风，
刮破了屋瓦，
使墙壁和桥梁垮塌，
美洲狮整夜怒吼，
此刻，清晨
太阳已被冻结，亲娘
堂娜特立尼达·马尔维尔德

---

[1]　这是诗人回忆继母的诗。标题"La mamadre"是诗人发明的词，意思是"比娘更亲的娘"，在此姑且译作"亲娘"。

来了，多么温柔
就像暴风雨地区
太阳小心翼翼的清爽，
像小小的灯盏
熄灭
又点着，
只为将大家脚下的路照亮。

温柔的亲娘啊
——　我从不能
说出继母二字 ——，
此刻，我的口
因为说出这样的称呼而发抖，
因为在我
还不懂事时
就看到穿着可怜黑衣的善良，
看到最实用的圣洁：
水和面粉，
那就是你：生活使你化作面包
生活中我们在将你消耗，
漫长而又荒凉的冬季，
房间里
漏着雨滴
你无处不在的谦卑

在为可怜的粗粮

脱粒

就像在分配

一条宝石的水渠。

娘啊，如果不想你

我如何能

度过生命的每一分钟？

绝无可能。我在血液中

带着你"绿色的大海"①，

那分配面包的

姓氏，

那双

温柔的手

割开面粉口袋

和我儿时的内裤，

做饭，熨烫，洗衣，

播种，帮我退烧，

当她将一切安排好

我已能站稳双脚，

她走了，躲进小小的棺木，

默默无闻，完成了使命，

---

① 诗人继母的姓氏马尔维尔德（Marverde）意为"绿色的大海"。

第一次休闲
在特木科冷酷的雨中。

父　亲

粗暴的父亲
从他的列车回来：
夜间
我们能分辨
火车头的
汽笛声
用流浪的咆哮
夜晚的抱怨
穿透雨水，
然后是
颤抖的门：
一阵风和父亲
一起进来
在双脚的践踏和压力下
房屋
摇晃，

吃惊的门
相互碰撞
发出
低沉的手枪射击的声响，
台阶呻吟
伴着大声的斥责，
满怀敌意，
与此同时那威猛的阴影，
瓢泼似的雨水
从屋顶冲下
渐渐窒息了
世界，
只听得风声
在和雨水抗争。

然而，要是白天。
列车的车长，寒冷的凌晨，
朦胧的太阳
刚刚破晓，他的脸庞已在那里，
他的小旗
红的绿的，信号灯已备好，
机器的用煤已在它的地狱，
站台上列车沐浴着雾气
任务是开向各地。

铁路工是陆地上的海员
在没有机器的港口 ——
树林的村落 —— 火车奔跑不停，
对大自然放纵，
完成在大地上的航行。
当长长的列车在休息
朋友们聚在一起，
进来，我儿时的门打开，
伴随铁路工之手的拍打
餐桌在摇晃，
兄弟们粗大的杯子相撞
眼睛里闪着
葡萄酒的
光芒。

我可怜而又坚强的父亲
在那里，在生活的轴心，
男子汉的友谊，斟满的酒杯。
他的生活是一种飞快的军旅生涯
在他的清晨早起和旅途之间，
在其到达为了跑着离开之间，
有一天的雨水超过其他的日子
司机何塞·德尔·卡门·雷耶斯

登上了死亡的列车至今未还。

性　事

夏季，
黄昏中的门。
印第安人
最后的大车，
来到街上，
伴着朦胧的夕阳
和森林
火灾
红色的气味，
燃烧的灰烬
来自远方。

我，身着孝服，
严肃，
魂不守舍，
短裤下
两条瘦腿，

膝盖
和双眼在寻找
突如其来的宝物,
罗茜塔与何塞菲娜
在街对面,
浑身都是牙齿和眼睛,
满脸光鲜,声音
像暗藏的小小吉他
将我召唤。
我穿过
街道,神志恍惚,
忐忑不安,
刚到
那里
她们就对我低声耳语,
将我的眼睛蒙上
拉着我一起奔跑,
带着我的无辜
跑到那所面包房。

面包房一片寂静,
无人居住,破损严重,
在那里,罗茜塔
与何塞菲娜,

一前一后，
我这个俘虏
落入
她们手中。
她们
要脱我的衣服，
我逃，浑身打战，
跑不了，
两腿
不听使唤。那时节
两个迷人的女孩
将奇迹
献在我眼前：
森林里
一个生命的小树枝
和五个
白色的葡萄：
一个
小小的鸟巢
和五枚
鸟蛋，
当我
将手伸出
她们扒去了我的衣服，

抚摸我,
瞪大眼睛察看
她们第一个小男子汉。

沉重的脚步,咳嗽声,
我的父亲和几个陌生人
来了,
我们跑向深处
和阴影,
两个女海盗
和我这个俘虏,
在蜘蛛网中
堆在一起,抱成一团,
在柜台下,瑟瑟发抖,
与此同时,那奇迹,
承载五枚卵的
鸟巢落地,
闯入者的双脚
将芳香和那建筑毁掉。
但是,和阴影中
怀着恐惧的
两个小姑娘,
伴着面粉的香味、
妖魔的脚步

和化作阴影的傍晚，
我感到
血液里
发生了某种变化
有什么东西上升
到了我的口，
我的手，
像一朵
电动的花，
欲望的
纯洁
和饥饿的花。

诗　歌

在那个年纪 …… 诗歌
来找我。我不晓得，不晓得
它来自何处，冬天或河流。
不知如何并何时，
不，不是声音，不是话语，
也不是静寂，

但是它从一条街道呼唤我，
从夜的枝条，
突然在其他人中，
在烈火中
或独自归来，
没有面孔
并在那里将我抚摩。

我不知说什么，我的口
不会
发声，
眼睛已经失明，
有什么在我的灵魂中冲撞，
热度或是迷失的翅膀，
我独自行走，
揣摩着
那个烧伤，
并写下了那空泛的第一行，
空泛，无形，
纯粹愚昧，
无知者
纯粹的智慧，
突然只见
天空
打开

并散落
群星，
跳动的种植园，
被箭、火和花朵
穿透的
黑暗，
不可抗拒的夜晚，天地人间。

我，渺小的存在，
沉醉于伟大的
布满繁星的天空，
和神秘形象
相似，
我觉得自身变成
那深渊纯洁的一部分，
我和繁星一起滚动，
我的心放飞在风中。

人的本性

从我身后向南，大海

用寒冷的锤捣碎了陆地，
从被抓破的孤独
寂静突然变成了群岛，
绿色的岛屿
是祖国束紧的腰带
宛似海上玫瑰的花粉或花瓣
再往前，深深的树林
被萤火点燃，淤泥磷光闪闪，
树木垂下枯干的长线
宛似杂技表演，而阳光点点滴滴
像密林中绿衣美女舞姿翩翩。

我在成长，激励我的是寂静的种族，
木材闪光的锐利的斧头，
土地、乳房和葡萄酒秘密的芳香：
我的灵魂是在列车间迷失的酒窖
在那里枕木和木桶，还有导线、
燕麦、小麦、海带、广告牌以及冬天
连同它黑色的商品统统被遗忘。

于是我的身体在扩充，
双臂是夜间的雪，
双足是飓风般的领土，
我像暴雨中的河流一样生长，

活力旺盛，伴随着
落在身上的一切，
萌芽，叶片中的歌声，
正在繁育的螳螂虫，露水中
长高的根，暴风雨依然摇动着
月桂的塔楼，榛树
鲜红的果串，落叶松
神圣的宁静，
就这样，少年时代
如同领土，我有
岛屿，寂静，山峰，成长，
烧焦树干的烟雾，
道路的泥土，火山的光明。

被抛弃的人们

不仅有海洋，海岸，浪花，
不仅有强有力的鸟，
不仅有那些和这些大眼睛，
不仅有戴孝的布满繁星的夜晚，
不仅有和高尚人群在一起的树林，

而且还有痛苦，痛苦，人的面包 ①。
但为何？那时，我
像刀锋一样单薄，
比黑夜水里的鱼更黑，我再也
无法忍受，只想一下子改变土地。
我突然觉得像嚼最苦的草，
在分担被罪行污染的寂静。
但事物在孤独中诞生和死亡，
理性不停地成长，直至变成荒唐，
花瓣长不成玫瑰，
孤独是世上无用的尘埃，
车轮滚滚，没有土地，没有水，也没有人。
于是正如我迷失的呐喊，少年时代
那脱口而出的呐喊变成了什么？
谁听到了？谁回答了？我走了什么道路？
当我的头撞了那些墙壁
它们回答了什么？
弱小孤独者的声音升高并反复，
贫穷残暴的车轮不停地滚，
呐喊声升高并反复，人皆充耳不闻，
无人知道，包括被抛弃的人们。

① 诗人暗指《圣经》里的情节：由于亚当不听上帝的话，上帝罚他"用额头上的汗水赢得自己的面包"。

遥　远

我喜欢在田野歌唱。

大地宽广，枝叶
在跳荡，生命
变化着成倍增长：
从蜜蜂到花粉，到枝条，
到蜂巢，到声息，到果实，
那里的一切都是如此神秘
在叶子之间呼吸
好像寂静的节省
和你一起增生。

田野里，我的故土
多么遥远，同一个夜晚
用不同的脚步前行，
脚步上是磷火的血红。

伊洛瓦底江 ① 连同根源
来自何方？

多么遥远，来自老虎中间。

在那里被虫蛀的阴影中
羽毛似一场火灾
翅膀在闪闪发光
伴随一道道火舌，绿色的
未入殓的人体在飞翔。

啊，在路上我看见
金钱豹圆圆的闪电
还看见金色的皮肤上
被忘却的烟雾的指环，
那繁星点点的怒气冲冲
凶猛的跳跃和进攻。

在孤独中
大象陪伴着我的旅途，
纯洁灰色的鼻子，
时间的可怜的长裤，

---

① 伊洛瓦底江，缅甸第一长河。

啊，薄雾的牲畜
被关在沉默不语
黑暗的狱中，这时候
有什么在靠近，快逃亡，
鼓，恐惧，火，步枪。

直至被杀害的大象
于惊讶的王国中
在树叶间滚动。

在那些回忆中，我记得
夜晚空旷的森林，
伟大的噼啪作响的心灵。

就好像生活
在大地的子宫：
飞快的哨声，空中
落下的昏暗的一击：
枝叶的意愿
期待自身的发展
和激流般昆虫的群体，
幼虫沙沙作响并成长发育，
被吞噬的垂死挣扎，生命
和死亡在夜间同居在一起。

啊，我珍藏自己的经历
这芳香是如此浓重
在我的感觉中依然胜过
孤独的脉搏
和茂密的律动。

爱情：黛丽娅 ① （II）

大家已经沉默并进入梦乡
如同每个人的过去和未来一样：
或许怨恨并未在你心中诞生，
因为它写在无法阅读的地方
它说熄灭的爱情是一种
诞生的痛苦方式而并非死亡。

请原谅我的心
那里有蜜蜂的伟大声响：
我知道，你像所有人一样，

---

① 黛丽娅，聂鲁达的第二任妻子，比聂鲁达年长二十岁，是他的政治
导师、战友兼评论家，也是一位母亲的形象。

你接触了高尚的蜜汁
并脱离了月亮的岩石，脱离了上苍，
你自己的星宿，
在群星中最透亮。

我不轻视，不藐视，
我将大海的宝贝珍藏，
我几乎听不见伤害的话语
并重新构建
我的住房，我的科学，我的快乐，
倘若我走神的眼睛
曾给你增加了悲伤，
那是我毫无理由但也并未疯狂：
我又爱了一回，而且
爱情在我的生活中掀起了波浪，
我曾被爱充满，这仅仅是出于爱情
不愿给任何人造成不幸。

因此，匆匆的过客，
极温柔的女人，
在那些响当当的岁月里
钢与蜜的线曾将我的双手捆绑，
你那时因你的真理而存在
并非像藤蔓缠绕在树上。

我将会度过，我们将会度过，
水在说，而真理
在对着岩石歌唱，
河水在溢出并泛滥，
河岸上
野草在疯长：
我将会度过，我们将会度过，
夜晚对白天这样说，
月对年这样讲，
时光会将正直
强加在输者
与赢者的证人身上，
不过树木在不知疲倦地成长
而树木也在死亡，但一个新的胚胎
又成为生命。一切都一如既往。

使人们分手的
并非不幸，
而是成长，
一朵花只会不断地诞生，而不会死亡。

因此尽管人家原谅我
我同样原谅

过失属于他和她
而捆绑在质疑
和卑鄙上的语言
却来来往往，
真理
是
一切都会绽放
太阳不知何为创伤。

真　理

理想主义和现实主义，我爱你们
犹如水和岩石
你们
是世界的组成部分，
是阳光和生命之树的根。

哪怕是在死后
我也不会把眼睛闭上，
为了学习，我还需要它们，
用来观察和理解我的死亡。

我需要口
为了在消亡之后歌唱。
还有我的灵魂，双手，身体，
爱人啊，为了继续爱你。

我知道这不可能，可这是我的心意。

我爱那只有梦想的东西。

我有一个花园，它的花并不存在。

我是三角形的，对此坚信不疑。

我还怀念自己的耳朵，
但却让它们蜷缩
在马拉戈塔 [①] 共和国腹地
漂浮的码头里。

对肩上的理智，我还能做什么。

我想发明每一天的海洋。

---

① 马拉戈塔，一种水果的名字，又似和西班牙南方海港马拉加有关联。

一位专画士兵的伟大画家
有一次来将我看望。
士兵全是英雄，那位好人
描绘他们兴高采烈地
死在战场上。

他也画现实主义的奶牛
它们都极不寻常
不禁令人永久地忧伤
像牛的反刍一样。

排泄与恐怖！ 我读过那些小说
无休止的善良
还有那么多关于五月一日
以至我现在
只能写关于五月二日的诗行。

好像是人类
将风景挫伤
可从前拥有天空的大路
如今用商业的顽固
将我们压得疲惫难当。

对于美往往也是这样
似乎我们不愿购买
便随心所欲将它包装。

一定要允许美女
和最不能被接受的美男子
日夜舞蹈：
我们不应强迫她服用
地道的避孕药。

事实呢？ 同样，毫无疑问，
不过在使我们增长，
使我们扩展，使我们感到严寒，
无论在面包还是在灵魂的层面
都在将我们编撰。

悄悄地说！ 我命令
纯洁的树林，
秘密地将自己的秘密
告诉真理：不要如此自我阻拦
以至使你硬化成谎言。

我什么也不指导，
从不引领方向，因此
将自己歌唱的错误珍藏。

白昼之手

（1968，选五）

I　有错之人

我宣布自己错了，因为我
没有用人们赋予我的双手
做一把扫帚。

我为什么不做扫帚？

为什么赋予我双手？

双手有何用
如果我只看见粮食的踪影，
只听见风声
而不抓住
扫把的绳，
它还在地上，是绿色的，
而我没去弄干禾苗的嫩茎
没有把它们聚成
金色的捆
没有将木质的梗
堆在黄山坡
直至用扫帚将路扫净？

于是：
我不知生命如何度过
不学，不看，
不将元素采集
并聚合。

此时我不否认
我有时间，
时间，
但没有手，
这样，我如何
凭理性
追求伟大？
既然永远不能
做扫帚，
哪怕只做
一把。

V　忘却

手只工作在服装和身体
臀部

和衬衣
还有书籍，书籍，书籍
至于在空气里
只是影子的手，
无鱼的网：
只证明
别的手的英雄主义
和传承的建筑体 ——
死去的指头将其建立，
活着的指头使其延续。

我的手中没有"从前"：
我忘记了农民
在我血液的
流程中耕耘：
在我身上没有派遣
铁匠粗壮的种族
亲手加工
船锚，铁锤，铁钉，
镘刀和铁钳，
螺丝钉，长矛，铁轨，
机车，船头，
为了让火车司炉 ——
他们沾满油污
和煤渣的肮脏的双手
动作缓慢，却能在穿越

我的童年的列车上，
在雨水绿色的手掌间，
突然成了运动的神仙。

XX　太阳

人们已经知道: 雨水
将名字清洗并抹掉。

任何人都无名字可叫。

总之，
水在强迫
开始，
一颗熄灭的星
在那里
没有
名字
岁月
王国，
河流也没有。

那时人们不知此事

直至所有人
来往于
自己的
职责
用手
指着广场
在书店打听
被雨水
抹掉的本地的
历史和地理。

直到太阳
从自己的边界下降
并将
诸多黄色的
名字
写在这世界
所有的事物上。

LIX　葡萄酒

这是我的酒杯，你

可看见血液
在玻璃后面闪光?
这是我的酒杯,我举杯
为了葡萄酒
团结,
为了洒落的阳光,
为了我和他人的命运,
为了我的拥有和无有,
为了血色的剑
用透明的杯歌唱。

LXVIII　旗帜

给你的六弦琴火的一击,
将燃烧的琴高举:
那便是你的旗。

世界末日

（1969，选十）

诗的艺术 (I)

作为木匠诗人
我首先要选择木料
光滑或粗糙，准备好：
摸摸味道，
闻闻颜色，手指掠过
芬芳的整体，
系统的寂静，
直至我入睡或出神
赤裸或沉浸
在木料的健康：
在其周边上。

我做的第二件事
是用冒着火星的锯子
锯刚刚选好的木板：
诗句从木板中来
犹如被解放的碎片，
芳香，强健，遥远

为了我现在的诗
有船体，船舱，地板，
或在路边挺立，
或在大海定居。

作为面包师诗人
我要准备火，面粉，
酵母，心灵，
甚至牵扯到用双肘
糅合炉中的光明，
语言碧绿的水分，
为了做成面包
并在面包店卖掉。

我是天生的铁匠，
不晓得人们是否知道
或至少知道我
在为大家也为我
获取一种钢铁的诗歌。

在这等公开的呵护下
我没有炽热的依从：
我是五金店孤独的职工。

我寻找破损的马掌

带着自己的废品迁移
到另一个无人居住的地区，
它被风吹得十分清晰。
我在那里找到新的金属
并将他们变成话语。

我晓得自己形而上
教科书的经验
对诗歌派不上用场，
但我仍让指甲
向工作发起猛攻
那是我亲自用双手
学会的可怜的药方：
如果能够证明
它们对诗歌创作无用
我立刻表示赞同：
我提前撤退
对未来面带笑容。

诗的艺术（II）

我什么也没发现，

当我从这个世界经过
一切早已被发现。
如果从这些方面回来
我会要求发现者们
为我保留一些东西：
一座无名的火山，
一首陌生的情歌，
一条秘密的河流之源。

我向来敢于冒险
却从未有过险情
我遇到的事
都在心中，
因而我辜负的是
胡安，佩德罗，玛丽亚，
无论多么努力
都离不开我的家。

我满怀嫉妒地
观察不停的授精过程，
精子卫星般的周期，
一个个骨架的补充，
我在绘画中看到
那么多迷人的方式

我还没来得及适应时尚
时尚已踪迹渺茫。

蜜 蜂 (I)

我对它能做什么！ 我出生
诸神已经死去
我无法忍受的青春
依然在裂缝中寻觅：
那是我的职责，因此
我觉得自己彻底被抛弃。

一只蜜蜂加一只蜜蜂
不等于两只
光明或昏暗的蜜蜂：
等于一个太阳系，
一间黄玉的主卧，
一种危险的抚摩。

琥珀的第一个惊恐

是两只黄色的蜜蜂
系在它们身上的
是太阳每日的劳动：
向它们揭示我这么多滑稽的
秘密，令我义愤填膺。

它们不停地向我提问
问我和猫的关系，
我如何发现了彩虹，
有贡献的栗子
为什么浑身带刺，
尤其要告诉它们
癞蛤蟆对我的看法，
还有那些动物，它们
隐藏在树林的芳香
和坟墓的脓疮下。

的确，在智者中
我是唯一无知的人
而在知之不多的人中间
我总是知之更少一点
我的智慧即我学到的
知识，多么可怜。

蜜 蜂 （II）

在巴塔哥尼亚有一座
蜜蜂的坟墓，那是我的故土，
蜜蜂背着蜂蜜归来
多么甜蜜地赴死。

那是一个多暴风雨的地区
像抛石机一样弯曲
常年伴着彩虹
多么像山鸡的尾羽：
河流的跳跃在咆哮，
浪花像野兔般欢跳，
伴随周围的孤独
风在扩张并呼叫：
四望无际的大草原
白雪将口填满
腹部五彩斑斓。

一只接一只到那里，
一百万接一百万，
所有的蜜蜂都去死
直至大地上布满
黄色的大山。它们的芳香
我永记心间。

闪　电

倘若是一颗无用的星，
倘若是颤抖的火
未留下燃烧的痕迹，
倘若是在天空昏暗的矿床
昏暗的煤炭进入了梦乡，
过去，现在，将来我无不迷茫。

我看见鱼儿
从上面的渔网

洒下无数粒金黄，
然后在黑暗中
在天空的营盘里
不见了最初的闪光。

我曾说，它在哪里
用动情的火噼啪作响，
绿色的齐特琴 ① 今在何方？

燃烧的钥匙去了何方？

在夜晚的腰间，我觉得
自己是黑的，在天空
布满星后，黑暗且空虚：
我失去自然消失的光
在毫不妥协的夜里
苦涩烟雾的芬芳在飞翔，
好像世界被烤煳
在某一部分天空
而目睹寂静的不公正
我的双目会失明。

━━━━━━━━━━━━━━━━━━

① 齐特琴，一种扁形的弦乐器。

作 家 们

科塔萨尔 ① 在流亡的教堂

歌唱其阿根廷

令人敬畏的黑暗的九天祈祷

而这语言的明镜

对许多人都很难懂

因为它在岁月里漫步

承载着飞速的亲吻

像鱼儿一样滑脱

独一无二，不停地闪光

在渔夫科塔萨尔身上，

他捕捞的是寒噤和恐慌。

秘鲁的面孔，像保护脸部

苦涩的伤疤，保护

① 科塔萨尔（1914—1984），阿根廷著名作家，拉丁美洲"文学爆炸"代表人物。著有长篇小说《跳房子》。

塞萨尔·巴列霍的诗歌,

在我的时代出现了一位作家

讲述暴风雨的故事

赢得了盛名,于是我听到了

巴尔加斯·略萨 ① 新的声音,

他流着泪讲述自己的爱情,

微笑着,讲述

无人居住的祖国的心酸苦痛。

(我是个愤怒的编年史作者

不听小夜曲的演奏

因为要和绿色的世纪

及其绿色,黑暗的世纪

及其黑暗,血腥的世纪

及其血腥算总账。)

(我要将自己的一切

带给圆满的目光

看看兔子从哪里跳出

而雄狮又怒吼在何方。)

---

① 巴尔加斯·略萨（1936— ），著名作家，具有秘鲁和西班牙双重国籍，2010 年诺贝尔文学奖得主。

有 些 人

以无可辩驳的伟大
菲德尔① 在古巴怒吼
可专门描写性的作家们
成了问题的主人：
对于不正当的行为
他们只公布亲吻。

哎，多么调皮的孩子们！

但是他们只感觉到
秘密的天堂② 在生长；
他们说：这嘴是我的！
由于只有一只眼睛
这些个人忘记了
古巴魔幻的土地和杰出
而且是大写的"革命"！

---

① 即菲德尔·卡斯特罗（1926—2016），古巴革命领袖。
② 这里应指古巴作家、诗人莱萨马·利马（1910—1976），他的代表
作有长篇小说《天堂》。

他们，无疑，已被占领。

古巴的糖产量在增长
古巴的烟草
在全世界飘香，
广大的工业在发展
还有奇迹般的种植园，
他们只看到了脚，
肚脐，黏糊糊的阴茎，
当飓风在仅仅一分钟
就摧毁了安的列斯群岛
某些作家却聚在一起
决心赞美
在超现实主义的阴部
最有追溯力的跳蚤。

啊，你呀，阿纳华克的鲁尔福 ①，
莫雷利亚的富恩特斯 ②
或奥里诺科人奥特罗 ③
勇敢的雷布埃尔塔斯 ④
或希盖罗斯 ⑤ 依然在歌唱

① 胡安·鲁尔福（1917—1986），墨西哥著名小说家。
② 卡洛斯·富恩特斯（1928—2012），墨西哥著名小说家、散文家。
③ 米格尔·奥特罗（1908—1985），委内瑞拉小说家。
④ 雷布埃尔塔斯（1914—1976），墨西哥作家，其作品聚焦社会问题。
⑤ 希盖罗斯（1896—1974），墨西哥大壁画家。

以完美的暴力
和全部五颜六色的海洋，
请问，我们身在何方？

萨巴托 [①]，清晰而又在地下，
奥内蒂 [②]，身披着月光，
巴拉圭的巴斯托斯 [③]，
我觉得你们是地球的违法者，
海洋的发现者，
可我们分担的义务
是装满
面向穷苦人的面包店。
现在最好的是
有预见性的内心独白！

加西亚·马尔克斯

也是在这段时间
有时间诞生一座火山

---

① 萨巴托（1911—2011），阿根廷作家兼画家，代表作是《隧道》。
② 奥内蒂（1909—1994），乌拉圭著名小说家。
③ 罗阿·巴斯托斯（1917—2005），巴拉圭著名反独裁小说家，代表
作是《我，至高无上者》。

沸腾地喷火
或更确切地讲，这火山
喷出的梦想
落在哥伦比亚的山坡上
那是从其魔幻的口中
喷出的一千零一夜，
我的时代伟大的博学：
在其黏土的创造中，
从淤泥和岩浆的污浊，
诞生了多少有血有肉的人物
他们的出生为了永恒。

作 家 们

这些年就是如此
我的伙伴们在竖立
一个晦涩的夜间的故事，
像地球一样蔓延，
充满一个个事件，
有村镇，街道，地理，
和纯粹土地的语言

还有孤独和根源。

我歌唱并将他们召唤,
但难免挂一漏万。

我们南美洲人,
我们准美洲人,
由于犯了错误和中了妖法
我们终于看到了自己的名字,
我们的雪的音节
或我们厨房的炊烟
它们被其他人钻研
他们乘火车下来上去
在汉堡和塔兰托之间。

悲惨世纪

流放者的世纪,
流放者的书,
褐色的世纪,黑色的书,
这是我应在书里

写下并公布的东西，
从这世纪中将它挖掘
并让它在书中留下斑斑血迹。

我曾生活在森林中
迷失者的荆棘丛：
在各种惩罚的森林里。
我数过被砍断的手
骨灰堆成的山峰
分别的抽泣
没有头的头发
没有眼的眼镜。

后来我在世界
寻找失去祖国的人们
我从那里
带走他们被打倒的小旗
或雅各 ① 的星星
或可怜的留影。

我同样见识过流放。

---

① 雅各，《圣经》中的人物，是犹太人的祖先之一，"雅各的星星"代
表非犹太人将认可耶稣是救世主的预言。

但我天生是个行者
两手空空
回到这认可我的海洋,
但依然是他者
是被根除者,
他们将爱与过失
留在身后
想着或许或许
知道永无永无出头之日
于是轮到我抽泣
这是失去故土的人们
沾满灰尘的抽泣
他们和我的兄弟姐妹
(留在那里的人们),
共同庆贺胜利的建构,
庆贺新的面包的丰收。

燃烧的剑

（1970，选二）

XXII 爱情

无人像两个孤独的人那样了解
两个同命运的人，两个倒数第二的人，
两个找不到另一个与其相似之人的人，
谁也想不到，远离他们的起源，
一个女人和一个男人重建了大地。

两个人在全面的孤独中，受到
仇恨和大自然暴风雨的攻击
在黑色的枝叶下遭罪
继续寻求外面无限的清晰
直至只在其自身及其自身的火里，
身体挨着身体，受手臂和亲吻的打击
渐渐发现一条似生命般漫长的隧道
在唯一的路上，将其连在一起，为其打下印记，
暗中埋伏的树林用不怀好意的眼睛
将他们惊吓，伤害，监视
直至他们继续坠入快乐
带着大地的全部重量在自己的骨骼中。

恐惧、爱情、痛苦打击他们
一次又一次的燃烧将他们惊醒
让他们消失在不知不觉之中。

XXVII　镣铐

他们不说话只为一声呐喊,
不行走只为靠近并跌倒,
只触摸每个人的皮肤,
只咬相互的口,
只看自己的眼睛,
不燃烧煤炭只燃烧自己的血管,
与此同时残忍的王国在颤抖,
巴塔哥尼亚之风的残酷在激增,
雪地残酷的苹果在滚动。

对于恋人,什么也没有。
他们是自己激情的俘虏
是自己伊甸园里的囚徒。

他们曾戴着镣铐归来
每一步都走向孤独。

所有的果实都是禁果
他们吞食了一切,
乃至自身血液的花朵。

无用地理学

（1972，选二）

樱　桃

发生在那个月，那个祖国。

发生的那件事出乎意料，
但就是这样：一天又一天
那个国家遍地是樱桃。

雄性的时间很固执
被极地的吻
剥去了面皮：无人怀疑
我在黑暗中的采集
（死去的金属，火山的骨骼，
如此浑浊的寂静
蒙着岛屿的眼睛）
悬崖间
不折不扣的迷宫
除了积雪没有别的出路
当一阵蜂巢的风毫无征兆地到来
并带来旗帜寻觅的色彩。

世界在从樱桃到樱桃之间变化。

如果有人质疑
我请他同意审查
我的意志，我透明的心田，
因为，我拥有隐蔽的樱桃，
尽管风吹走了夏天。

从那时起，致何塞·卡瓦耶罗 ①

我再也看不见那么多人，
为什么？

他们在时间里溶解。
他们已化作乌有。

我已看不见那么多事情，
它们也看不见我。为什么？

<hr />

① 何塞·卡瓦耶罗（1913—1991），西班牙从超现实主义演变到抽象派
的画家。

在城郊产油的那些街道
那里有葡萄酒桶、绳索
和漂浮的奶酪。

我离开了月亮街
和圣诞酒馆。

我看不见费德里科①。
为什么?

米格尔·埃尔南德斯②
像坚硬的岩石跌落水中,
跌落坚硬的水中。

米格尔同样失踪。

我所爱的那些事物,给我
留下来的是何等的少
为了活着,看得见,摸得着。

---

① 指费德里科·加西亚·洛尔卡。
② 米格尔·埃尔南德斯(1910—1942),西班牙著名诗人,共和国战士,死在佛朗哥狱中。

我为何不再看见一月的寒冷，
就像一只
来自瓜达拉玛的狼
用舌头舔我，
用刀子割我？
为什么？

我为何看不见卡瓦耶罗，
大地和天空的画家，
一只手在痛苦中
而另一只却沐浴着光明？

我看得见他。

或许他更深入大地，
色彩，寂静，
爱恋，橙黄，
幸存的太阳。

就是这样。

我通过他又看到
已经永不再看见的生命。
我没有失掉的幸福

（因为后来通过斗争
学会了多少事情。）

通过他的墨水炽热
和陶土发狂，
通过揭示他的
纯洁的光芒，

看到我曾经热爱
又未丧失且依然热爱的事情：
街道，土地，甜蜜，寒冷，
阴森森的大广场，
带着高脚酒杯的时光。

地面上一朵白玫瑰
在将鲜血流淌。

孤独的玫瑰

（1972，选五）

V　岛

风造就了大海所有的岛屿。

但是在这里，加冕者，生动的风，至尊者，
收拢了翅膀，建立了自己的住房：
从小小的复活节岛分封了它的领地，
它吹向四处，笼罩，向同一空间
体现自己的天赋，向西，向东，
直至建立纯洁的胚胎，
直至长出根须。

XVI　人

我，疲惫者，破碎者，
人群中的孤儿，
水泥人，

拥挤餐厅的入伙者，
总想走得更远，
不知在岛上该做什么，想
又不想留下或回去，
犹豫者，混杂者，缠绕于自身，
在此无处容身：石头的正直，
冰雹多棱镜无限的目光，
完整的孤独，这一切将他驱逐：
他满怀忧伤去别的地方，
返回故土的挣扎，
返回寒冷与夏日的彷徨。

XVIII 人

像出水之物，赤裸，常胜，
白金的眼皮，盐的爆裂之声，
海藻，颤抖的鱼，生动的剑，
我，离开他人，离开
被分隔的岛屿，我走了
沐浴着光明
如果我属于那些群体，
属于那些成群出入的人，

属于同样的旅途，属于后代子孙，
我承认自己对土地执着的连接
受到大洋曙光的欢迎。

XXII　岛

亲爱的，亲爱的，多少次大海
像距离和白雪将你与我分开，
你小巧而又神秘，被永恒包围，
神秘的玫瑰啊，
我不仅感谢你少女的眼神，
隐藏的白皙，还要感谢
你的雕像的道德之光，
你丢在我手上的和平：
白昼停在你的喉咙。

XXIV　岛

再见了，再见吧，秘密的岛屿，

纯洁的玫瑰，黄金的脐心：
我们一批又一批地返回
自己穿着丧服的职业的使命。

再见了！ 愿大洋将你珍藏
远离我们贫瘠坎坷的地方。

仇恨孤独的时刻已经来到：
岛屿啊，请藏好古老的钥匙
在那些骷髅下，
他们斥责我们无用的占领
直至化作尘埃
在自己的石穴中。

我们回去。这挥霍并失去的告别，
是又一次告别，
只有留在那里的庄重，
大海中央宁静的无动于衷：
上百个岩石的目光注视着内心，
注视着天边的永恒。

海 与 钟

（1973，选五）

初　始

为了过而过的不是日子，
是为了痛苦的痛苦：
时间不长皱纹，
不会磨损：
大海，大海说，
说个不停，
大地，大地说：
那个人在等。
只有
他的钟
在同类之间
在它的空虚中
保持不可通融的寂静
当它抬起自己的金属之舌
才会将声波一圈一圈地发送。

我曾有多少事情，
在世上跪行，

在这里，赤条条，
只剩下大海
严酷的中午，和一口钟。

它们将受苦的声音给我
并提醒我不要前行。

这在整个世界都会发生：

空间继续。

海洋活着。

存在许多的钟。

归 来

我有那么多死神的侧影，
因而我没有死，
对于死我无能为力，
他们找我却难相逢

而我和自己的死神，
我的迷失的马匹
那可怜的命运
在孤独的马驹中
从南美洲南部逃离：
刮着铁的风，
树木从出生
就弯曲：
它们要亲吻
平原，大地；
然后雪来了
似数以千计的剑
从不停息。
我回来了
从要去的地方，
从明天星期五，
我回来过
带着自己所有的钟
站在那里
寻找草原，
亲吻苦涩的泥土
宛若弯曲的灌木。
因为顺从冬季
实属必须，

同样让风

生长在你心里，

直至降雪，

今天与那天

风与过去连在一起，

寒冷降临，

最终只剩下我们自己，

我们终于沉默不语。

谢天谢地。

[当我清晰地决定]

当我清晰地决定

手挽手寻找

掷色子的不幸，

我遇到了陪伴我的女人

哪管阴云、寂静，

黑夜、涨潮、刮风。

此人就是玛蒂尔德，

海 与 钟

从奇廉 ①
就叫这个名字,
下雨、打雷
或白天带蓝发出去
或纤弱的夜晚,
她, 无论如何,
随时准备
迎接我的爱抚,
我的空间,
将大海所有的窗户打开
让写好的话语归来,
让所有的家具
充满寂静的符号,
和绿色的火苗。

[我将告诉你们我曾住在城里]

我将告诉你们我曾住在城里
在一条以舰长名字命名的街道,

---

① 奇廉,智利中部城市。

街上有聚集的人群，
鞋铺，酒馆，
充满红宝石的商店。
来去行走不便，
人满为患，
有的吃有的吐有的喘，
有的买卖衣衫。
我觉得一切都光彩夺目，
一切都火光熊熊
一切都很响亮
似乎要使人耳聋或失明。
离开这条街很久了，
很久没听到它的任何消息了，
我已改变了风格，
生活在岩石和水的运动中。
那条街或许
已自然地化作亡灵。

大　使

我住在智利圣地亚哥

海 与 钟

一条胡同里

猫狗都到那里撒尿。

那是1925年。

我和诗歌关在一起

陶醉于阿尔贝·萨曼 [①] 的花园,

豪华的亨利·德·雷尼耶 [②]

马拉美蓝色的折扇。

对付市郊千万只狗的小便

什么也不如地地道道的

玻璃更好,它有纯洁的品质,

外加光明和蓝天:

法国的窗户,寒冷的公园

那里有完美的雕像

—— 那是1925年 ——

他们在交换大理石的衬衫,

在诸多优雅的世纪面前

古香古色,温和柔软。

① 阿尔贝·萨曼(1858—1900),法国诗人,代表作是《在公主的花园里》。
② 亨利·德·雷尼耶(1864—1936),法国二十世纪初的重要诗人,出身于一个古老的诺曼底家庭。他有着贵族的气派和趣味,1911年当选为法兰西学术院院士。

在那条胡同，我很快活。

后来，多年以后，
我作为"大使"来到了"花园"。

诗人们已经走了。

雕像们认不出我的容颜。

附　录

在接受诺贝尔文学奖时的演说（节译）

女士们、先生们：

我没有从书本上学到任何作诗的诀窍；我也不会把什么奉告、方法或风格之类的东西印成书本，新的诗人不会从我这里得到一点一滴的所谓智慧结晶。如果我在这篇演说中叙述了某些往事，如果我在这个极不寻常的场合和地点回顾了某个难以忘怀的故事，那是因为在我人生的旅途中，总是在某个地方得到必要的信念，得到那等候着我的方案，这并不是为使我的发言变得充实，而是为了表达自己的感情。

在漫长的旅途中，我找到了炮制诗歌必要的配方。那是大地和心灵对我的奉献。我认为诗歌是一时的、庄严的举动，孤独与声援、情感与行为、个人的苦衷、人类的私情、造化的暗示在诗歌中同时展开。我同样坚信，一切——人及其影子、人及其态度、人及其诗歌——都维持在一个日趋广阔的范畴里，维持在一种永远构成我们的现实和梦幻的活动中，因为这样便能将它们联系在一起，融合在一起。我同样肯定地说，经过这么多年之后，我们不知道自己在渡过湍急的河流，围着牛的头盖骨跳舞以及在最高地带圣洁的水中沐浴时所得到的启示，究竟是为了日后与其他人交流而发自内心的灵感，还是其他人作为要求和召唤而向我传递的信息。我不知道那究竟是我的经历还是我的创作，不知道我当时所创作的诗句以及后来所吟咏的感受究竟是事实还是诗歌，是过渡还是永恒。

朋友们，由此产生了一种诗人应当从其他人身上学到的启示：没有冲不破的孤独。条条道路汇合到同一点：我们的交流。只有打破孤独、坎坷、闭塞和寂寞，才能达到神奇的境界，我们才能在那里笨拙地舞蹈或伤心地歌唱；意识最古老的传统得到了完美的体现，这是作为人的意识和相信共同命运的传统。

的确，即使某些人或者许多人都认为我是个宗派主义者，认为我不可能出席友谊和信义的共同筵宴，我也不愿为自己申辩，我认为指控或者申辩都不包括在诗人的义务之中。更何况任何诗人都不曾是诗歌的经营者，如果他们中间有人专门指控同行，或者想以反驳合理的或者荒谬的责备来消磨一生，我坚信只有空虚才能将我们引入这样的歧途。我认为诗歌的敌人并不在那些创作或保卫诗歌的人中间，而在于诗人自己缺乏和谐。因此，任何诗人的实质性敌人都只在于诗人自己缺乏和谐。因此，任何诗人的实质性敌人都只在于他自己的无能，在与最爱愚弄和最受剥削的同辈人相互理解方面的无能，这一点对任何时代和任何地区都是适用的。

诗人并不是一个"小小的上帝"。不是，不是"小小的上帝"。诗人并非命中注定要比从事其他工作或职业的人高明。我常说最好的诗人就是每天为我们提供面包的人：离我们最近的面包师，他并不认为自己是上帝。他要完成既高尚又平凡的工作，作为公共义务，他每天都要和面，装炉，烘烤，送货。如果诗人也有这种朴实的意识，他同样会使自己变成一种美好工艺，一种简单或复杂建设的组成部分，这种建设是社会的建设，是人们生活条件的转变，是商品的供应：面包、真理、酒和梦想。如果诗人投身于这场没有止境的斗争，其目的是使每个人都为他人尽义务，都将自己的精力和感情献给人类共同的日常工作，他就会分享全人类的汗水、面包、酒和梦想。只有沿着这条普通人不可回避的道路，我们才能使诗歌重返广阔的天地，这正是人们在各个时代为它开辟的天地，也就是我们要在各个时代为它开辟的天地。

　　将我引向相对真理的谬误以及一再将我引向谬误的真理，它们从未允许我——我对此也从未抱过奢望——指导所谓创作的过程，也就是文学的崎岖小径。不过，我倒是真的发现了一件事情：我们在创造自我愚弄的神话。在我们自己所制造或者要制造的泥塘中，会产生阻止我们将来发展的重重障碍。我们不可避免地要走向现实主义道路，就是说，对于我们周围的事物及其转化的过程，势必会产生直觉，然后在似乎为时已晚的时候便会懂得，我们造成了一种如此夸大的局限性，以致扼杀了生命，而不是使它发展和繁荣。我们不得不接受一种现实主义，事后它对我们来说，比建设用砖还要沉重，当然我们并没有因此而建成作为自己全部义务的大厦。从相反的意义上说，如果我们创造了不可思议的（或者只有极少数人能够理解的）偶像，如果创造了这种精雕细镂却又莫名其妙的偶像，我们立刻就会陷入难以自拔的沼泽，那里充满令人战栗的落叶、淤泥、迷雾，我们的双脚会越陷越深，一种令人窒息的闭塞会将我们吞没。

至于我们这些人，作为幅员辽阔的美洲的作家，我们坚持不懈地听从召唤，用有血有肉的人物来充实这巨大的空间。我们对自己作为开拓者的义务非常清醒——同时，在一个人烟稀少的世界中，批判性的交流是我们的基本职责，在这个世界上，并不因为人烟稀少而缺乏酷刑、痛苦和不公正——而且我们也感到了搜集古老梦想的使命，这种梦想沉睡在石雕上，在古老的断碣残碑上以便将来别人可以安置新的标记。

不管是真理还是谬误，我都要将诗人的这种职责扩展到最大限度，因而我决定了自己在社会当中和在人生面前的态度，同样应当是平凡而又自成体系的。目睹光荣的失败、孤独的胜利和暗淡的挫折，我做出了这样的决定。置身于美洲斗争的舞台，我懂得自己对人类的职责就是投入组织起来的人民的巨大努力之中，将自己的心血和灵魂、热情与希望全部投入进去，

410

因为作家和人民所需要的变革只有在这汹涌澎湃的激流中才能诞生。尽管我的立场会引起或者已经引起令人痛心或者出于好意的责备，然而事实是，在我们这些辽阔而又残酷的国度里，如果我们想驱除黑暗，如果我们想叫千百万不能阅读我们的作品而且根本就不会阅读的人，叫那些不会给我们写信而且根本就不会动笔的人在尊严的领地上自立 —— 没有尊严便不可能成为完整的人 —— 那么对于作家来说，除此之外，我还没找到别的道路。

我们继承了数百年拖着镣铐的人民的不幸的生活，这是最天真的人民，最纯洁的人民，曾经用岩石和金属造就了奇迹般的塔楼和光彩夺目的珠宝的人民：突然被至今尚存的可怕的殖民主义时代征服并失去了声音的人民。

我们主要的救星就是斗争和希望。但是斗争和希望不会是孤立的。遥远的时代，麻木不仁，谬误，热情，我们今天的迫切需要，历史的迅猛发展，都集中在人的身上。但是，比方说，如果我只是对伟大的美洲大陆过去的封建制度做出了某种贡献，那我会怎么样呢？如果我不是自豪地感到对祖国目前的变革尽了微薄的力量，又如何抬得起由于瑞典授予我的荣誉而容光焕发的额头呢？应该看一看美洲地图，应该正视那伟大的万千气象，正视我们周围环境的宏伟壮观，这样便会懂得为什么许多作家拒不接受昏聩的天神们强加给美洲人民的耻辱和被掠夺的过去。

　　我选择了分担义务的困难道路，不愿对普照社会的中心人物顶礼膜拜，情愿虚心地将我的能力献给那支大军，它在征途中会犯各种错误，但却时刻不停地前进，既要对付不合时宜的顽症，又要对付急不可耐的狂徒。因为我认为，诗人的职责不仅向我表明了与玫瑰、和谐、狂热爱恋和无限乡愁的密切关系，同时也向我表明了与人类艰巨任务的密切关系，我已经将这种任务与自己的诗歌融为一体。

　　恰恰是在一百年前的今天，一位可怜而又卓越的诗人，一个最痛苦的失望者，写下了这样的预言：黎明的时候，怀着火热的耐心，我们将开进光辉的城镇。

　　我相信兰波的预言，他有预见性。我来自一个偏僻的省份，由于地理条件，这个国家与世隔绝。我曾经是诗人中最孤单的人，我的诗歌是地区性的，痛苦的，阴雨连绵的。然而我对人类却一向充满信心。我从未失去希望。也许正因为如此，我才能带着我的诗歌，同时也带着我的旗帜来到此地。

　　最后，我要告诉善良的人们，告诉劳动者和诗人们，兰波的那句诗表明了整个前途：只有怀着火热的耐心，我们才能攻克那光辉的城镇，它将给人类以尊严、正义和光明。

　　这样，诗歌才不会是徒劳的吟唱。

论聂鲁达的诗歌

路易斯·罗萨雷斯

【译者按：路易斯·罗萨雷斯（1910—1992）是西班
牙诗人，属"1936年一代"，自1962年起任西班牙
皇家学院院士，1982年获塞万提斯文学奖。他是聂
鲁达的好友，但两人的政治态度不同。这篇长文是他
为自己主编的两卷本《聂鲁达诗选》（1974）撰写的
序言。全文对聂鲁达诗歌创作的艺术成就进行了较为
全面、深入、客观的梳理、阐释和评价。现附录在此，
以飨读者。文中的注释如果没有特别说明，均为本文
作者所加。】

前言与释义

巴勃罗·聂鲁达的诗歌以崇高的威望和无限的影响
在各处传播。它已经被光荣地普及，但也获得了一点
更有意思的东西：持续地增长以至穷尽了各种表达的可
能。我相信他最后的几本书——《依然》《燃烧的剑》
和《无用地理学》，并非他最重要的作品——表明了
其发育成长的界限并补充了其诗歌的意象。在对他的

413

诗歌进行补充的同时，也圈定了它的界限。在圈定其界限时，也就封闭了它。今天，聂鲁达的诗歌世界自立于我们的语言范畴，犹如一个非凡的、完美的、幸运的世界，无论是他稚嫩的绽开还是其发展与壮大，都实现了最纯正艺术的可能性：扩展它或许会贬低它。我们只记录意见而不做预言。

聂鲁达的诗歌从一开始就有一种令人尊敬的成熟，但他还在继续成长，尽管他的政治纲领错综复杂，这有时使他置身于新大陆原告的位子上。然而，聂鲁达的诗歌取得了难以想象的成果，从岩石中挤出水来；就是说，当上帝愿意的时候，他做出长篇政治诗并能以极敏锐的洞察力克服向说教的倾斜，这好像是他艺术上最根本的困难。毫无疑问，今天我们能看清它被封闭在其最大局限和最终的边界里：这样的结果是诗人巨大、清澈、坚韧的意志战胜了我们时代的各种埋伏才获得的。不努力，便一无所获。不年复一年地突破我们自己和前人的水平，就得不到任何艺术成果。对此当之无愧才是幸运者。为了获得理想的效果，聂鲁达的诗歌不断地丰富与纯净——是的，我纯净地写过，一本一本、一步一步地从寂静中收复个人表达的新领地，并发现新技巧，从而使这位天才诗人踏上了他的领地并一步到位地穷尽了——一步到位并为了整个大众——自己成长、展开与拓宽的可能性。

现在或许可以初步理解他的诗歌了，现在可以知道他的遗产、他的历史以及他深刻的特点了。当然，逐个澄清或勾勒出这些特点并非一篇序言的任务——超出了它的范围，然而应该引导我们的话语，并使它们确定自己的边界和方向。于是，为了不称之为欺骗，我们就要将自告奋勇写这篇序言时的目标和局限告诉精明、可信、严格的读者——永远是理想的读者。首先我要说明的是，对于不了解他的人，我不想做政治批评——请弄清楚：既不赞扬也不否定——正如我的朋友们所熟知的那样，我从一睁开眼睛来到世上，就感到了对任何一种政治的蔑视——我懂得政权总是不可取的、腐败的。除非愿意冒不公正之风险，不然谁都不应谈论自己蔑视的事物。因此，我在自己对聂鲁达诗歌的研究中所表明的相关的无法避免的观点是只关注它的艺术价值（之所以无法避免，是因为他的相当一部分诗歌是政治诗）。不能燃烧的就不是蜡烛，再说什么也不会随它而去：不会缺乏关注该范畴的开拓者，而我天生就不具备评价它的能力。就今天而言，其开拓者们为数众多而且光彩夺目，我认为自己的掺和没有必要。

我同样要说明的是，我要做的也不是科学的、专业的、教师的批评①。我做不到。我不会。让另一条狗来啃那块骨头吧。奇怪的是这也是众所周知的事，对

———————

① 在聂鲁达卓越的研究者中，我愿突出阿马多·阿隆索、埃米尔·罗德里格斯·莫内加尔、埃尔南·洛约拉、玛加丽塔·阿吉雷和萨乌尔·尤吉耶维奇，我们经常引用他们。

于前面提及的科学批评而言，赋予其科学性的自然是所采用的方法，而不是所取得的结果。这是可以显示才智的事情，但缺乏效果，至少对我来说，由于单纯，我只尊重结果。同样不能忘记的是，唯一有效的方法是最后出现的方法，而其余的，随即变成了废物，科学批评往往具有得到认可的、临时的、摇摆的性质，因为说到底，它只支撑在一只脚上。正如聂鲁达以令人尊重的方式所说："让我们燃烧、沉默并化作钟。"按照我的懒惰和天生的冲动，我唯一想做的就是诗歌的批评，而这是如此隐蔽与无效，以致什么也不表明。它不是表面的，而是内在的，它不抬高什么，也不贬低什么，往往就像那些无话可说的人所做的那样，因为它不是评估而是理解。我不想教任何人任何事情：我想公开地学习聂鲁达的教导，仅此而已。

首先，在这部作品中引人注意的是它的连续性，当然，是一种鲜明而与众不同的连续性。埃米尔·罗德里格斯·莫内加尔对此有准确的表述。我们将他的原话抄录如下，因为我认为，对别人说过的东西进行再加工是不合法的："这位诗人最终的不可思议之处……在于他的全部作品起步并结束在一个固定的意象中：落在南方树林中的雨水和木头的房屋，那是他永远在倾听的雨水。"① 聂鲁达的家就是他的童年：他总是回归童

---

① 埃米尔·罗德里格斯·莫内加尔：《静止的旅客》，洛萨达出版社，1966，第2页。

年。在找到自己的道路之前，大多数诗人都有几个倾向。聂鲁达没有这样的摇摆，至少是不明显的。他很快就找到了自己的道路并冒着一切风险勇往直前，因此，随着时间的推移，他的诗歌在发展变化，但并未失去内在的一致和对自身的忠诚：总是有着同样的憧憬。在《对我的诗作的几点即兴思考》[1]中，诗人向我们揭示了其作品内涵的关键："刚刚写完《晚霞》，我就想成为一个在作品中包含着更大的一致性的诗人。我想以自己的方式[2]，成为一个整体性的诗人，从一时的激动与观察过渡到更广阔的一致。从这个意义上说，我的第一个企图是我的第一个失败。这时期的诗作有许多名字，最终叫《热情的投石手》。这本书，是由一种强烈的爱的激情引发的，是我的诗歌的第一个时代性的意志：将人、自然、激情以及在那里发展的事件本身容纳在一个整体中。"[3]

就这样，他传达的意图支撑于一种整体性诗歌的创作，一时的激情洋溢在一个更广阔的范畴中。这种传达并非像人们常常以为的那样仅限于长诗，而是让我们觉得真的是时代性的：由很多部分榫接在一起，构成统一的诸如《热情的投石手》《奇男子的尝试》《漫歌》

[1]　发表在《马波乔》杂志，1964第3期第2卷。
[2]　指其有争议的《奇男子的尝试》的独创性。
[3]　巴勃罗·聂鲁达：《全集》第三版第二卷，洛萨达出版社，1968，第1116页。

《黑岛纪事》《船歌》等诗集。从前，恰恰相反，是一种包括他全部作品的普及性的主张，正如诗人自己所说："这个想法是后来才有的，作为一种意图，无论好坏都持续在我的诗歌中。我将在这些坦言中谈到它。"① 那么，请注意，他这样说是为了表明其创作主张的一致性。

他本人用自己的坦言（当不是口号的时候②）向我们表明这个意图存在于何处，或者，倘若您愿意，也可以说是这个信息存在于何处。关注这些话语，我们就会找到答案。它们只是有限的几行，然而却有的放矢，足以澄清他的诗作并为其下定义。聂鲁达以驾驭其诗作的时代性的意志所要实现的，就是"将人、自然、激情以及在那里发展的事件本身容纳在一个整体中"。一生中反复地阅读这几行文字，我们不知道更令人尊重的究竟是他的准确还是他的简洁。如此的简洁以至我们冒着不能充分理解它们而从上面滑过去的风险，如此的准确以至变成了一项具有指导意义的艺术遗产：巴勃罗·聂鲁达的教导。他在这几行文字中向我

---

① 巴勃罗·聂鲁达：《全集》第二卷，第1116页。
② 聂鲁达于1950年对卡尔多纳·佩尼亚说的话似乎就是服从于口号的话语，他当时是为了表明自己与第一阶段最典型的作品——《大地上的居所》之间的距离："我认为《大地上的居所》里的诗作是有害的。这些诗作——读者应该是我们这些国家的青年——充满极强烈的悲观主义和精神苦闷。它们无助于生，而有助于死。"但无论如何，聂鲁达依然在出版《大地上的居所》，使青年还能读到这些诗作，在他最后的作品中，他又回到了与年轻时极为相似的挣扎的风格。

们阐释了经常驾驭他诗作的意图是创作一种"发生"的诗歌，关于每天无缘无故地发生在人间的事情的诗歌，如同他在《不会忘（奏鸣曲）》中所说的那样："倘若你们问我曾在何处，/ 我会说'变无定数'。"[1]

这是力图使人融入自然以给他自由的空间并还他以宇宙意义的诗歌；一种激情的诗歌，或者如他喜欢说的："一种不纯的诗歌，如同一套衣服、一个身躯，带着养分的污点和羞怯的姿态。"[2]就是说，一种从生活中而不是从书中提炼的诗歌[3]，它已不怕出丑，已面向一个由无限的多数而不是由一个无限的少数组成的听众。总之，一种描述总是默不作声的细小事件的诗歌，它歌颂平常职业，在文学门类中取消废弃与憧憬的差别 —— 一种有情节的诗歌，一种在表述中使叙事诗与抒情诗特有的内容水乳交融的诗歌。我认为已无须强调这些原则的重要性，对当前的审美理解而言，它们是至关重要的，它们已经为当代许多最突出的文学创作开辟了道路。我们唯一要做的是满怀激情与感激地评论他的话语，为了强调聂鲁达作品的伟大、连贯与

① 巴勃罗·聂鲁达:《全集》第一卷，第251页。编者按：此处原诗直译为"发生"，译者做了"变无定数"的处理。

② 巴勃罗·聂鲁达:《全集》第二卷，第1040页。

③ 在写给冈萨雷斯·维拉的信（1929年4月24日）中，聂鲁达说："作为对难以避免的孤独的慰藉，我喜欢优质的葡萄酒、爱情、痛苦和书籍。文化作为对事物的理解，我对它都有点冷淡；我觉得，一种没有背景的知识、一种对世界的直接吸收更好，哪怕它对我们不利。"

特征都存在于上面两行文字中。由于成功会通过传播而造成影响，今天所写的一切都或多或少地受他的影响，只是在许多情况下意识不到而已[1]。

挣扎之声

在评论的开头我们曾说[2]，在聂鲁达的作品中，最引人注意的是其惊人的连续性。他从不优柔寡断。在最初的几本书中，他已经有了个人的风格，有时由于受到其他影响，也难免疑惑，掺入一些质量低下的素材，但他会以光彩夺目的方式，使自己的风格不时表现出来。从《二十首情诗和一支绝望的歌》起，他就从来不乏这种原创性，这种具有自身烙印的纯真性。让我们看一看诗人在他一生中不同的场合对这本书的说法："《二十首情诗和一支绝望的歌》是一本我喜欢的书，尽管它很忧伤，但有生存的乐趣。"或者说："抓住形式不放，注意每一步都不失我初始的冲动，重新寻找我最纯朴的反应，我个人和谐的世界，我开始写另一本关于爱情的书。这就是《二十首情诗》。"[3] 最后："青年人走向生活，以为他是世界的核心，以为世界

---

[1]　直接影响往往是隐蔽的；间接影响产生于环境的感染，更容易被察觉。

[2]　见本文上一部分。

[3]　萨乌尔·尤吉耶维奇：《拉丁美洲新诗的缔造者》，巴拉尔出版社，1971，第161页。

的核心要通过他来表达。我创作一种广阔的整体性诗歌的雄心就此结束了（即在创作了《热情的投石手》之后），从这无法继续下去的时刻开始，我将一种雄辩的语言关在门外，而以一种深思熟虑的方式，从修辞上浓缩了自己的表达。结果就是我的《二十首情诗和一支绝望的歌》。不过，那些年见识还如此浅薄，对我来说，这本书未能实现我内心的宏伟目标，即创作一种使世界上互相联合与互相排斥的所有力量凝聚在一起的诗歌。这个冲突一直保留在我的内心深处。"[1]

第十三首情诗

《热情的投石手》的语言失误使他审慎地浓缩了自己的表达。无论对聂鲁达还是对其他任何一位诗人，在创作过程中，这一步都是不可避免的。"当看到青年时代过分的修辞放纵了我们而未能表达自己时，便力图净化自己的表达，使它受到节制和集中。当由于缺乏技巧而不会写长诗时，我们就尽量写短诗，以减少语言、结构和布局方面的问题。"[2] 那么好了，他的新作就归功于这集中并节制修辞的意图。这部新作就

[1]　巴勃罗·聂鲁达：《全集》第二卷，第1118页。
[2]　想一想诗人面对《热情的投石手》的失败时的精神状态，并非多余，这引导他写这本书。"这就是说，我错了。就是说，不能轻信灵感。应该让理性引导我沿着那些小路一步一步地前进。应该学做谦虚的人。"

是《二十首情诗和一支绝望的歌》，但它未能实现诗人内心的宏伟目标，"即创作一种使世界上互相联合与互相排斥的所有力量凝聚在一起的诗歌"。这是准确并显而易见的。在艺术的演变中，并非每一步都是相同的。并非一切都可以同时完成。但是，这部作品未能使诗人成就一部时代性诗集的事实，并不也远不意味着在寻求个人表达的过程中，这不是具有决定意义的一步。它们是不同的目标，应加以区别。因为我们看到，诗人在本书中所取得的寻找到自身的收获，乃是一位作家在初始阶段的基本成就。因此，让我们来重读他的一首诗，即第十三首情诗：

> 我用一个个火的十字架
> 标示了你身躯洁白的地图。
> 那时我的口，在你身上，在你身后，
> 羞怯，渴求，像一只隐蔽爬行的蜘蛛。
>
> 在黄昏岸边给你讲述的故事，
> 忧伤而又温柔的姑娘，为了你不再忧伤。
> 一只天鹅，一棵树，遥远而又快乐之物。
> 葡萄的时光，成熟与果实的时光。
>
> 曾生活在一个港口的我，在那里开始爱你。
> 孤独穿插着梦想与沉寂。

在大海与痛苦之间禁闭。

在两个宁静的船夫之间，沉默，痴迷。

在双唇与声音之间，有什么在渐渐死亡。

它属于苦闷和忘却，它具有鸟儿的翅膀。

它们就像留不住水的网。

几乎没留下颤抖的水滴，我可爱的姑娘。

不过，在这些转瞬即逝的话语中，有什么在歌唱。

有什么在歌唱，有什么升到我贪婪的口上。

啊，可以用所有快乐的话语将你赞扬。

歌唱，燃烧，逃走，宛似疯子手中的一座钟楼。

你突然变成了什么，我忧伤的情意？

当抵达最陡峭与寒冷的巅峰

我的心便像夜间的花朵一样关闭。①

　　第十三首情诗是献给罗萨乌拉②的，她是圣地亚哥的女大学生：灰色的贝雷帽，极温柔的眼睛，乳房间洋溢着忍冬藤的幽香，夜晚角落里的爱情。全诗分为四段：前三段各四行，第四段十一行，每段代表一个情节的变化。为了深入聂鲁达的诗歌，必须注意空白的含义：诗句节奏的分布和长度的不同具有符号的作用。

① 巴勃罗·聂鲁达：《全集》第一卷，第95页。
② 应为阿尔贝蒂娜·罗莎·阿索卡尔。——译者注

在第十三首情诗中，段落不仅划分了诗歌的素材，还使它改变了方向。让我们来看看这些变化。第一段歌唱了对身体之爱的回忆，告诉我们那男子用十字架标示了情侣的身躯，指出了吻的路线。第二段歌唱了接续爱情的休息。口之亲吻化作了给情侣讲故事的话语，以消除她的忧伤①。第三段使诗人置身于情侣的缺席之中，以歌唱那想情人时只能想自己的男子汉的孤独与痛苦②。

每一段在诗中突出一个方向的变化，从身体之爱到休息，从休息到分离，使读者体会到爱的情景中的全部因素，从而将肉体之爱、柔情和苦恼融于单一的坚韧之中：记忆中拼死的挣扎之吻的坚韧。直至我们评论的这一段，此诗是回忆之诗："曾生活在一个港口的我，在那里开始爱你。"但这是诗人以同样的方式和同样狂热的冲动所做的完整回忆，与爱人相遇的欢乐和渴望以及空虚的分离引发的忧伤。第四段将这一切一扫而光并意味着诗中有了根本的变化，对此，诗人以有趣的修辞变化予以强调并高度评价，此前对生命状

---

① 这是回归童年的故事：对绝妙的黑颈天鹅的回忆，那是他在儿时遇到的，他将天鹅抱回家，感受到它的体温、它的生命力、它的肌肤；包围着他的家的南方的树木以及那些快乐而又遥远的事物，它们将我们带回记忆中那成熟并挂满葡萄的时光。正如人们所见，在此我不同意阿马多·阿隆索对"葡萄的时光"这个意象的解释。
② 这首诗与《绝望的歌》有些类似，事情发生在圣地亚哥港因佩利亚尔河入海口的岸边。

态的描述用的都是过去时："那时我的口 …… 像一只隐
蔽爬行的蜘蛛。"从这时起，诗人用现在时进行描述：
"在双唇与声音之间，有什么在渐渐死亡。"

　　变化是微小的却又是彻底的，从此刻起，从第四
段起，我们参与了新颖并闪光的另一首诗的诞生。诗
人继续回忆，但他将自己的回忆用现在时写出来，从
而使它更强烈、更积极、更灵活。记忆的意象变成语
言，又变成胡言乱语。在回忆或妄言时，诗人高声说话，
他张开双唇，他的声音变得客观，以至双唇间有什么
东西在增长，死亡，飞翔，逃跑，像漏水的网一样；留
不住水，当然，却能让一些水滴在网眼间抖动、说话，
让一些话语或水滴开始升到口上，为了用所有欢乐的
语言组成一首歌，献给心爱的女人，这些语言像一口
钟，在一个疯狂男子的双手中燃烧。我们无法从惊讶
中解脱。正如我们说过的，为了以不同的方式增强诗
元素的强度，第四段将前面的一切一扫而光。它改变
了声调、音色和节奏，将回忆置于现在时里，以使它
更加紧张并在谵妄中燃烧；将前三段中快乐、忧伤和痛
苦的感情熔铸于突如其来的欢歌之中；使从前不连贯
的表达变得完整并流畅；一切都被扫光但又重新树立起
来。我们有一种特殊的预感：我们知道发生了什么。的
确，在阅读第四段时，我们目睹了一个诞生。

　　我喜欢这第十三首情诗。它的水平有起伏，这没关
系：诗皆如此。它非常简洁，这使它具有一种捉摸不定

的格调。它的光彩有时会突显出来，在书的其余部分，在表达上总会有些小的拖沓，这些同样没有关系。它具有整体性、技巧性，它在表达上的创新是重要的：人们会继续谈论它们。结尾的比喻深刻而有力：尤其是使这首诗富有弹性并让它广阔、开放。最后，它的情节描写了一种生命的状态，一种恋爱状态，几乎从各个方面将其榨干，而它的具体细节并没有减弱在读者心中的神秘感和想象力。随着阅读的深入，我们会感到被它抓住了，以为每一句诗的激情都累积到前面同一背景中的诗句的激情中，这激情不断增加，直至在最后的诗句①中获得了极大的张力、超强的牢固和一个无边无岸的结局。从技巧上考虑，这首诗干净利落。从当前要求的水平来看，我们也只看到其中的几句有些不足或拖沓——确切地说，开头的两句和结尾的三句的衔接平淡无奇：有的是现代主义的，有的是先锋派的②。诗的其余部分是成功的。但是也不尽然，不过我们写此评论并非为了评价它的质量。光说它是成功的还不够：这是一首个性化的诗，此时此处，这是重要的。聂鲁达某些最具个性化的修辞手段在这首诗中已经出现。例如：进展——重复的节奏。但我们现在不去研究它，因为我们以后要就此

---

① 对我而言，这首诗结尾的一行是："歌唱，燃烧，逃走，宛似疯子手中的一座钟楼。"

② 现代主义的是"我的心便像夜间的花朵一样关闭"，先锋派的是"当抵达最陡峭与寒冷的巅峰"。

做个总结。在这篇导言中，我们只评论他的风格的准则，在这些诗句中有一条值得注意。

正如在前面提到的聂鲁达《对我的诗作的几点即兴思考》中所述，应该特别注意——直到此时我们都是这样做的——诗人一生的用心就在于其作品的整体性。对于理解他的作品，这是至关重要的，因为只有从这将一部诗作的各个方面串联起来的线索出发，才能从整体上了解这部作品。无疑，这意义就在于使我们不时看到作品的完整性。面对聂鲁达自荐的作品，什么也不能减弱采取这种立场的重要性。但同样真实的是，原创性的诗作无论如何都不会是诗人的艺术追求。原创性的诗作建立在不可动摇的个性化的基础之上，因此，它处于一切思考、筹划或美学追求之前。我们不必自寻烦恼，因为本质的东西永远是朴实的。原创性的诗作是诗人自己的声音，而诗人自己的声音有三个基本要素：格调、音色和节奏。这三项中的每一项都构成个人原创性的一个方面，其不同的艺术职能是将纯粹的形式变成表达形式并打开沟通灵魂的渠道。它们构成诗人的声音并赋予他个性化的品格，它们是诗歌表达的最初要素，对此我们应另当别论。此时此处，我们无法做此事，而只能勾勒一下它们之间的区别。格调是对不可改变的人性的表达，音色是对不可改变的个性的表达，而节奏是诗意展开的活力，它每时每刻的步履都将自己的顽强、凝重或婉转赋予声音。

它就像文字的呼吸一样。由于对聂鲁达的音色和节奏已有许多令人赞叹的研究，我们只关注诗人声音中格调的特有职能。

诗之格调

无须过分提高嗓门，我们要说的是，格调是诗歌的本质，因为它向我们显示的是它的出生地，或者换个说法，当它向我们揭示诗歌是在心灵的什么区域、生命的什么深度诞生时，它是在展示自己的根源。不过，这第一个明确的靠近还是很模糊的。应使它明确起来，因为诗当然不是一下子诞生的，不是一成不变的！我们要冒一切风险来造就它：在许多情况下是毁掉它。在诗歌创作的过程中，不仅是每个诗人不同，而且是每首诗都不同，有时诗人找到了一行诗或一个表达，它们本身已很突出，我们已认为它们有作用并构成整首诗的第一核心。然后，我们一般只是澄清并补充这第一直觉。毫无疑问的是这行诗或这个起步 [①] 已经具有一种确定的格调，只要我们不想让它失效，就应将它一直保持下去。我说这是它发育的规律。在诗歌创作中，什么都不容易，什么都不白给。创作的过程有时是在犹豫中，有时是在普通的地方盲目地摸

---

① 开头的句子或初始的形式往往还没有结晶为诗行。

索着、磕磕绊绊地前进。这些判断并非理论性的，请上帝将我从关于这个内容的想法中解救出来吧！这些只是个人的表述。创作过程，尤其是起步阶段，是艰难的、问题很多的、像迷宫一样的，在这个迷宫里，格调就像阿里阿德涅①的线一样，突出取得的成功并照亮前进的道路。我们写的每一首诗，如同我们的每一个行动一样，都有一个不同的精神启动。毫无疑问，无论是我们的行动还是我们的诗歌，都会有一个迥然不同的起步，可以是偶然的或突出的，热恋的或失恋的，痛苦的或慷慨的，悲伤的或快乐的。就力度而言，都是一样的，因为在它们那里，重要的首先是真实；就是说：它们是从我们不真实的、因袭的生活中诞生还是从我们真正的、个性化的生活中诞生。我相信这个论断是如此简单，用不着担心人们将我们称作理论家。随便选择的两首诗，不管是同一个诗人的还是不同诗人的，从不会有相同的精神启动。不会有的。其中每一首都会伴随着一种人间的温度和不同的火候诞生。这个火候就是格调，因为已经是该说的时候了：诗中的格调就是直觉的第一个表达手段——它的出生证，它既向我们揭示了直觉的生命的启动，也向我们揭示了形式的启动。因此，在我们的表达手段中，格调是最具原创性的、最根本的。

①　阿里阿德涅，古希腊神话人物，把一条纺线送给自己的心上人，助他走出迷宫。——译者注

在聂鲁达的诗中，就像在所有大诗人的诗中一样——作为范例，我们会想起费德里科·加西亚·洛尔卡，是不是大诗人，你们可以通过格调来确认。这两位诗人，加西亚·洛尔卡和聂鲁达，他们的某些作品① 具有相似的格调，一种与生俱来的朦胧、原发、喷涌的格调，宛似来自人的肺腑的呵气一样。我因其与众不同而强调此事，何况一种语言的大作家不是经常相似的。然而，在这种情况下，他们有相似之处。他们有一种使其接近的格调：他们代表着主流，我们抒情诗的主流表达。在那些黄金岁月里，我有幸几乎每天与他们对话，当时就常常思考这种相似，有时想，将来有时间，我愿对它进行研究与评价：这是我欠自己的一笔债。那时在马德里出版了《大地上的居所》②。当时我已了解他的诗作，不过了解是一回事，亲身体验与感受是另一回事。那是我的案头之书，它催我动作、令我觉醒。有的书教育我们，有的书缔造我们：我曾是这本书的产物。在最初的青年时代，我常说——多少朋友都会记得！——这本书的阅读使我产生了深深的颤抖，一种柔情，一种湿润的暖意，就像一头奶牛的舌头在舔我的面颊。那绝不仅仅是一种阅读，还是一种触动。我感到他的诗的声音，就像萦绕在我周身的

---

① 我指的是《诗人在纽约》。
② 巴勃罗·聂鲁达：《大地上的居所》，阿尔伯尔版，十字与直线出版社，1935。

话语，因为只有接触才能令人产生他的诗歌所赋予我的鲜明而又贴切的、天然的、全方位的感受。今日，尽管岁月流逝并有所领悟，我心依然：并非一切都可抹掉、逝去或缩小。那么好了，阅读聂鲁达的诗歌留给读者的常常就是这呵气，这正是诗的格调。这是它具有决定意义的特征：感染并无可挽回地传达给我们的生命的真实。诗的格调具有激情洋溢的特点。它将许多事物融为一体。首先，将生命激情与艺术激情融合起来，这二者不能混为一谈 —— 将其混为一谈的诗人是多么可怜啊！ —— 因为它们有不同的品质，尽管常常在格调中会合。它们会合在一起，毫无疑问，但保存着各自的陪衬。一个诗人的声音越自然，生命力与艺术性的融合就越天衣无缝。加西亚·洛尔卡与聂鲁达就是如此，他们的声音似乎就是从大地冒出来的，带着那呵气，那原发的、初始的、喷涌的令我们震颤并将我们包围的格调。让我们来重新感受一下，重读聂鲁达最成功、最有决定意义、最令人惊奇的诗作中的一篇：

船　歌

倘若你只触摸我的心，
倘若你将自己的口，自己细嫩的口，
自己的牙齿，放在我心上，
倘若你将自己的舌，像红色的箭，

放在我布满尘埃的跳动的心房，

倘若你在大海旁，在我的心上呼气，啼哭，

发出昏暗的声音，带着梦想

和火车车轮的轰鸣，

像动荡的水，

像落叶中的秋天，

像血液，

带着潮湿火焰的声音焚烧上苍，

发出如同梦幻、树枝、雨水的声响

或悲伤港口的汽笛，

倘若你在我的心上呼气，在大海旁，

像白色幽灵，

在泡沫边上，

在风的中途，

像挣脱枷锁的幽灵，啼哭在海岸旁。

像蔓延的思念，像突然的钟声，

大海切分心灵的声音，

在孤独的海岸，黄昏冒雨垂下幕帐，

夜无疑在降临，

海难中旗帜那悲哀的蓝色，

聚集着星星嘶哑的银光。

心像严厉的海螺在作响，在呼唤，

啊，大海，啊，哀怨，啊，焦虑的恐慌
分散在不幸和汹涌的波涛上：
大海将自己倾斜的身影和绿色的虞美人
归咎于那声音的震荡。

倘若你突然存在于一个悲哀的海岸上，
被逝去的白昼包围，
面对一个新生的夜晚
充满波浪，并在
我寒冷恐惧的心上呼气，
在我的心孤独的血液上呼气，
在它带着火焰的鸽子的动作上呼气，
它黑色血液的音节会出声，
它不停的红色波浪会增长，
而我也会作响，在阴暗处作响，
像死神一样作响，像吹奏
或哭泣的乐管在呼唤，要么
就像瓶子冒着恐怖的气泡一样。

就这样，闪电会笼罩你的发辫
雨水会进入你睁着的双眼
准备你悄悄储存的哭泣，
大海黑色的翅膀盘旋在你身旁，
带着巨大的爪、吼叫和飞翔。

你愿成为孤独的幽灵，孤独地
在海边吹奏自己贫乏、忧伤的乐器？
如果你只是在呼叫，
它那魔笛，它那悠长的曲调，
它那受伤的波涛的号令，
说不定有人会来到，
从岛屿的山顶，从大海红色的底部，
有人会来到，有人会来到。

有人会来到，愤怒地吹奏，
像破损船只的汽笛声，
像哀怨，像泡沫
和血液中的嘶鸣，
像残酷的水在啃咬自身并发出响声。

在大海的站台
它阴影的海螺像呐喊在回旋，
海鸟将它藐视并逃亡，
它所有的声响，它悲哀的棍棒
矗立在孤独大洋的岸上。①

① 巴勃罗·聂鲁达：《全集》第一卷，第214页。

对这首诗的评价，我们不再展开，炉火纯青，无须赘述，阿马多·阿隆索对此早有评论[1]，一般都是褒扬。在《船歌》中，诗人的格调达到了巅峰。全诗一气呵成。爱情诗中或许从未有过这样的震颤。它的苦闷是有感染力的，既规范又狂热[2]。的确，它使我们麻木，但又使我们丰富，读完之后，无不像变了个人。我们曾经受死亡与复活，像冒雨张开的皮肤一样，雨水淋着我们，但却激发我们的活力。我们经受的是另一种方式：感到苦闷的经历使我们增长并放松，却未感受到它有效的打击以及我们力量的倾斜，相反，此前却看到了它的临近、它苍白的坠落，就好像是一种形式的解放。这是艺术的发泄，它盲目的手从内部抚摩我们，通过这种发泄，我们切身感受到自己痛苦又安然无恙地脱了一层皮。

此外，应注意一点不同：在《船歌》给我们留下的印象中，艺术激情的含量重于人性激情[3]的含量。该诗留给我们的印象是它表达的力量，而不是它生命的苦

---

[1]　见阿马多·阿隆索：《巴勃罗·聂鲁达的诗歌与风格》，南美出版社，1950，第162—176页。

[2]　正如拉蒙·戈麦斯·德·拉·塞尔纳在其《肖像》中所说："许多人都将最生猛的事情在诗歌中混合成一团无法理解的模糊，而唯一可以可以理解的方式引起共鸣的是聂鲁达。" 引自《完整的肖像》，阿吉拉尔出版社，1961，第812页。

[3]　在区分这些含量的质量时，我不愿将它们分开。实际上，它们分不开，但也不能将它们混为一谈，因为艺术性与人性是一枚硬币的两面，是一种激情的表面特征；这正是《船歌》在读者中所引起的。

闷。读者或许会想，它的内容不过是一个假设：当诗人所爱的女性用舌头舔、用牙齿触摸他或用口亲吻他的心时，后者会做出什么反应。在诸多事情中，这不是每天都发生也不是每天都能发生的事情，因为诗中可爱的女性或许存在但不在眼前，或许不存在而只是个名副其实的幻影，或许——这最为可能——只是个"不存在而又需要之物"。作为这首诗的支柱的正是这含糊不清的状况。那么好了：不必澄清。它只在格调上模糊，而这模糊尽在不言中，并以初始的特征窒息着声音，正是绝望使《船歌》产生了苦闷。它不仅是忧伤的诗，似乎更是无望的诗，更是悲剧之恋的诗，这悲剧之恋只是偶尔存在于我们的生存方式与我们自身的爱恋方式之中。我们无法确切地知道它，但在其格调中却因此而存在着某种柔情与哀怨之外的东西，如同在爱情中有某种缠绵悱恻之外的东西一样：有不确定的、破坏性的、没有任何固定模式的、践踏我们的激情，在《船歌》中，就用附加的因素描述了这样的一种激情，这些人类所特有的因素包括风云变化、忧虑不安、不圆满性，它们使我们感到一种无限却又灼人的恐怖。这是这首诗的主要成就。恐怖在诗的格调中的出现是聂鲁达无可争辩的成就之一，是与他第一阶段的反差的标志，重读这首诗，我们首先感受到的不仅是一种新的震颤，而且是一种难以忍受的、更大的、唯一而且是最后的震颤。

没有一行诗、一个词提到或显示这激情的张力，但全诗却充满了持续的绝望，我们说它含蓄，的确名副其实，但我们也知道它有清晰的表达。没有表明的情感的爆发，尽管可以感知——以何等的方式啊！——一定要有一个渠道，以使它验证自己的交流。这渠道就是格调。果然，只有它能向我们揭示包含在声音中的心理张力，而声音是诗歌调整好的涌流。正如读者自己所看到的，《船歌》没有韵律的格式。段落的划分服从节奏，服从声音的气息，但这种气息取决于格调，取决于内在的张力，取决于激情的张力，后者使诗歌产生结构，并建立词语的顺序，诗句的范围，节奏的界限，其缓慢、绝望、全方位的进展，比喻的层次，最终是其同步性，并使其所有的素材浓缩为有机的整体。总之，在《船歌》中，一切都取决于格调，它使诗歌产生张力和脉搏，赋予它前进的步伐和整体性。

我们一步一步地来，以避免失误。诗的整体性来自诗的格调。格调是激情的张力，相当于诗的内在力量。这种张力不是灵活的、句法的，也不是逻辑的：它是格调有力的启动，并随着一个个词语、诗句、诗段的融会贯通而增强。格调是诗歌张力的来源，它包括构成形式的全部要素：词汇、诗句、节奏，它们只能在格调中融合。那么，我们已经说过并有必要重复，格调就是表达打造的规则，是其结构的体现。因此，它不是形式的结果，而恰恰相反：形式应适应于它。格调也不像人们以为的那样，是情节的结果，因为实际上，它本身一般就是诗歌唯一的情节。《船歌》和《大地上的居所》里的大部分诗篇都是如此。它们的格调都是唯一的情节 ①。

胡安·拉蒙与聂鲁达

如前所述，诗的整体性具有结构的特征。它不在于各部分之和，而在于格调。从某种意义上说，它是一个结果，但该结果，像某种机制的展开一样，服从一个法则。正是格调造就了诗歌有机的整体性并赋予它存在相适应的水平。这是它的血液之声。我们举个例子。尽管有时会令我们惊奇，在一行诗的诸多可能的变化中，毫无疑问，一定会选取最能表达格调的那个。其余的可能更漂亮、更稳妥、更新颖，但不合法则。它们有不同的血型。如果我们不想犯错误，对此就不应忘记。在许多情况下，人们忘记了，而且有些是很杰出的人。胡安·拉蒙·希梅内斯称聂鲁达的诗歌"患了疟疾"，就因为他没有注意到这个法则 ②。他不可

①　这些诗篇中的大多数都没有内容或情节，只是对一种情感氛围创造的反映。

②　胡安·拉蒙·希梅内斯的话无疑是指《大地上的居所》中的诗篇。患疟疾的诗歌，在某种意义上说，是肮脏的诗歌，或者说是感染性的诗歌。同样可以说胡安·拉蒙·希梅内斯的诗歌是灭菌的。当然，这是同样不正确的。

能注意到。胡安·拉蒙·希梅内斯是个与众不同的诗人，但是他被封闭在当年那个时代的墙壁中。他认为诗歌创作就是美的创作，当年这已过时 [1]。他用大写字母写"美"这个词，他认为不美的就不合法 [2]。他不可能懂，也真的不懂：在新的一代，美的功能正在逐渐被生命的功能取而代之。他不懂得，就艺术性而言，生命的呼唤高于美的呼唤。他不懂得，像聂鲁达这样用病态的声音和被汗水污染了的素材写成的诗歌，不是用美来吸引读者的，而是要使他们焦虑，让他们自杀。正如拉蒙·戈麦斯·德·拉·塞尔纳所说，这是带着鸽子与恶性肿瘤的新诗。然而不理解就是失明：这使他心安理得地视而不见，不敢跨过敞开着的门。

这使得他不公正，因为不公正是盲人的法则。总之，美只是吸引，而许多吸引我们的事情并不美。鹰嘴豆的嘴是从背后长出来的，而这个矛盾早已被康德所觉察，他用自己区分美与高尚的著名论断开启了新艺术之门。花园因其美而使我们愉悦，山峰因其高而

[1]　从狄尔泰的《诗学》出版时起，即是如此。

[2]　在他关于聂鲁达的苦涩的抒情漫画（该文收入《三个世界的西班牙人》）中，胡安·拉蒙·希梅内斯说："聂鲁达有已开采的矿和将要开采的矿；他有罕见的直觉，他在寻找诗人的内心、完整的特征、固有的本性；他没有自己的韵律，也没有充实的批评。他拥有一个仓库，里面储存着他在这个世界寻找到的一切，就好像垃圾堆，有时是肮脏的，他停在那里的剩余物、废弃物和破烂物中间，诸如状态尚可、还不失为美的一块石头、一朵花、一块金属。他只从垃圾堆中挽救了某些美的残骸。"啊，美啊！对于非凡而又渺小的胡安·拉蒙来说，没有其他美的标准。

使我们恐惧、惊讶。目前，"高尚"这个词已渐渐被弃置不用，但康德的论断并未如此，这一论断就是懂得了恐惧与惊讶可以是美的感动。与使我们快乐或愉悦的东西相比，将我们震撼或吸引的东西具有更高的艺术水平。在我们的时代，对此无人怀疑①。这是新的法则。在一首诗歌使我们产生的感动中，可能有等级的差别，但最终还是最有效的感动最深刻。那么好了，聂鲁达的诗歌发现了新的感动、恐惧、挣扎、绝望，就好像往我们的血管里注射的不是血液，而是寒冷。他不想让我们产生热情，而是想让我们结冰，因为在诸多重要的事情中，《大地上的居所》是对我们时代的种种疾病的深刻考察。我们对它的格调毫不奇怪，有时它像迷漫的三氯甲烷一样使我们头晕目眩，我们不应感到奇怪。诗人必须做出诊断，他会战战兢兢地做出。他想让事情各就各位，但这样做很难，因为这痛苦素材的大部分具有自传的性质②。他一定要下到痛苦的地下室，因为病人的卧室是医院，而他曾在那里住过。

---

① 有的激情并不美好，也没必要使它们变成美好，例如戏剧诗歌的轴心。对戏剧有效的东西对任何形式的诗歌都是有效的。在不同门类的文学之间存在着区别，但没有界线。在莎士比亚或洛佩·德·维加的作品中，谁能将戏剧与诗歌分开呢？它们吸引我们的方式是统一的。

② "首先，《大地上的居所》是一个特殊经历的诗歌日记……这是一段在地狱中的时间的经历，为了照搬兰波的诗歌的题目……从赴东方的旅行开始（1927），大地上的居所就变成了地狱、地狱中的苦恼和地狱中的疯狂。"引自埃米尔·罗德里格斯·莫内加尔：《静止的旅客》，第203页。

他并未挑选这个地狱：他在那里受过罪。他既不能拒绝它，也不能缩小它；那是他的主题。（他不能不讲述当今世界上作家生命中的癌症①。谁也没有像他那样做。阅读《大地上的居所》会产生一种可能是令人恐怖的震颤，然而该书却有自白的性质，从美学的观点看，它丰富了现代的情感，创造了新的痛苦，而这是他的基本贡献之一。）

《船歌》第一段

因为格调体现在声音中，高声朗读《船歌》会使我们弄明白许多事情。应把它作为一种方法来实验。必须缓慢地进行以保持语言的温度。这首诗有一种感人肺腑、令人震颤的格调，不断地前进、后退、前进时——我们这样说而已，它浓缩痛苦，打断自己的表达，以十分流畅的方式，带着缓慢痉挛的收缩，后者更突出了它的缓慢，掌握并节制它，使它在前进时化为连续的同心圆，并越来越扩大，总是从同一点、同一个起源、同一棵山杨树出发："倘若你只触摸我的心，/倘若你将自己的口，自己细嫩的口，/自己的牙齿，放在我心上，/倘若你将自己的舌，像红色的箭，/放在我布满尘埃的跳动的心房，/倘若你在大海旁，在我的

---

① 在西班牙，诗歌的使命同样是一场灾难。

心上呼气，啼哭……"表达的展开是缓慢的。读过前六行时，我们还没摆脱开头的那个词，它控制着所有的词语并阻止它们的展开。没有前进，只有张力，而且随着每一行诗在加大，它需要蔓延。然而这扩充尚未深入：连一步都没走。表达依然被束缚在起点上，因为启动全诗的是个条件词语，它的色调在每一次重复时都在以细微的变化进行调配。惊讶是一条捆绑的绳索。它固定着诗的格调，似乎在变换着话语并使它们与自身的含义及其相互的作用苍白地近似。这是回归本源的声音，永远的回归。语言没有前进，但却在变化：变化就是它的生命。诗句几乎没有形成：它们在变动，在增长，在以不同的方式榫接，为了重新产生。节奏就像分娩，痛苦在其间发挥作用：一切都在为其提供方便并使其变换形式，但使表达更具张力，却并未使它前进。诗的前六行是一个持续的、贫瘠的请求，宛若一只盲目的伸向大海的手，既不期待回答，也未向任何人做出自己的表示："发出昏暗的声音，带着梦想 / 和火车车轮的轰鸣，/ 像动荡的水，/ 像落叶中的秋天，/ 像血液，/ 带着潮湿火焰的声音焚烧上苍，/ 发出如同梦幻、树枝、雨水的声响 / 或悲伤港口的汽笛，/ 倘若你在我的心上呼气，在大海旁，/ 像白色幽灵，/ 在泡沫边上，/ 在风的中途，/ 像挣脱枷锁的幽灵，啼哭在海岸旁。"

我们已经越过条件的边界，但依然在它的调配下。

结果移至一个假想的未来，即一个只在语言上能够变成现实的未来，如同一个假设、一个声音，它还听不见，也不可能被听见，只有在读者的心里，才能以顽强而又无休无止的方式化作真实并取得进展。它必须这样，无休无止地，因为这颗心的声音只有在将来才能听到，但也由于声音自身的本性，它无法明确：只能进行调和颜色，而不能全部澄清。当碰到女伴的双唇时，心便发出一种隐约而不浑浊的声响，载着梦幻的火车的声响，像动荡的水在相互用力地碰撞，像秋天在树叶中或者像惊讶在血液中作响，带着潮湿火焰的声音，这火焰燃烧着、增长着，直至烧到了天空，就像梦在燃烧，就像树枝在作响，就像雨水或停泊在码头的船只的汽笛在呼唤，我们既不能听而不闻，又听不清呼唤什么。我认为，这些比喻具有不同寻常又难以抹去的准确性，它们的排列是令人敬佩的，然而这是一种挣扎、呼吸、喘息的准确性，它在以自己的方式，讲述为了完全表达自己而尚缺的东西，这就是为了死亡尚缺的东西。诗的题材是透彻的，但难以捉摸，表达需要充满惊讶和空白，以便揭示它的含义。语言具有张力，它要服从诗的脉搏与节奏，它在增长，但没有在缓慢的被扼杀的深入中前进。在我们的语言中，以一种较完美、较彻底的方式并在每一个词语、每一个表达的折叠里都圆满地描述生命的苦恼，结结巴巴、麻木不仁的苦恼，能做到这个地步的次数是不多的；能获得这种共鸣、能使微弱地鼓舞自己表达的脉搏完全适应诗歌自杀的跳动，这样的诗人同样是为数不多的。人们会说这一节诗歌活不下去：越往前走越衰弱。这是一个技巧的奇迹，而且不仅仅是一个技巧的奇迹。

我们不能再在这个评论中多费笔墨了。说过的话足以澄清格调在诗人的声音中专门的作用，不过我们还想强调他的另一项最重要的工作。在巴勃罗·聂鲁达的作品中，格调是决定性的，既不能被掩盖也不能不被了解，它是显而易见的。格调之于他的诗歌就像素描之于毕加索的绘画。这是构成诗歌的支撑和动力。读者要记住，《大地上的居所》最突出的特点之一就在于"一种尚无形式的情感的出现，而且随着诗句本身的成长与发展才能找到它"①。从某种意义上说，这是一种盲目发展、直至诞生才告明朗的情感，具有原发的特征，就像聂鲁达第一阶段的全部诗歌，在格调上已不言而喻。在繁殖方面，它可以顺利成长，因为诗歌的格调为它提供了胎盘并给它以渠道和方向。这种初始、原发的情感的成功例证之一就是我们正在评论其第一节的《船歌》，这种情感随着诗的进展而形成，与此同时也形成了诗歌，赋予它结构形式。我们不坚持自己的论点，没有必要，对其余段落的分析将使我们得出

---

① 埃米尔·罗德里格斯·莫内加尔：《静止的旅客》，第205页。

同样的结论。我们唯一要补充的是它代表了聂鲁达在其真正巅峰时刻的抒情表达。为了结束这一章，我们将它与第十三首情诗结尾的诗句进行比较，后者属于他的《二十首情诗和一支绝望的歌》，它们已适合于聂鲁达更严格、更典型的表现技巧："在双唇与声音之间，有什么在渐渐死亡。/它属于苦闷和忘却，它具有鸟儿的翅膀。/它们就像留不住水的网。/几乎没留下颤抖的水滴，我可爱的姑娘。/不过，在这些转瞬即逝的话语中，有什么在歌唱。/有什么在歌唱，有什么升到我贪婪的口上。/啊，可以用所有快乐的话语将你赞扬。/歌唱，燃烧，逃走，宛似疯子手中的一座钟楼。"

我认为在这些诗句中，首次出现聂鲁达作品里这类原发的情感，它随着诗句一行一行地发展而成形，并给诗的形式以步履、设计和结构形式。它的格调就是力量，就是张力，它在梳理词汇的顺序并构成那"激情的句法"，这句法本身就构成了《大地上的居所》。请看在第十三首情诗的前几节中，用词是不连贯的。那时诗人感兴趣的是光彩，为了获得它便取消了连接，以突出词汇和意象并使其变得空灵："在黄昏岸边给你讲述的故事，/忧伤而又温柔的姑娘，为了你不再忧伤。/一只天鹅，一棵树，遥远而又快乐之物。/葡萄的时光，成熟与果实的时光。"用词是模糊的系列，在系列的词汇之间是打断并放开它们的寂静。它们一致不起来。

忧伤的格调使它们在表达中分散、传播。每个词汇都有自己的意义①，就像串联起来的构成系列的意象一样。然而在我们评论的诗节中一切都变了，每行诗的激动都在共同财富的背景下，与前面诗句的激情累积到一起。格调变成一种力量，将语言、意象和比喻聚在一处，使它们同步起来：它们同时发挥作用。它们不是相接，也不是相加，而是一致。如果说忧伤的格调以某种有气无力的方式使它们分散，现在原发的格调使它们相互受精，使它们获得新生。什么也不再是所是之物，一切都在融合与再创造。组成这一节的八个长长的诗句是同步且有内在联系的：它们的所有元素构成同一个整体。由于"激情的句法"的压力，形式在半开、兴奋并打破诗句静止的墙壁。表达在寻找自己的形式而情感在赋予它，不过这是一种只有在诗的结尾才形成的初始、原发的情感，一种朦胧的情感，它能熔铸表达的链条并使其化作节奏与有机的、规范的系列。我们不能不记下这一点，以免万一忘却，这就是"主导着诗人全部的成熟之作的节奏"，这就是卡门·佛克斯雷研究过的节奏，其论著的题目是《〈元素的颂歌〉中

---

① 这个按顺序分布的、通过并列构成一首诗的意象串联的特征，由于诗人随意却又是蓄意的书写而被奇怪地突显出来，他多次在该用逗号的地方用句号，使诗歌不连贯的节奏更加明显。年轻时，我们将意象孤立起来，以为这样会使它们更具光彩。后来，只要一息尚存，我们就会改正这错误。

的渐进—重复结构》①。这是一种交替变化、一环套一环、悠长、缓慢、重复的节奏，总是重返源头以推动表达并对它进行重新调整。像我们所见到的《船歌》那样展开，通过同心的波浪，逐个扩大，总是同一个圆心。请读者不要忘记，这是《大地上的居所》《漫歌》《元素的颂歌》或《黑岛纪事》的节奏，就是说，这是聂鲁达典型的节奏，它不是外在的节奏，而是结构的形式。

让我们对聂鲁达作品中连续的修辞画面做个总结：原发的情感，激情的句法，内在而又独创的格调，语汇的多义与意象的多样性，形式与表达价值之间的掺杂与转换，与所有自然物建立起一种肉体关系的连续、多情的目光，对一种难以企及的准确性的分散而又累积的寻求，结构的旋律，在拥有热情与无限的事物上对浪漫主义的回归，然而是将自己的表达机制从反面恢复以使它更加集中②。全面的表达，既不能掌控句法的取舍，也无法掌控理性与清晰的应用水平，因为它们无法将它容纳；通用的穿透空气的清晨的词汇，让它起床，但也使它的卑微与不同寻常的、新颖的、原发的比喻平衡起来，这些比喻在诗的结构中展开以表明只能用一种创伤或一种寂静才能说清的事物；将表达实物

① 本文发表在《纪念巴勃罗·聂鲁达》专栏，《文字的车间》1972年第2期，第25—39页。
② 聂鲁达在《居民及其希望》中说："我对生活有一个戏剧性的浪漫主义的观念；不是深深抵达我的感觉的东西对我就不合适。我很难将自己这精神上的定数与差不多是特有的表达统一起来。"

的词汇从比喻的语言中删除，只留下做比的词汇 ①；对
选择的美几乎毫不关心并充满传统诗坛的羞耻；与生活
接触；苦闷；在光明与黑暗之间的爱与爱的失败。这些
是聂鲁达在诸多特性中最典型的特性，它们在这些诗
篇中早已引人注目地出现。请与《葡萄和风》中的这一
节诗做个同样的比较，后者具有同样的表达系数：

> 唉，没有褴褛衣裳的祖国，
>
> 唉，我的春天，
>
> 唉，什么时候，
>
> 唉，什么时候，什么时候
>
> 我在你的臂弯醒来
>
> 沐浴着海水与露珠；
>
> 唉，当我在你的身旁
>
> 抱着你的腰肢，
>
> 无人敢冒犯你，
>
> 我将唱着歌
>
> 保卫你，
>
> 当我和你在一起，
>
> 当你和我在一起，什么时候呀，

①　"聂鲁达在其诗意的直觉前驻足并似乎是为了自己将它们标明，但
并未亲自指出它们对应的是什么样的现实。像聂鲁达这样的诗人，他们
不像传统的做法那样描写一种现实并在字里行间启发诗的含义，而是描
写诗意，再朦胧地启发它所说的是怎样的现实。"引自阿马多·阿隆索：
《巴勃罗·聂鲁达的诗歌与风格》，第176页。

什么时候。^①

前面所引的这些诗节属于《大地上的居所》《二十首情诗和一支绝望的歌》《葡萄和风》等如此不同的诗集，但它们是用同样的技巧创作出来的，这种技巧越来越纯洁、朴实。我们对突出这种连续性很感兴趣。不过还有一点也不应忽略。请读者注意，全部所引的诗节都受制于一个相似的核心，一种句式的散文化，突出其口语化的特点：在《船歌》中是一个条件句："倘若你只触摸我的心"；在《葡萄和风》中是一句怨言："唉，没有褴褛衣裳的祖国"；第十三首情诗的那一节被字典中最普通的字"什么"支配着。让我们来看一看："在双唇与声音之间，有什么在渐渐死亡。/……不过，在这些转瞬即逝的话语中，有什么在歌唱。/有什么在歌唱，有什么升到我贪婪的口上。"

巴勃罗·聂鲁达写这些诗句的时候是二十年代初，因为书上有日期：1923—1924。同时代的大师们，要是在八行诗中重复六次^②像"什么"这样的百分之百多余的词汇，可能连自杀的心都有。对于行动词、副词^③以及被认为是陈旧与无理的句法联系同样是被告

---

①　巴勃罗·聂鲁达：《全集》第一卷，第850页。在"葡萄和风"的沙地上，献给智利、题为《怀念与回归》的这一小部分是一块绿洲。
②　我是拿前一段，即第二段开玩笑，因为与我们正在评论的诗节没关系，尽管也能算在一起。
③　这些因素如此任性就丧失了威望，对它们的评价，尤其是对行动词的评价，后来变成他个人的特点之一，而且是他发现的修辞手段之一。

的时刻：如"正是这样""当然""因此"等等。风格应该更为突出。词汇不能重复，至少不能离得太近，因为重复会使语言显得贫乏、累赘或啰唆。然而，聂鲁达却反其道而行之，在一本颇受现代主义语言影响的书中，不厌其烦地使用它们。那么好了，这种对话式的词语搭配有预言的特征，同样准确地代表了诗人成熟的风格：他在大街上的语言。正如阿马多·阿隆索研究过"有"这个词的意义①，同样应当研究"什么"的意义。这个词是个关键。它是尚未找到表现形式的原发的情感的启动，它以一种吞吞吐吐的、贫乏的、几乎是不确定的方式启动，为了一行一行地发展，用累积、渐进的方式发展，以便找到自己的形式和最终的表达。应当指出的是，在大多数情况下，内容清晰地体现在形式中，而且在这些诗篇中，有时除了表达形式之外，没有别的内容。这些诗不需要其他东西，因为一首诗的意义不取决也不能取决于它的清晰。诗的情感与含义可以开始运作，持续地发生并激发我们，什么也不必向我们解释，或更确切地说，除了世界的起源之外，什么也不必向我们解释。仅仅一个喊声就可确认为一种痛苦，单纯的发音就可以使它变得明显并表示出来。它融合着一切。这是加西亚·洛尔卡和聂鲁达的伟大

①　见阿马多·阿隆索：《巴勃罗·聂鲁达的诗歌与风格》，第193页。

教导；他们独创的韵律，他们对内在和主导的因素的发现。他们诗的语言在诗中说出，在诗中朦胧地说出，宛似一声呐喊，并未彻底揭示出来。不能那样做。那会是荒谬的。它建立在根的规律上。对此我们不能忘记。

在我们评论的第十三首情诗的诗句中，口头语言的贡献和某种作为表达启动核心的"什么"的运用被格调吸引过来，因为激情搅动内心深处，那是尚未意识到的，它在摸索着寻觅，而且在此情况下，已开始获得一种朦胧的揭示。因此，我们认为这口头语言的加入并非服从书的风格——极其光辉并富有冲击力的，而是服从这些诗句的风格——沉闷而又新颖的。它的创新是无以复加的：在这些诗句上出现了聂鲁达独特的表达。

《奇男子的尝试》与《大地上的居所》：两部先锋派作品

聂鲁达的青年时代是所谓先锋派主导诗坛的时代：那是一种实验技巧、开拓主题的诗歌，它赋予我们的语言一个新的黄金世纪。它的作用至今依然是根本性的；无论在美洲还是在西班牙，都是名垂青史。毫无疑问，我们相当一部分后来的诗人，我们的倾向，我们的诗歌世界和表达手段，都归功于它。谁若不以这种或那种方式吸取这个经验，就不是我们这个时代的诗人。每个主义都有自己的宣言和章程，但有一些原则是共同的。我们并不想以彻底的方式一一进行说明，只是说一说其中我们认为是最突出的原则：冲破思想的传统模式，反叛现存的诗歌世界，以实现要么是自动、要么是全新的表述；打破社会的用法与习俗，或者如同当时常说的，"让资产阶级吃一惊"，因为艺术家无法适应资产阶级的道德规范①；将诗歌所有成分的质量提高到极致，不借助任何其他文学门类，倾向于对纯诗的探索，最终是抛弃了感伤主义，因为它被认为是公证人、安托法加斯塔人和修修补补的诗人们的忸怩作态②。独创性是最高价值，要有极高水平才能达到。与不断提高水平的要求相适应的是先锋派诗歌出色的质量。在大洋两岸的先锋诗歌流派中，聂鲁达完成了自己的学习阶段，这种说法是正确的，但却常常被人遗忘。这不说明什么，因为艺术作品无不从熟悉的源头起步。我们只是简要地回忆一下他的演变过程。

---

① 维森特·维多夫罗说："这个怯懦而又虚伪的世纪的儿子⋯⋯我想成为第一个自由人，第一个冲破所有枷锁的人。"这种态度，说到底是尼采和超人学说影响的结果。
② 先锋派面对情感世界的这种极端态度曾有如此的生命力，以至被看作新时代决定性的特征，毫不夸张地说，它促使奥尔特加·伊·加塞特创作了他的杂文《艺术的去人性化》。

　　《二十首情诗和一支绝望的歌》《奇男子的尝试》①
和《大地上的居所》是聂鲁达第一阶段具有决定意义的
作品，代表了诗人的挣扎之声。(《二十首情诗和一支
绝望的歌》是一本很美的书，既充满激情又是习作，属
于后现代主义②。《奇男子的尝试》是一本智者的书，其
中许多页令人敬佩，是技巧的开端，属先锋派又有点
文人气质，极复杂，与其他作品又极不相同。《大地上
的居所》已经是一部成熟之作。具有超现实主义特征，
属于他的时代，无疑是他的原籍。)不过，诗人已经拥
有充分的能力和表达手段，完成了一部绚丽多彩、焦
躁不安、非同寻常、个性化的作品，对此埃米尔·罗德
里格斯·莫内加尔说了如下的话："他也带来了《大地上
的居所》的诗篇，那个时代的西班牙语诗歌由于这本书
而发生了永远的变化。"③这是真的，又不是真的，或者
像人们常常在法律语言中表述的那样，是真理，但不
是全部真理。当时已经出版了塞萨尔·巴列霍的《特里
尔塞》、豪尔赫·纪廉的《颂歌》、拉菲尔·阿尔贝蒂的

---

① 请阅读海梅·阿拉萨吉《〈奇男子的尝试〉中的超现实主义》，《西班
牙文学文化评论》1972年第40期。
② "我们可以直言不讳地说：如果有什么能代表二十首情诗，如果有
什么能在新大陆的国家被如此广泛地阅读，只能是贫穷的爱神，一种为
中产阶级量身定做的爱情。可是达涅尔·德·拉·维加及其他名声较小
的诗人却在一旁误解了，也去表达同样的主题。然而只有聂鲁达能达到
情感的巅峰，这是他的本性所致。"引自海梅·孔恰：《聂鲁达》，大学出
版社，1972，第209页。
③ 埃米尔·罗德里格斯·莫内加尔：《静止的旅客》，第75页。

《关于天使》，费德里科·加西亚·洛尔卡的《诗人在纽约》已经写出来了，在口口相传并已在杂志上发表[1]。在许多应该提及的书中，我只提这几本，因为它们与聂鲁达的作品关系最密切。我说的是关系，而不是影响，这一点绝不能含糊。没必要给聂鲁达的伟大添加他不需要的东西。毫无疑问，沿着同一条道路前进的人们迟早会相遇，同样毫无疑问的是，至少对我是如此，要宽宏大量，而且应是一视同仁。尊重无须奉承，评价也不必忘却，在此情况下，请允许我做一点补充，《大地上的居所》在我们心中引起的尊重并没有使我们认为它是一颗无所依托的宝石。它是虚幻的：是它那个时代的一部作品，它做到了圆满与完美，因为它诞生于西班牙语诗歌严格的特定时刻，成长于一个适宜的环境。对此我们不要忘记。说到忘记，我们有点远离了起程时的道路。请读者原谅。我重新走捷径。前面提到的三本书是非常有趣的，但其中的一本是出类拔萃的，将成为我们文学史上的力作（其他作者的书同样如此）。我很愿意有条不紊地对它们详加评论，但是做

---

[1] 我顺便补充一个有趣的细节。费德里科·加西亚·洛尔卡对自己的每本书都要反复思考，有的甚至要思考好多年。对这本不幸未能在他生前出版的书就是这样。他对书名举棋不定，我记得在1935年，他要求聂鲁达给他想一个新名字。这个新名字叫《引向死亡》，费德里科认为很合适。的确既独特又切题。他想用这个题目发表，曾对我说了好几次。这是一段有趣的佳话，表明了两位诗人建立在相互尊重基础上的关系。《引向死亡》不仅仅是该书第六部分的题目。

不到：我被禁闭在这篇序言里，它不允许我放开手脚。需要决定一切。对诗人的其余作品同样会如此，我们不能按自己的情趣和它们的规模进行评论，因为每天都有不同的渴望。我重申①，在这篇序言中，我们仅限于对他的诗歌风格的某些最突出的特点进行勾勒。当然，不能涉猎得太多，才能对每一点给予应有的关注。不过应该指出的是，这些特点是总体的，它们既出现在早期的作品中，也出现在晚期的作品中。在一些作品中比另一些作品中突出：这是唯一的区别。我们已经说了，还要继续谈论其中的某一些：一致性与连续性，格调与节奏。现在该说先锋派了，这有利于我们确立它的体系和它的独创性，还有它的开拓性与实验性诗歌技巧的特征。

聂鲁达的技巧

尽管乍一看不像，但其实聂鲁达是一个极清醒的诗人，具有严格而又扎实的技巧。所以不像，是因为他天生的艺术秉性——当然是有意识的——掩盖了这个品格。我认为是萨乌尔·尤基耶维奇在其研究中强调了这一点：巴勃罗·聂鲁达的神奇想象充满了成功。

我们重复一下他的话："这种自然的天性使聂鲁达采取一种坦诚的反知识分子态度，切断了一切美学思

---

① 见本文"前言与释义"。

考，否定一切理论，追求一种朴实无华的诗歌，在超人力量的隐蔽而又无法抑制的启迪的表象下，掩盖了文本创作的艰辛和解决技巧问题所做的努力。"[1] 我同意他的说法。要补充的是，我多次见过聂鲁达工作，知道他如何工作。他具有严格的技巧，从不冒任何风险。他总是提出许多表达方面的问题。为了便于修改，他用铅笔。作为作家，他一般上午写作。我记得，比如，我见过他翻译惠特曼的《自己之歌》[2]。他在选词方面的成功只与他推敲的耐心成正比。他从不追求文学的表述，而是这类表述紧贴在诗歌的骨骼上，使我们一听到它就产生一种陷入深渊的惊恐。他品味话语，但从不扬扬自得：只将它们置于掌控之中。写作时，谁也没有像他那样严格要求自己。对于自己的小笔记本和回忆录，谁也没有像他那么精心。他总是高声朗读，甚至只为他自己，他的朗诵具有布道的韵味，几乎是典礼式的。在朗读一首诗时，一个不恰当的词汇会让他大病一场[3]。与人们想象的相反，谁也没有《大地上的

---

[1] 萨乌尔·尤吉耶维奇：《拉丁美洲新诗的缔造者》，第143页。

[2] 很奇怪，这没包括在其《全集》的翻译作品中。请记住，将它留给将来的版本。聂鲁达对惠特曼的崇敬是诚挚而又持久的。在纽约国际笔会俱乐部发表的演说中，他曾表示："我如今快七十岁了，我发现惠特曼时只有十五岁，那时我就认为自己欠他的最多。在诸位面前，我感到我永远还不清欠他的最伟大最美妙的债务，它帮助我活了过来。"

[3] 我们要记得那些年他曾写过："对于像我这样的人，唯一的文学理念就是修改形式。"这吐露是明确无误的，仓促动笔的批评家们应当记住它，因为他们还在说他的诗篇是即席之作（1930年2月27日）。

456

居所》第二部的作者那么字斟句酌、兴趣盎然、生气勃
勃。他面色白皙但不苍白，目光敏锐但不多疑，头部
浑圆但不粗鲁，他活动起来就像一只老实而又灵活的
猫。他看东西时，就像钩在上面一样，好像一定要把
东西还回去似的，他的目光就像皇帝的使者：他常在阿
圭耶斯市场一本正经地挑东西，小樱桃和芹菜，水果
和辣椒；晚上从邮局啤酒店归来时的公主大街，那些
新浇过的树坑以及在马诺罗家里不可或缺的逗留，那
里应该安放了一块纪念碑；然后是花卉之家，各个喜笑
颜开，叮当作响的水晶玻璃大瓶子里盛着两升红葡萄
酒，成套的东方面具，隐身在微妙的朦胧中的黛丽娅
的声音，永不枯竭的生命，快乐的小麻雀和堂拉蒙给
她起的外号"全知道"。我清楚地记得，眼皮在他的眼
珠上打了一道笔直的褶儿，好像永远不会合上、不能
合上，活像一座经得住审察的门楣。的确，我记得很
清楚，他是运用目光的能手，只靠眼神来安排周围的
事情。写作时，他不会出错，因为他已经对世事做过
盘点，不会出错，因为他是个完美的技师。他对句法
体系和思维逻辑的打破使阿马多·阿隆索很吃惊，这是
经过深思熟虑的，是服从先锋派运动影响的。也还有
其他来源，但上述这一点是毫无疑问的。《大地上的居
所》不是一本深奥之书，是一本超现实主义诗歌的书。
这常常被人忘记，但却是显而易见的。没有理由使明
白的事物复杂化，其艺术表达的本质是特殊氛围的创

造：诗的全部因素都要与此相适应。它们不受控制，也不会遵从其他法则，因为先锋派运动的共同关键就是冲破一切法则。每一种艺术技巧都服从一些倾向：不要在这本书里寻找不可能有的东西。请注意，如果说聂鲁达的世界是亚当的、独特的，《诗人在纽约》的世界同样具有这些特点：二者似乎是从虚无中产生的。一切构成它们的因素都缺乏过去。人们会说——也的确如此——这世界是偶然的、空前的、绝对的，因为人们连想都想不到它们会在诗歌中再生：它们在诞生，在不断创新，是创造的黎明。尽管加西亚·洛尔卡与聂鲁达诗歌的相似服从于更深刻的理由，但两位诗人的表达特点显然有共同之处，这个特点介于先锋派与超现实主义之间，前者往往是人们从总体上的叫法，后者则往往是专门的叫法①。那么好了，这些运动有个共同特征，它如此重要与彻底，以至赋予了诗歌一个新的定义："人们需要创造一个新的魔幻世界，构成它的所有元素与物体，除了诗歌表达之外，没有别的现实。"这是先锋与实验诗歌的伟大成就，这是划分两个时代的

---

① 我指的是人们时常称作超现实主义的东西，以免陷入关于法国超现实主义与西班牙超现实主义之区别的无用的高谈阔论，或者是同样无用的关于在西班牙有没有超现实主义的争论。当然，我不相信世上没有任何一位作家成功地实践过自动写作。这是弗洛伊德学说的影响，无论如何，它们主导着超现实主义运动的理论根源，而任何一位有水平的作家都没有将其付诸实践。关于这个话题，我认为从整体上看，维托里奥·伯蒂尼的《西班牙的超现实主义诗人》依然是最好的已发表的论著。

成就：传统的时代与当代，对此我们无论怎么坚持都是不充分的。它导致了一种新的美学、一种新的艺术要求和一种新的诗歌的产生。如同一切根本性的发现一样，它最初也是建立在朴实无华上面的：诗歌表达，总的来说是艺术表达，是能创造自身的现实的，不需要其他现实。

在论述聂鲁达的作品时，人们时褒时贬，往往重复一些马马虎虎的似乎应不予理睬的概念。我们不会这样做，而是从一个好的基础开始。在《奇男子的尝试》《大地上的居所》以及他最后的书中，重又确认了诗人的挣扎之声，我们出席了一个基本世界的诞生，因此，它虽无形，但不混乱；一个悲剧性的、抽搐的世界，它被苦闷用挣扎的语言所左右，其鼾声时断时续，但并未解体；一个幸存的世界，堆在那里的东西像遇难者的遗体一样，但并未崩溃。所有这些概念——混乱、解体、崩溃以及诸多可以引用的概念只建立在聂鲁达的诗歌世界与现实世界的对比之上。这种对比无所谓确切与否：这是一个错误，是传统评论的假设的残余，因为诗是不能按照自然的法则来创作的：应该创造其自身的现实，为此就必须遵从新的法则。因为诗人给我们讲的是松散的波涛或柔软的钟表，艺术世界不会变成松散而又混乱的世界。这是一个错误或某种更严重的东西：为所欲为。一首诗是一个唯一而又绝对的现实。它有自己的生命。它有自己的世界。只有它自身能帮助我们给它或高或低的评价，因为就连自传体的动因也只能有并的确只有一个有效价值。聂鲁达的诗歌遵从他那个时代的法则，一切对他的作品的有效判断都必须以此为出发点。当他创作《大地上的居所》时，超现实主义诗歌已经冲破了逻辑思维的桎梏，已经照亮了人的未知与本能的领域，使这些领域获得了从精神到应用的解放，已经冲破了传统艺术的假正经。路易·阿拉贡于1920年发表了《欢乐之火》，安托南·阿尔托于1924年发表了《灵薄狱的中心》，勒内·克勒维尔于1924年发表了《绕道》，保尔·艾吕雅于1924年发表了《为了不死而死》。他们都有一个被同时代人视为混乱、崩溃和丑陋的诗歌世界。那些反应缓慢的人依然在重复的"丑陋"是怎么回事呢？不用心者不会明白。不用心的理由，我们听过多次了。半个世纪前就已经死了的东西最好就不要再重提了。就像聂鲁达所说，有的事情就让它待在无人保护的静止状态吧。

一旦澄清了聂鲁达诗歌世界的特征，我们就可以往前走了。为了使读者能自己理解他卓越的艺术思想，我们再一次引用[1]诗人对其作品的看法[2]。在其致冈萨雷斯·维拉的信（仰光，1928）中，他是这样说的："我跟您讲过了，极大的惰性不过只是表面的。在我的内

---

[1] 考虑到它卓越的趣味性，聂鲁达的意见在所有的论著中重复出现。我们再一次发表。值得。

[2] 仅指《大地上的居所》，但对于他的作品的永恒基调也是适用的。

心并未停止思考，因为我的文学问题是一种焦虑的问题，是相当的超越人性的表述欲望的问题。现在好了，一年来为数不多的最近的创作已经获得了极大的完美（或不完美），而且是属于欲望的范畴。就是说，我越过了一道文学的界线，从前我一直以为自己是无法越过这道界线的。这本新书叫《大地上的居所》，它将由四十首诗作组成①，我想在西班牙出版。它们有同样的冲动，同样的张力，在我头脑的同一个区域发展，犹如同一种经久不息的波浪。您将看到，在抽象与现实之间，我在保持着怎样的等距离，我在使用多么与其相适应的语言。"他对卡尔多娜·佩尼亚坦诚地说："这些诗（《死亡的奔驰》和《小夜曲》)表明了我个人的品格。我以极大的冷静终于发现了我拥有了一片无可争辩的个人的领地。"

最后，在致阿根廷短篇小说家埃克托·凡迪的信——这些信是接近他创作过程之根本的宝贵资料——中，他写道："我不和您谈疑问或无目的的思考，不，只谈永不满足的渴求，一种强烈的觉悟。我的这些书就是一堆没有出路的焦虑……"（1928年5月11日）"但是，您真的没有被破坏、死亡和遭毁灭的事物所困扰吗？在创作中，您没觉得被困难和无奈所阻挡吗？是否真是这样？好，我决心在风险中积蓄自

---

① 诗的数目比第一版《大地上的居所》所包括的要多。

己的力量，从斗争中受益，利用这些弱点。的确，对许多人来说，那是受压抑的不祥的时刻，对我却是卓越的材料……"（1928年9月8日）"我几乎已经完成了一部诗集:《大地上的居所》，您将会看到这本书如何使我的表达陷于孤立，使我的表达不断在危险中徘徊，我会用多么坚实而又一致的物质使同一种力量不可阻挡地出现……"（1928年9月8日）"我用了将近五年的时间写了这些诗歌，您已看到，数量很少，只有十九首;不过，我觉得已经达到了必须达到的实质:一种风格;我觉得我的每句话都浸透着我自身，它们在滴着……"（1928年10月24日）"这是一堆极单调的诗句，几乎公式化的，充满神秘与痛苦，像古代诗人作的那样。这是很一致的东西，就像开始做同一件事情，永远在实验而又不会成功的事情……"（1929年4月24日）"昨天我将《大地上的居所》寄往西班牙，我决定在那里发表……诗人不应自己决定自己的作为，对于他有一种指令，这就是要深入生活并让生活成为预言:诗人应该是一种迷信，一种神秘人物。很久以来，诗人的聪明才智使所有人际关系远离了他们的叙说，当诗歌除了安慰与梦想之外的确不再有其他目的的时候，那么对于诗歌文本而言，一切真诚、友谊便都已逃离了世界。我像一个社会女孩在讲话，但她在这一点上是合乎情理的，诗歌应承载普遍的物质，承载激情和事物。这就是我要做的:一种名副其实的诗

歌。"①（1928 年 11 月 21 日）

人们无法准确地评价这些话，它们极具体又极清醒地界定了一种诗歌题材。说它们极具体是因为它们准确地指出了诗人新作的价值：一种在抽象与现实之间保持等距离的诗歌，其诗歌形式与这个目的极其适应；就是说，以一种既强调美学价值又强调生命价值的诗歌形式。《大地上的居所》就是用这种技巧写成的，这是一本诗句极为单调、几乎公式化的书，一本充满神秘与痛苦、按照古代诗人的习惯写成的书。说它极为清醒是因为它尖锐地指出了新诗歌的缺点、它与现实世界的疏远、它与生活接触的贫乏，它显示了对先锋派运动的疏远与纠正②。"很久以来，诗人的聪明才智使所有人际关系远离了他们的叙说……诗歌应该承载普遍的物质，承载激情和事物。这就是我要做的：一种名副其实的诗歌。"我重申，我无法评论聂鲁达的这些准确而又艰深的话。或许有一天我能做到。在这篇引言中，我只是随意勾勒一下对他的作品的一些看法，为了使它们不留在心里。这样，或许强调一下大的方向就行了。不过在这些话中有一句看来是无足轻重的，我们想强调一下"我的文学问题是一种焦虑的问

---

① 聂鲁达所有的文本都是由玛加丽塔·阿吉雷在其著作《巴勃罗·聂鲁达的智慧与形象》中发表的，该书于 1964 年在布宜诺斯艾利斯大学出版社出版。聂鲁达诗歌的研究者与爱好者们对她有着无法偿还的债务。
② 我们顺便强调一下，这是费德里科·加西亚·洛尔卡的态度。

题"，他在不同的信中都用更有启发性的表达重复了这句话："我的这些书就是一堆没有出路的焦虑。"文本富于表达能力，有点令人吃惊的是他的谦虚，宛如一道闪电照亮并划破夜空。聂鲁达说他第一阶段的书是一堆杂物。这表述是不可思议的，因为那些诗歌、意象与话语首先不是一堆：它们是相聚，是联合。成堆的是一捆一捆的木柴①。最初深入巴勃罗·聂鲁达的实质是很有趣的。强调这一点是值得的。现在我要补充的是，他的表达是不可思议的，却是准确的，因为聂鲁达以此深思熟虑地突出了其诗歌世界的客观性与物体性②，同时也突出了其表达的多样性与混合性，他将事物置于诗中，就像将海藻置于海滩上一样。不过，请注意，这种情况绝非杂乱无章，只是信手一拖而已。因此他紧接着澄清说是一堆焦虑，即欲望、没有出路的绝望，渐渐在书中积累起来，就像许多事情累积在我们的生命中，而又无法构成我们的生命。这就是"堆"这个字眼在引用的文本中表述的最后含义。在这种具体情况下，我相信，在说没有出路的时候，聂鲁达指的是这些焦虑的绝望的特征，而不是指其具有未成熟性，它

① 或广而言之，材料。谁也不会堆砌语言、情绪或感动。聂鲁达十分睿智地想用这样的修辞，表明自己与那些书籍之间的距离。

② 物体性，指事物的总和，在聂鲁达第一阶段已是他的世界，后来在第二阶段依然如是；客观性，即只尊重事实，他只是从《元素的颂歌》开始做到了这一点，这部诗集是赋予这类诗歌以特有形式的标本。物体性是他所有作品普遍的特性；客观性是一种成熟的结果。

们无法表达，因为它们尚未自觉地形成。反正都一样，
无论绝望的情感还是刚产生的情感都是构成《大地上的
居所》的情感背景及其激情、没有出路的鼾声的因素。
这并不让我们感到奇怪。有的诗人富于理智，似乎来
自明朗的地区，而有的诗人富于激情，来自朦胧的地
区。聂鲁达的偏爱是无疑的、必需的。在其一首最美
的政治颂歌《伐木者醒来》中，他这样说美国的作家们：
"惠特曼，像谷粒一样不可估量，/爱伦·坡沉浸在自己
数学的黑暗，/德莱塞、沃尔夫/是我们自身缺失的新
的创伤，/刚刚出名的洛克里奇，束缚于深处，/又有
多少其他人，被黑暗捆绑。"①就是这样，聂鲁达偏爱
受伤、被束缚在深处、诞生在阴影中的人。要注意的
是在两类诗人中间，没有价值的差别，只有品性的不
同，而品性是不能选择的：只有接受并引导它达到最好
的目的。诗人都有自己划定的边界，但引导我们向前
的道路却是必然而又陌生的；各人要心明眼亮地预测道
路，这心明眼亮总是有限而又持续不断的。聂鲁达来
自恐怖、激动的世界，因而是从黑暗走向光明。他对
此很清醒。请听他向我们阐释自己品格的话吧，以便
将他与维多夫罗的品格区别开来。我认为这些话是决
定性的："只要读一读我的《奇男子的尝试》或者以前的
诗作就足以确定，尽管我敬重维森特·维多夫罗的娴熟

---

① 巴勃罗·聂鲁达：《全集》第一卷，第574页。

技巧，敬重他睿智、聪明和智力游戏的行吟诗人的神圣艺术，但在这方面我是完全不可能跟着他走的，因为我的本性、我最深刻的人格、我的倾向和我自己的表达与维森特·维多夫罗那种智力的纯熟是截然相反的。这本书，《奇男子的尝试》，这种完整诗歌的绝望经验，准确地揭示了黑暗中的发展，一种对事物的靠拢，要克服极大的困难才能为这些事物下定义：与维森特·维多夫罗的技巧与诗歌完全相反，它们在照亮那些最小的空间。我的这本书，像我所有的诗歌一样[1]，产生于人的悲哀，他会碰到一个个障碍并以此来铺设自己的道路。"[2]

不过，我们看到了诗人一个最根本的特征，一个先于其美学主张的特征，它源于诗人的自然本性而且会在其所有的作品上留下烙印。聂鲁达将其定义为"在黑暗中的发展"，犹如一种只有凭直觉才能实现的从源头开始的展开，尝试着用连续的意象来表达，这些意象力图展示现实而不敢为其下定义。聂鲁达是展示自然世界和情感世界的诗人。他不下定义，而是展示。不是提出，而是接受。他不会引导，在某种意义上是被引导，他的表达是一种牵引。对他表达的哀婉，我们一点也不奇怪：他服从自己自然诗歌的品格。他扎根于生活的源泉，紧紧地抓住深度，他必须接近事物，

---

[1]　在此情况下，既指其青年时代的诗歌，也指其成熟之作。
[2]　转引自埃米尔·罗德里格斯·莫内加尔：《静止的旅客》，第188页。

必须尽力向自己的情感与追求靠拢。他渐渐接近生活。目标就在眼前。自然世界和精神世界离我们或许只有一毫米的距离，但诗人却不可避免地要去靠近它们，以极大的努力去征服这一毫米的距离，犹如征服星际之间的距离一样。这是他告诉我们的。使用这样的语言是技巧的成功。这标志着他的诗歌起点、他的啼哭、他的深渊。所有的人都与其周围的世界有着内在的联系。所有的人都与其情感世界有着内在的联系。那么好了，聂鲁达的诗歌源于更远的地方，需要靠近构成它自身的事物，建立并巩固他个人的世界。这种从被束缚、从源头之生命向现实之生命的靠近，就是这种诗歌的运行，就是它缓慢的流程，它的涌动，它在前进中总是碰到障碍，它必须艰难地、默默无闻地克服这些障碍，才能用它们、用这些障碍本身来描述自己的道路。

　　让我们看一看他行进的脚步：

大　洋

　　大洋啊，如果我能从你的天资和你的破坏力中
将一种措施、一个果实、一种酵母握在手里，
我将选择你的钢铁路线，遥远的栖息，
风和黑夜守护你的无边无际，
还有那洁白语言的威力

它能在自己打磨的纯洁中
将其立柱推倒在地。

并非最后的波涛及其含盐的体重
拍打海岸并产生
环绕世界沙滩的和平：
那是力量的核心，
海水的张力，
静止的孤独充满着生命。
也许是时间，或一切运动的
凝聚的酒杯，死亡未能封闭的
纯洁的集体，总体燃烧的
绿色脏器。

潜在水下举起一滴水珠的手臂
只剩一个盐的亲吻。从你
岸边之人的躯体
散发着水灵灵花朵潮润的芳香。你的能量
似乎在毫无损耗地滑动，
似乎在重归自己的宁静。
你涌起的波涛，
真正的拱门，闪着星光的翅膀，
一旦衰落，就化作泡沫，
而后重新泛起，不会消亡。

你的全部力量重新变成源泉。①

希望之声

请将所有的生命
赋予我的生命，
请赋予我
全世界所有的悲伤，
我要让它们
化作希望。②

从《大地上的居所》到《漫歌》，聂鲁达的挣扎之
声化作了希望之声，宛似一种觉醒。然而这种变化，
尽管如此之大，他的表达方式却没有多大变化。从上
面引用的诗句中，我们既可以体会到它们之间的相似
也可以体会到它们之间的不同。它们的律动很不一样，
它们的形式却很相似。语言体现在想象中，它起着神
话而不是符号的作用，起始于生活的源头。改而不
变。无论是在《漫歌》还是在其后的诗集中，都保持着
《大地上的居所》的表达技巧，只有细微的差别。这是
合乎逻辑也是必需的，因为诗人已经在其中找到了个

---

① 巴勃罗·聂鲁达:《全集》第一卷，第654页。
② 巴勃罗·聂鲁达:《全集》第一卷，第1008页。

人的风格，放弃个人的领地是没有意义的。首先，我
们应记得，我们认为在这些特点中，有一些是不会变
的。他"超人的表达的雄心"，就是说，他要求的超水
平在《大洋》的诗句中更为严格。诗人对托马斯·拉戈
说："写作使我感到越来越吃力。"他的诗歌形式的非凡
活力像同一种永不停息的波涛一样展开，它们拥有同
样的表达，好像在踏着节拍运动，不留任何空隙，像
海水似的。他在先锋派风格与浪漫主义韵味之间保持
着艰难、罕见的平衡，或者如他本人所说的"抽象与现
实之间"的等距离，想象因素与生命力之间的等距离。
语言对情感世界的适应在其所有的作品中确立了语言
材料对心灵体验的附属地位。诗人使表达的加剧在危
险中不断徘徊，为了使其变得更加锐利并更有独创性。
具有概括性与独创性起步的聂鲁达的最佳诗作，正如
尤吉耶维奇在分析《死亡的奔驰》时尖锐指出："在使
源头的宇宙起源学的神话和生命的创新变成现实，并
重申大自然的神圣。"[1] 不过，在他的作品的其他任何
时刻，都没有涉及这种宇宙起源学，这种诗歌创作与
宇宙创造之间深刻的靠拢，像在《大洋》的字里行间表
现的那样。这是一个奇迹，一种缓慢而又伟大的觉悟。
它使我们参与了一个新世界的显现。最终，语汇的单
调化作一种坚固、同一的本质，其不断变化着的重复

---

① 萨乌尔·尤吉耶维奇:《拉丁美洲新诗的缔造者》，第181页。

化作了不可抗拒的力量。

　　还应指出存在的区别。在聂鲁达身上，希望之声有一种不同的、有力的、有节奏的律动。尽管它与挣扎之声的律动相似，却更加流畅。隐喻在积累，但是是持续的，而非同步的，也显示了它们的连贯性。《大地上的居所》的先锋、国际的表达渐渐变成巴洛克的[①]，借克维多和卡尔德隆的韵味渐渐获得了土生土长的品格。他的格调在紧张中赢得了在深度上失去的东西。尽管生命力磨损的意象依然在持续，他的诗歌世界在以热情洋溢的意象扩充着。这种扩充越来越大，越来越多样化，越来越丰富。软体动物、破坏、打破寂静曲线的公共汽车、水果、盐分、酵母、鳞片的闪电、毫米、整体、粮食和伤残的空气、火山口、疤痕、空空的山峰和构成地球裸露表皮的海浪构成了扩充的意象。一切或大或小、或远或近、或消失或存在的事物，都在这挣扎之声余音未尽的希望之声中得到再创造，这需要对世界进行清点才能使其映入我们的眼帘。在最不相同的事物中，也有秘密的相互吻合之处，诗人的职责就是预测它们。大与小相辅相成。一切都会聚结在某个地点，整个世界不过是一行诗。

___

① 我指的是黄金世纪诗歌的影响而不是哪一种修辞学方面的巴洛克。有时它们是经过深思熟虑并跳到眼前的。请想想《爱情十四行诗一百首》中给玛蒂尔德·乌鲁蒂亚的献词："我最可爱的夫人，当写下这些被拙劣地称作十四行的诗歌时，我忍受着极大的悲凄，极其痛苦并极其吃力……"这韵味就是深思熟虑的塞万提斯风格。

《漫歌》就是盘点世界的这行诗、这首诗。真实的就是全部的。从《大地上的居所》开始，聂鲁达的诗歌就想从整体上见证人类的生活。改而不变①。丰富了，扩充了，但原则没有变。人们往往会想，这服从于一个新的美学主张或新的政治承诺：他加入了共产党（1945年7月8日），其实并非如此。聂鲁达的诗歌依然忠于他在自己的宣言中明确的基本原则，这个宣言题为《关于不纯的诗》，发表于马德里的《绿马诗刊》（1935年10月）。我多次强调过这一声明的历史意义②，现在我回顾此事，只是为了突出诗人艺术主张的一贯性。我不想教育读者——上帝将我从教师的诱惑中解脱出来，然而我确信一个诗人的作品，只能在关注对他的吸引力规律的基础上，才能以一种正确的方式来理解。任何片面的理解，热情的或否定的，都会使它变得渺小，而且，这是严重的，虚伪的。世上不乏片面热情的支持者，但这不是我们的主张。各有各的道

----

① 莫内加尔准确地看到了这一点："这不断变化的妙处在于诗人的改变是为了保持原貌。变化……有一个总的意义：让诗人在一部作品、一个不断有创造性要求的生活中发展；让诗人保持在核心活动中，使探索的可能性不会瘫痪。因此，聂鲁达（像歌德一样）变化却不失本性，使用新的面具以更好地表现唯一的人格，逃走却为了永远固定在自己的核心。"引自《巴勃罗·聂鲁达：诗人的体系》，《伊比利亚美洲杂志》1973年1—6月第82—83期，第42页。
② 比如我的论文《莱奥波尔多·帕内罗的人道主义》，发表于《西班牙语美洲杂志》1965年7—8月第187—188期。为了扩充这个宣言影响的话题，请看胡安·卡诺·巴耶斯塔的著作《纯粹与革命之间的西班牙诗歌》，格雷多斯出版社，1972。见《围绕纯诗的论战》一章。

理——这是显而易见的，但我找不到任何由头将我们的道理变成真理。真的应是完整的，在真理的范畴内，我们的道理与其他人的道理应融为一体，互相补充。为了建立尊严而有体面的人类的共同生存，就要懂得真理不是和我们一起诞生的，就要懂得个人或历史的道理只能是真理的组成部分，而永远不可能成为真理的定义。谁也无法将这道地平线填满。我们只能在它的内部。我已经活了很多年，但我不愿因自己机能的瘫痪而使真理蒙受损害。我只想学会找到它。这已经相当难了。

　　不必高声大嗓，也不想教训任何人，我认为有必要重复说过的话：对一个诗人的作品，只能以一种公平和肯定的方式来理解，要关注对他的吸引力规律①。那么好了，决定聂鲁达作品的吸引他的规律就是创作一种包含其全部信息的整体性诗歌，这是他在1935年的宣言中明确表述的诗歌理念："在白天或晚上的某些时刻，在休息中深刻地观察事物，这是有益的。长途奔波、风尘仆仆的车轮，承载着植物或矿物的重负，诸如煤炭口袋、木桶、篮筐、木工工具的柄把等。人与大地的接触从它们那里分离出来，成了经受煎熬的抒情

①　当一个批评是公平的，它只是理解，而不是控告；当一个批评可取时是肯定的，它只关注品德，而不是缺点。最好的诗人与最差的诗人，他们的缺点差不多是一样的；他们的区别自然就在品德方面。所以不要因为批评指出了我们的缺点就撕毁品德；令人更为痛苦的是不提我们的品德。

诗人的课堂。用过的东西的表面，双手赋予事物的姿态，这些物体的环境往往是悲剧性的但却总是富有诗意的，会激起世界现实的一种不可忽视的吸引。""在这些事物上可以感悟到人类模糊的不纯，原材料的汇集、使用与废弃，手足的痕迹，人类环境的永恒从内部和外部使事物泛滥。""我们寻找的诗歌或许就是这样，由于手的任务而像被一种酸侵蚀，被汗水与烟雾渗入，散发着尿与百合花的味道，被在法则内外运作的不同职业点缀。""不纯的诗就像一件衣服，一个身体，带有营养与羞耻行为的污痕，有皱褶、观察、梦想、失眠、预言、爱与恨的声明、畜生、颤抖、恋歌、政治信仰、否定、怀疑、肯定、赋税。"①《漫歌》就是这样的宗旨的极忠实的典型成果。聂鲁达的诗歌由于出版而极大地丰富了，但他维持了自己的原则。这毫无疑问。由于走在同一条路上的人一定会相遇，相遇会突出成功，十分有趣并有教育意义的是聂鲁达的宣言在贝托尔特·布莱希特一首幸运的、死后也未出版的诗作中得到了完美的体现，它突出了两位诗人的近似和完全可以称为"诗歌民主形式"的普遍可行性：

万物中
我最喜欢那些用过的东西：

---

① 巴勃罗·聂鲁达：《全集》第二卷，第1040页。

坑坑洼洼、边缘磨损的铜器，

由于许多双手用过

木柄已经逐渐破损的餐具：

这样的外形对我来说最为高尚，

还有古老宅第周围的石板，

它们被那么多人践踏与打磨

缝隙间有一些杂草萌生；

这些美好的事物

对许多人有用，

它们经历了多少变动，

改善了形体而变得美丽

只因它们时常受到器重……①

　　聂鲁达的宣言是合情合理的，因而使许多诗人聚集在他的周围。我一向认为这是伟大的成功，世界上有若干种比政治思想还要激进的信仰，这使得破例成为必须。例如，我对"地圆说"的相信，当然比我的自由派观点更彻底、更牢固，无论我多么喜欢后者。要让事物各就各位，不能让愿意信仰点什么的诗人成为思想家：那等于将租赁的东西当成了自己的。无论如何，不乏将人类的同一性与共产党的同一性混为一谈的思想家，但这是不恰当的。我们感兴趣的是强调聂鲁达

---

① 转引自汉斯·马格努斯·恩岑斯贝格尔《细节》，阿纳格拉玛出版社，1969，第181页。

的艺术成就，像所有大诗人的艺术成就一样，归根结底，还是产生于对自己的承诺。不同意他的艺术原则的人，就不要挑剔他的自相矛盾。那是不公平的，如果是个职业批评家，那就更加严重，那是不妥当的。《漫歌》是他第二阶段最具代表性的作品，是适应极不相同的要求写成的。我不去概括它们，因为我不愿对任何事物做最后的结论。从思想观点来说，他适应了诗人的马克思主义者的经历。从天职的观点来说，它适应了诗人作为美洲大陆代言人的愿望。就美学观点而言，它适应了其创作整体性诗歌的主张，要统一地既融入美洲的自然与历史，又融入他的人民与人类的政治与生活现实①。毫无疑问，以这些动因，可以按照聂鲁达的方式，成就一部卓越的诗作，也可以按照桑托斯·乔卡诺的方式，做一首不完美的诗篇。尽管人们往往会忘记，这却是无可争辩的。对此有人不会忘记，比如汉斯·马格努斯·恩岑斯贝格尔在其极富启迪性的研究《聂鲁达情况》中，对题材断然肯定："聂鲁达做出选择的深层原因不取决于当时他的祖国所面临的政治形势，也不取决于西班牙内战的事实，更确切地说，是取决于他本人的自然观和诗歌理念。"② 我认为这是毫无疑

①　聂鲁达在谈到《智利颂歌》时说："我那时想在自己国家的地域和人类中展开，表明她的人口、物产和活生生的自然。"
②　从某种意义上说，这也是莫内加尔的立场："《元素的颂歌》中的诗篇并非出于政治口号，而是汇入政治口号。正是这一点肯定了它们的普遍性。"

义的，因为内容对一首诗的成就没有实质性的补充，对诗人个性化的声音就更无关紧要，因为它服从于更本质的理由。

　　这些对书写走向的破例一旦确立，我们就可以继续走下去了。从《大地上的居所》开始，聂鲁达的诗歌经过了几个既明确又有决定性的阶段，《漫歌》和《元素的颂歌》的出版是它们的代表①。其中的每个阶段都重新向我们证实了他的作品与他的语言的一致性。每个阶段都照亮了新的生活经历，使这一致性更为丰富并默默地收复了个人表达的新领域。在余下的篇幅中，我们将扼要地既强调他在两个阶段中不同的纲领，也要强调其纲领的连续性。还有价值很高的书，诸如《遐想集》和《无用地理学》，自传系列的《黑岛纪事》，它们不在我们评论的范围之内，但却会对其特点与要点做出回应。我们选了一个方向，就必须坚持。必要的又是痛苦的，因为任何选择都会带来牺牲。

聂鲁达的叙事诗

　　正如我们所看到的②，聂鲁达的诗歌从一开始就有

---

① 作为书籍，应补充《遐想集》《无用地理学》，作为自传系列，应补充《黑岛纪事》，但我们所说的系列是那些最终形成他的诗歌之声的系列。

② 见本文开头部分。

一个明确的宗旨。他要创作一种时代的诗歌，要将激情或一时的观感化为更广阔的整体，在其中将构成生活经纬的人、自然、激情与事件熔为一炉。这是他的作品经久保持生命力的基本动机之一："《元素的颂歌》又一次演变为这个我一向追求的要素：长篇的整体的诗歌。于是我得以出版了一个长长的故事，它关系到这个时期的事物、行业、人们、水果、花卉、生活、我的视觉、斗争，总之，凡是能包括在我整个广阔的创作冲动中的，应有尽有。因此，我感到，就是我几乎刚开始创作时写的早先的那首诗的灵感促使我写了《元素的颂歌》这部独立的书。"① 就是说，这是一部人之诗与为人之诗，具有纪实编年的特征，它不在诗歌表达的领域之内，却能激发并唤起我们的原动力。我们同样看到，聂鲁达曾认为最初接近这种诗歌（《热情的投石手》和《奇男子的尝试》）的企图是失败的。失败，当然由于追求高远，但失败并没有使他放弃追求，因为对聂鲁达来说，整体性诗歌不仅代表他想表达的内容，而且是更重要的东西 —— 他的诗歌的合法地位。他不能放弃这条道路。而实际上，他也没有放弃：《漫歌》就是他多次尝试过的这个设想的实现。

现在是问一问他前面失败的原因的时候了，这样就可以知道《漫歌》的伟大成就在哪里。现在刚好是提

---

① 巴勃罗·聂鲁达:《全集》第二卷，第1121页。

出这个问题的时候，因为一部诗歌的失败总是有各种不同的原因，而成功的原因却只有一个。我们不想较真，更不想置身于问题的核心。一首诗的失败有技巧因素。因为一切原因都是最终的，就是说，所有的原因都只有在落空前才是原因。这是不可逆转的：只有在否定的结果面前，我们才能查询原因何在。一首诗的成功具有直觉性。成功起于初始，因为严格说来，一首诗被视为成功的诗，一定有根源；这就是一定要掌控其所有的内在因素。放任自流是不负责任的。不连贯会将它毁掉。因此，成功始于起步：诗的最初几个语汇就已经在掌握之中了。

从抒情的观点来说，《热情的投石手》和《奇男子的尝试》绝不是失败，尤其是后者，其表现有魄力、有底蕴：只有将它们置于聂鲁达追求的整体性诗歌的创作中，才可谓失败。《奇男子的尝试》是一本杰作，但不是一部诗。尽管它有许多优点，但缺乏本质的整体的成功，这恰恰是其局部之间应建立的相互呼应。它的缺点在于起步，内在机制的无力导致了它的落空。这初始的过失在于它客观叙事的内容与主观抒情的表达之间的矛盾，更为严重的是由于书中的表达所具有的、作者了解并擅长的先锋派的品格。在内容与形式之间，应该有必要的呼应。形式应服从于表达，表达应服从于题材。我相信并信之又信的是，如今要写好一部叙事诗，首先必须找到适当的表达形式，就是说，富于变化的诗歌语言，传达感情时要迷人，描写事件时要逼真。找到它并非易事。叙事的因素需要展开一个宽泛的节奏；抒情的因素需要浓缩。必须使这些张力和谐起来并找到一种多样化并富有弹性的形式，突出所述事件的重大线索和心理表达的极小皱褶。要成为生命意象的整体性诗歌需要一种宽广的、有活力的、存在的表达。当聂鲁达写《奇男子的尝试》时，他还没找到这种形式，这导致了作品的落空。明白了这一点，他便寻找一种新的酸楚的、口语化的、富有感染力的形式，其本身或许从来没有什么价值。找到这个有用而且是必需的表达形式是聂鲁达的巨大成功，并使《漫歌》的创作成为可能。这是他根本上的成功。我们十分看重这寻觅、冲动和成功：

我叫奥莱加里奥·塞普尔维达。
我是个鞋匠，大地震后
成了瘸子。
一块小山掩埋了居民楼，
整个世界压在我腿上。
我在那里呼叫了两天，
嘴巴里灌满了泥浆，
喊声越来越小，
直至到昏过去等待死亡。
地震是一片沉寂，

恐怖笼罩山区，

洗衣妇们只会哭泣，

尘埃像一座山

埋没了话语。

您看我就是穿着这只鞋

在海岸边，唯一干净的地方，

蓝色的波涛

大概到不了我的门上。

塔尔卡瓦诺，

你肮脏的石阶，

贫穷的走廊，

山丘上的臭水，

破损的木材，黑暗的洞穴

智利人在这里拼杀并死亡。

（啊，贫困的锋刃

造成的苦难，世界的麻风，

死人的城池，控告的毒疮！

你们可是在夜间到达了港口，

可是来自阴森的太平洋？

在那些脓疮中，

你们可曾触摸过那孩子的手，

那溅上了盐和尿的玫瑰？

可曾扫视过

那扭曲的阶梯？

可曾见过那女乞丐

像垃圾堆里的铁丝

瑟瑟战栗，伸直双膝

从眼底向外张望，眼里

已没有泪水和仇恨的痕迹？）

我是塔尔卡瓦诺的鞋匠，

塞普尔维达，和大堤相望。

先生，想来，就请光临，

穷人家从不关门。①

    《马丘比丘高度》和《大洋》是《漫歌》抒情表达的代表，是全书最成功的部分。正如我们看到的，当突出持续与分歧的线索时，它们以轻轻的律动，保持着《大地上的居所》紧张、严格、富有想象力的表达。而《奥莱加里奥·塞普尔维达》选自《这土地的名字叫胡安》，则代表着聂鲁达最得意时的叙事诗。不能再好了。我认为这三部分是全书的巅峰。《这土地的名字叫胡安》由十五篇传记组成，收尾的两篇坚定了它的意义：歌颂那些构成当今历史的人民英雄、无土地者、受苦人、受法律迫害者、生活中长期的受难者。所有的诗篇都是以自传的形式写成的，因为就是这些主人公向我们讲述他们的遭遇和不幸，用的是书信体与对话的风格，

---

① 巴勃罗·聂鲁达：《全集》第一卷，第556页。

充满极富启迪性的生动的民间词语。这种生动语言的运用，像录音磁带转述的一样，使这些诗篇极富个性并粗犷有力。这是一部纪实性的、极有效的、令人震颤的报道，不妨称之为最高水平的纪实报道。这种直接风格的融入是一个本质的发现[①]。我们不坚持这一点。简单地翻阅一下，就会发现在《这土地的名字叫胡安》中，叙事诗与抒情诗的特性以极大而又精细的方式相互和谐。这是史无前例的成就。我想 —— 如果我想错了，那或许是严重的 —— 诗歌的问题在那个年代是，至今依然是达到主观与客观的融合，二者中的任何一方都不是充分的、自主的。有人认为，要解决这个问题，只要改变诗歌题材并使其转向集体的关注就行了。这等于从屋顶开始盖房子。或许可以盖起来，可我不相信，因为题材不会使书的本质有什么改变。为了取得这样的结果，必须开拓一条新路，必须打破文学门类的界线，让它们消失并使其不同的材料在一个新的艺术形式里融合起来，这个形式是宽泛的、弹性的、口语化的、开放的，对叙述运动的广度、戏剧性语言的生动和抒情语言浓缩的张力同等地予以接纳。这是一个存在的、整体的、新的表达形式。在自发去发现这种表达形式的诗人中，聂鲁达占有极其突出的地位。这是无可争辩的。读一读《漫歌》就行了。

----

① 　为了不引述别的例证，请记住至关重要的拉菲尔·桑切斯·菲洛希奥的《哈拉马河》。

在《奥莱加里奥·塞普尔维达》这首诗中，显而易见地概括了新表达形式的特点。我们不用细说。没必要。它会描述事件、人物、激情和时局，因为它是从生活中而不是从文学中诞生的。它的诗歌语言是独创的，但又不失为简洁朴实；它是实用性的，但又颇具魅力。它的风格有连载小说的动人，它的表达准确而又紧凑。它栖息在语言最褴褛、肮脏、污秽、病态的名词上。诗人不想让它们闪光，而是想让它们散发汗味；也不想让它们健康，而是想让我们阅读时感到痛苦并能将它的痈疽传染给我们。他或许会说，想向我们介绍其表达织物的背面以使读者了解他美好的情节。叙事因素与抒情因素融为一体，在其表达中十分和谐。这首诗极强的张力，取决于其抒情表达的底蕴："啊，贫困的锋刃／造成的苦难，世界的麻风，／死人的城池，控告的毒疽！"然而它令人震颤的凄婉，相反，却取决于其叙事因素的底蕴："我是塔尔卡瓦诺的鞋匠，／塞普尔维达，和大堤相望。／先生，想来，就请光临，／穷人家从不关门。"

这无能为力、失血过多的本质，给我们一种不连贯的对话。诗句消瘦、逃避，以至最终变成空气之路。表达是断断续续的，但并非支离破碎。渐渐充满空白。似乎停在话语的门前，却未深入进去。启迪胜于言表。渐渐布满沉寂。或许是前进不得，或许是活动了但未前进。奥莱加里奥胆怯的表情似乎是想写而不会写。

实际上正是这样，因为这激动的诗句几乎无法支撑一件工具、一个话语或一个波浪，而结尾的句子是开放的、与世隔绝的：像毁坏的墙壁一样，只能勉强维持不倒而已。

现在让我们看一看这新表达形式的另一篇令人佩服的代表作：

米兰达 ① 在雾中死去

如果你们头戴礼帽，很晚

才走进欧罗巴获得勋章的花园

不止一个秋天

在喷泉的大理石旁

彼时破烂的金叶落在帝国上面

如果在圣彼得堡的夜晚

大门剪出一个形象的轮廓

雪橇的铃声在抖颤

而有人在白色的孤独里

同样的脚步，同样的问题

如果你走出欧罗巴鲜花盛开的大门

---

① 弗朗西斯科·米兰达（1750—1816），委内瑞拉独立运动的先驱，曾在西班牙军队中服役，1780年参加北美独立战争，1791年参加法国革命，后在欧美寻求对拉丁美洲独立的支持。1806年回委内瑞拉领导起义，1812年战败被俘，四年后死在西班牙的监狱中。—— 译者注

一位深色服装的骑士
黄金的肩章智慧的标志
他的前额在轰鸣的炮兵中间
将自由平等注视
如果岛屿上的地毯认识他
接待海洋的地毯说"您请进""当然"
多少船只啊还有迷雾
步步紧随他的行程
如果在共济会书店的内部
有人戴着手套佩着剑拿着地图
拿着挤满了空气的船只
的居民的发芽的文件夹
如果在特立尼达向着海岸
一场又一场战斗的硝烟
在大海重新弥漫海湾街的阶梯
接受他无法穿透的气氛
宛似街区密实的内部
这名士的手，这位贵族的
蓝色手套，又一次
在前厅战争和花园的漫长道路
双唇上失败的另一种盐
另一种盐另一种滚烫的醋
如果他的思想在加的斯
被笨重的铁链锁在墙壁上

剑时间牢房的阴森恐怖

如果你们在老鼠中间深入地下

而那麻风病院的石屋又一道门闩

在受绞刑者的棺材里

衰老的面孔有一个词因窒息而死去

一个词语我们的名字和土地

向着他的脚步要去的地方

自由是为了他流浪的烈火

他们却用绳索使他下到

天气寒冷欧罗巴坟墓的寒冷

敌人潮湿的土地无人致敬 ①

　　这首诗是《漫歌》中技巧最纯熟的诗篇之一，但在选集中却往往看不到它。这是自然的。它不适合选集，而适合作家。为了不绕圈子，我简单直说，它在技巧上是绝对的纯熟。它找到了一个新的以结构为特征的艺术形式，其影响已经很大，还在继续增长。对此我们毫不奇怪：它的纯熟甚至胜过它的独创。在许多年内它都会产生影响。像我们所说的那样，这是一种表达方式，具有结构特征，各部分相互连接，像一个机体的部件一样，适应其艺术运作而不是逻辑运作的需要。因此，在这种表达形式中，标点符号已不必要；就是说，

① 巴勃罗·聂鲁达:《全集》第一卷，第411页。

不是取消，而是被诗歌素材机制的划分所取代。我们举个例子：在这首诗里，从一个主导语言的水平过渡到了一个会话语言的无水平："您请进""当然"，"多少船只啊"相当于另起一段。这"相当于"是彻底的。读者要注意的是这些变化是丰富的，因为它们所起的不仅是划分不同段落的传统的逻辑作用，还实现了一种表达功能：格调变化的功能；一种艺术作用：所有的美学因素都变成了情感因素（或者说，将逻辑与沉思的时间性转变为具体的时间性，建立起诗中诸多意象的同步性）；而归根结底是一种机制的功能：不同语言水平的合成；总之，这些变化并不是实质性的，因为它们给这首诗补充新的价值，但并未打破它的整体性。这对我们来说，是正确并有决定意义的。有人会说，而且的确如此，先锋派运动大约在二十年代就取消过标点符号，但他们之所以取消，正是为了打破表达的链条、诗歌的整体性和逻辑思维的连续性。聂鲁达在此的所作所为却是迥然不同的，因为他不仅没有打破全诗的整体性，而是由于发现了一种新的句法而丰富了整体性，在这种句子结构中意义的变化无须用标点符号来强调，因为它们本身就起到了这样的作用，而且以一种彻底的方式，使诗的各个部分因其构成因素的不同特性而分开。这是他在技巧方面的重大发现：不用标点符号强调意思的变化，而是为了让它们因自身而有生命力，为了让它们在格调的变化中、在对话与叙述的相互干预中体现出来，这种干预将会话因素变成了描写因素，并最终变成不同水平的语言的契合，这些不同水平的语言使诗人能极有效地创造一种新的风格。总之：如果说在《大地上的居所》的诗篇中，我们已经体察了从传统句法向情感句法的过渡——那是先锋派的一个发现，那么在我们评论的《米兰达在雾中死去》这首诗中，聂鲁达超越了逻辑句法的局限，又向前跨了一步，创造了新的表达方式：结构句法。这种新的句法体现我们时代的特征：在诗歌中已经多有体现，在当代小说中重复得也越来越多。只举两个例子，让我们想一想马里奥·巴尔加斯·略萨的《酒吧长谈》和贡萨罗·托伦特·巴耶斯特尔的《J.B.的萨迦——赋格》。运动在前进中体现，显而易见的是这首诗的创新取得了当之无愧的成功。今天它已悬在空中，渐渐变成我们时代的呼吸。"愿做世界遗嘱的声音。"

　　感激是一种无用的情感，像许多高尚的事情一样，如今得不到好的反响。应当将它化为行动。还应当让它居住在大地上。值得。正是如此，现在我愿压低声音说，当代诗歌欠玛蒂尔德·乌鲁蒂亚许多东西，欠这位智利女人许多东西。她美丽、娇小、真诚、精力充沛，是巴勃罗·聂鲁达的至爱。我与聂鲁达的前妻——玛丽亚·安东涅塔和黛丽娅——打过交道，不知是否是次数多于情意。黛丽娅是一位阿根廷女子，温和而又好客。在交往中，很难不喜欢她。在《黑岛纪事》中，聂鲁达这样说她："黛丽娅是从打开的窗／照耀真理和蜂蜜之树的阳光。"①

　　她的表情温柔、忧伤、和蔼可亲，极为睿智并具有无限有说服力的韧性。我认为她对聂鲁达在不止一个关键方面的影响是决定性的，但玛蒂尔德·乌鲁蒂亚则不同，她整理了聂鲁达的作品。她使这些作品获得了平静。她使聂鲁达实现了自己的遗嘱，完成了自己的遗志，回归了自己的本源。她一定要这样。一个伟大的爱情重新料理了他周围的世界："爱情啊，从那一天起／一切都变得简单易行。／只是听从我遗忘的心／给自己下的命令。"一个伟大的爱情能使我们变得透明和通情达理，一个伟大的爱情能使我们重新回归生命的本源："我抱紧她的腰身／并召唤她的口／用我的亲吻／全部的力量，／就像一个国王／用一支绝望的军队／抢占一座小小的塔楼／他童年的野百合在那里生长。"②

　　如诗人所说，为了不断地产生新作，这些条件都是根本的、不可回避的，自《元素的颂歌》起，它们使诗人的作品持久地产生、展开与扩充。如果说聂鲁达的诗歌达到了当时世界的构成与透明的境界，我们应把功劳归于那个红头发、声音平和的娇小的智利女人。

---

① 巴勃罗·聂鲁达:《全集》第二卷，第615页。我们将全段引述如下："黛丽娅是从打开的窗／照耀真理和蜂蜜之树的阳光。／时间流逝，我浑然不觉／因为那些受伤的岁月／只留下了她睿智的光芒，／还有与我痛苦的坚硬住房，／共存的温柔。"

② 巴勃罗·聂鲁达:《全集》第一卷，第1021页。

我写这些话是为了将我的感激之情记录在案。

　　为了估价他的贡献，我认为我们应问一问自己，在今天，什么是聂鲁达诗歌的最大特点。在我们最具代表性的作家中有一位替我们做了回答。米格尔·安赫尔·阿斯图里亚斯说："巴勃罗·聂鲁达，可供居住的诗人，或者可以说，可供居住的星球。在诗歌世界中，过去的诗人像死去的星球在转动，现在的诗人，像活着的星球在转动。聂鲁达与众不同，因其卓越而成为可供居住的诗人。因此，他的诗歌，在开放的世界，是包含更多事物的诗歌，他歌唱更多的事情，如果不是歌唱，就是叙述，如果不是叙述，就是说。说，说，说。其他诗人的诗歌一般是忧伤的。在那些诗中，语言是神秘的，谜语似的，具有诗歌的气质，如此而已。一种高度空虚的诗歌。在聂鲁达那里不是：诗中充满着世间存在的一切。"① 在《元素的颂歌》中有这方面最成功的例子。这些颂歌不仅构成一个客观性的世界，而且是一个物体性的世界；这就是一个充满事物并只由这些事物构成的世界，或者换一种说法：一个充满事物而且这些事物只尊重自身的世界。这对我们来说是新的和重要的。有人会说——也的确是——在这本书中，聂鲁达与周围世界建立了一种亲密关系，他想——而且是合理的——突出那些从未被看作有艺术性的事

---

① 米格尔·安赫尔·阿斯图里亚斯：《旗鼓相当，从诺贝尔到诺贝尔》，《伊比利亚美洲杂志》1973年第82—83期，第15页。

物。从十九世纪末开始，习惯的民主化不知不觉地过渡到了艺术题材的民主化①。在艺术的交往中，这是自然的、有先例的、为人所熟知的。既然苹果、木材或铁蒺藜可以成为绘画的美好题材，为什么它们就不能同样成为诗歌的题材呢？它们一向被当作布景来使用。新就新在它们的根本价值而非实用价值被发现了。它们由贫穷变成了富足，由配角变成了主角。

由于聂鲁达不放弃任何东西，就是说，不放弃让任何艺术性的传统的东西融入自己的诗篇，这种让传统上被抛弃的东西的融入是诗歌世界史无前例的扩充。当米格尔·安赫尔·阿斯图里亚斯告诉我们他的"诗中充满着世间存在的一切"时，是有道理的。有道理，因为《元素的颂歌》构建了一个大地上存在过的人口密度最大的诗歌世界。它是一个供人居住的星球。构成它的因素基本有四种：职业、事物、自然世界、心灵世界。果然，伴随着阅读，我们看到这个星球充满了对最忘我的职业的描写：矿工，艺术批评家，实验人员，洗衣女，泥瓦匠，渔民，职业流浪汉，潜水员，负责火车的铁路工人，甚至有一个超编（因为已死）的百万富翁："我觉得／人从来无法摆脱／自己的财富／——财富浸泡着他，／给他／深奥的脸色和神气——／而他在内部／看到自己／像一个盲目的软体动物／周围／是无法穿越

---

① 或换一个说法：几乎不知不觉地过渡到了艺术事物民主的建立。

的墙壁。"①

　　我们还看到这星球塞满了数不清的东西：铜，楼房，手锯和语言科学院的字典，想要串联世界的诗歌而没有尽头的线，书籍与数目，肝脏和面包，肥皂，为我们测量时间的钟表和穿在我们身上的衣服，头颅，油和葡萄酒，喷壶，铁丝与波浪的华尔兹，自行车，支撑我们步伐的沙土，运木柴的马车，使女性获得自己形体的赤裸，柠檬，道路，电影院，空间，季节，使人人平等的民主的勺子："勺子／人／最古老的手／拿着的／木钵／在你／金属／或木质的／形体上／依然可见／原始／手心的模样／水在那里／将清凉／与野蛮的血／将火和猎物的／跳跃／流淌。"②

　　在这个星球上有夜晚，恒星的风景，刺蓟，原子，餐桌上的鳗鱼汤，土豆，栗子与葱头，肥料，花卉，冬季和夏季，树木，鸟的迁徙，雨水与城市，大海，绿色与紫罗兰，秋季与丰收，当然还有蝴蝶，星星与橙子，水的范畴内的土地，将树木连根拔起的风暴，李子和盐。"大海的尘埃，舌头／从你那里接受／大海夜晚的亲吻：／味觉在每种美食上／融入你的海洋／而盐场／最小的／微小的波浪，／不仅向我们展示了／自己家常的白色，／还有那风光无限的味道之王。"③

① 　巴勃罗·聂鲁达：《全集》第一卷，第1486页。
② 　巴勃罗·聂鲁达：《全集》第一卷，第1436页。
③ 　巴勃罗·聂鲁达：《全集》第一卷，第1518页。

最后，这星球上还充满着爱与快乐，光明，嫉妒与期盼，多变的日子，简朴与惊愕的不安，保罗·罗伯逊的唱片，不公正，孤独与会变成牢房的懒惰，生命，年龄的磨损，旅行以及使我们忘记最后一次吃饭是何时的贫困，与爱人约会的日期，未来的时间，"瑟瑟有声的义务的抒情诗"，还有印第安人在掠夺面前坚强的忍耐："口袋／装满了／粮食，脱粒机／突然／停止了／喘息，／而坐着的／印第安人／像土的／口袋／而小麦的／口袋／像古老的阿劳卡尼亚的／幽灵，／它们是／贫穷／警觉、无声的见证，／头上／是严酷的／蓝色宝石的天空，／而下面／是贫瘠多雨的土地，／可怜的小麦／和口袋：／我家乡／的幽灵。"①

　　总之，这就是《元素的颂歌》的世界。这就是人类存在的世界：幸福的人，总是被餐桌接纳的人，被发掘的人，从未相信自己有权活着的人。这是陪伴与局限人类生活的自然世界，这是构成人类存在的亲密与激情的世界。一切都融合在这本书或这个星球系列中。阅读此书令我们愉悦、不安、痛苦，但也使我们强壮起来。这是一本令人狂喜的书。它帮助我们生活，而利用自己所创造的一切来实现丰收的命运，这是聂鲁达传递的新信息。正如米格尔·安赫尔·阿斯图里亚斯所写，我们不知道他的声音是在歌唱、叙述还是在说。

① 巴勃罗·聂鲁达：《全集》第一卷，第1534页。

他不停地从一种格调到另一种格调，而休息的时候是在说。这是诗人遗嘱的声音，因为他在对世界进行盘点，为了使它合法化，也为了将它留给我们。现在好了，面对这些诗篇令人吃惊的简洁，我认为我们应该自问，聂鲁达诗歌的连续性何在，或者换一种说法，他的三个基本创作阶段有什么共性？对我们来说，这三个阶段无疑是《大地上的居所》《漫歌》和《元素的颂歌》。此时此刻，这就是我们要回答的最后的问题。

存在诗学

现在我突然想起一件已为人知的逸事。参加那么多的关于艺术的起源与动机的无用的论争，大画家韦斯勒只是说："艺术偶然发生。"有趣的是这种态度和"发生"这个词一直规范着聂鲁达的诗歌世界，从起步直至我们的时代，又一次强调了各门艺术的沟通。正如读者们会记得的那样，聂鲁达于1928年11月在写给凡迪的信中说："诗歌应承载普遍的物质，承载激情和事物。"在《漫步》——这是《大地上的居所》第二卷中最具代表性的诗作之一——中，他写道："发生的是我做人做腻了 / 发生的是当我走进裁缝店和电影院 / 枯萎，封闭，像毛茸茸的天鹅 / 航行在源头与灰烬的水面。"[1] 在同一本书的《不会忘（奏鸣曲）》中，他同样以

①　巴勃罗·聂鲁达:《全集》第一卷，第209页。

神秘而又有品位的方式使用了这个词："倘若你们问我曾在何处，/我会说'变无定数'。"①

可以引用许多例证并研究其作为"原发的情感"迸发诗歌的作用，我们已经看到了这是他的风格的根本特点。我们做不到这一点。为了显示其连续性，我们再补充两个例子。在他1972年出版的《无用地理学》中，他极准确、极人性化、极美好地重又与一种完全而又严格的表达形式联结在一起，继续坚持同样的模式："白昼在充足的阳光下发生。"②或者是："那个月发生在我们的祖国。"③在这些引证的大部分，"发生"这个动词对那首诗而言都是绝对的起步，而且如我们所说，是它展开的法则。这种坚持不是偶然的④，体现了一种艺术主张，其最纯粹的表达，我们在他的《三首原料的颂歌》⑤的《葡萄酒的章程》中可以找到，从此便被文学批评所重复："我在讲述存在的事情。当我在歌唱/上帝将我从虚构事情中解放。"⑥

①　见本书第419页注①。
②　巴勃罗·聂鲁达:《无用地理学》，洛萨达出版社，1972，第9页。
③　巴勃罗·聂鲁达:《无用地理学》，第95页。
④　如我们所说，聂鲁达的诗是人类事件的诗，是发生在人身上的事物的诗。
⑤　为了衡量聂鲁达赋予《三首原料的颂歌》中的诗篇的重要性，只要说明它们是诗人在西班牙时的名片就够了。请记住它们的出版是由大多数西班牙诗人建议并担保的。他的出版者何塞·贝尔加敏撰写这次出版的经过是很适时的。
⑥　巴勃罗·聂鲁达:《全集》第一卷，第237页。

　　这些诗句具有身体的血液、准确与宽阔。它们使
人联想到许多事情，就像站台使人联想到旅行。它们
是一声及时的呐喊，是一面旗帜。它们体现了一种使
其在那些年里出现的传播诗歌的态度：先锋派运动内部
最早出现的背离反应。当年我们这些年轻诗人对此已
有感觉[①]。当然，我们是像年轻人感知事物那样感知它，
相信胜于明了。无人能跨越它的阴影，因为我们的诗
歌世界是从先锋派运动起步的。但这并未使我们满足。
它无法使我们满足。我们有异议的理由可能是出于渴
望，我们的确信大概是出于预感，然而新事物开始化
作一种冲动，而冲动不是理性的思考；对它只有猜测而
已。我们隐约地感到另辟蹊径的必要：这就是一切，尽
管不多，但足以起步。当然，谁也没有使先锋派运动
的作用引起争议。人们接受它的成就：它对质量的要求，
它的诗歌世界对从未怀疑过的方向的开放，潜意识对
开辟表达与想象的新途径的作用，而最终作为消解的
开始，是使艺术世界的现实与自然世界的现实分离。
这些发现已经是不容置疑的：它们是我们的遗产。但不
仅如此，这遗产也是两代人的分界，我们要创作一种
新型的诗歌，采用这些实质性的手段，它应是统一的、

[①]　并非绝对的年轻诗人：对此有感觉的还有诗坛上的导师们，他们感
觉的方式虽有不同，感觉却是一致的。请记住巴列霍、莫利纳里、洛尔
卡、纪廉、萨利纳斯、迭戈和阿莱克桑德雷的名字。我不是在列名单，
只是在大致举出那些对所谓纯粹诗歌有明显异议的诗人。

严肃的、根本的，像生活一样。一种激情的诗歌使当代艺术又恢复了与激情失去的接触。一种不仅表达情感，而且也表达伤感的诗歌，此外，还使我们发现了新的想象的世界，向我们揭示了我们生活的世界，它的伟大与幸福、重负与污秽、痛苦与挣扎。

那时人们广泛而又急迫地忧虑着的是要恢复生活与诗歌之间已被忘却的联系；在此意义上，我认为聂鲁达的贡献是具有决定意义的。使生活与艺术相互融合是他一贯的态度。他总能看到这种需要。在其1935年的宣言中，除了已经提及的那些，他所捍卫的也包括当时尚处在争议之中的多愁善感的意义，即以一切可能的手段与纯粹的、去人性化艺术的斗争："我们永远不会忘记忧伤、已被消耗的敏感、质量非凡却已被忘却的完美的不纯的果实，它们已被书本的狂热抛在了脑后：月光、暮色中的天鹅、'我的心'，这些无疑是必不可少的、基本的诗歌。逃避俗气的人会跌倒在冰上。"[1] 这是不成问题的。先锋派诗歌已经脱离了生活并认为情感的价值是资产阶级的。然而公平的说法是，在那些年，恰恰是一切都在变。比如，请注意，我们这个语言最后的一本伟大爱情诗集——佩德罗·萨利纳斯的《为你歌唱》是1933年出版的，在这本书中，已经以典范的、决定性的方式确立了心灵的理性。不

---

① 巴勃罗·聂鲁达:《全集》第二卷，第1041页。

必将事情推向极端：只需给它以适当的位置。如此足矣①。一切都在自己的环境里产生。一切都有自己的时代，而马德里的那个时代依然有它的重要性。这并未涉及到问题的实质，因为无论如何，尽管环境适宜，聂鲁达的宣言②从三个基本方面来说，对诗歌创新起着关键的作用：以存在诗学代替唯美诗学，找到了新的更适合存在的表达形式，而最后是诗歌世界无限如行星般的扩大。

那些年人们广泛而又急迫地忧虑着的是创造一种使主观与客观融合、打破不同文学门类界限的诗歌③。小说应更抒情，抒情诗应更有叙事性④。总而言之，无论小说家还是诗人的职责都应该是从各方面帮助对存在的揭示。见证所看到的一切。只要发生的事情是人类自身的事情，它自然就属于艺术题材的范畴。性交

---

① "由于有聂鲁达的榜样，米格尔·埃尔南德斯找到了自己强有力的风格。"引自古斯塔沃·西耶本曼：《1900年以来的西班牙诗歌风格》，格拉多斯出版社，1973，第385页。

② 聂鲁达的宣言是攻击纯诗的。因此它的题目是《关于一种不纯的诗歌》。所以他的矛头指向胡安·拉蒙的唯美主义。认为他在攻击同时代的伙伴的想法是荒谬的。想了解这些年诗坛全貌的读者可以阅读上条注释所提的古斯塔沃·西耶本曼的书。

③ 我指的是传统文学门类的界限。在不同的门类之间的确存在着区别，但表现形式已相当接近，其内容亦如此。

④ "1898年一代"认为将情节融入抒情诗是不可能的，也是不可取的。安东尼奥·马查多说："歌唱与叙述是诗歌：/生动的故事可唱/它的旋律可述。"后来的诗人不同意"叙述旋律"，他们只叙述故事情节。

不比死亡更淫秽①。真实不必理想化。日常的事同样是
奇迹。我们办公的胡桃木桌面②同样是诗歌的题材，它
与对卡斯蒂利亚高原或潘帕斯草原的描写同等重要。
但是除了这文学世界背景的转变之外，文学模式的创
新也是必需的。先锋派运动已经创造了一个极美丽的
艺术世界，但它脱离群众。形式要求的水平的提高使
诗歌技巧化，但因而丧失生命力，并使它面向一个要
求越来越严、越来越讲技巧、越来越小的读者群，使它
感到要恢复自己的民众的起源以及与生活的联系。方
向是显而易见的，但新形式是很难的，目前依然是当
代作家的一大难题：要质量会牺牲读者，要读者会牺
牲质量，要么就寻找一个调和的方式。这个方式必须
严格而又简单，但还要有概括性。直至那个时代，歌、
述、说依然是不同文学门类的不同表达方式：诗人歌
唱、小说家叙述、戏剧家说话。那么作为不可回避的
方向，当时的作家无不感到需要找到一种完整的表达，
以便能以和谐的方式，将所有的表达手段融合并搭配
起来。在二十年里，人们执着而又自觉地从文学创作
的各个领域，寻找能抓住全面的生活并能对人进行整
体表达的新形式。哲学家利用小说以更明显和更生动

---

① 沃尔特·惠特曼：《自己之歌》，第24节。
② 豪尔赫·纪廉：《活生生的自然》，《十字与线条》杂志1936年《颂
歌》。这是我们的语言中最早的歌颂原材料的诗作之一。

的方式来表达自己的思想：请想一想乌纳穆诺 ①。小说家利用抒情诗使自己的表述更集中、更完整：请想一想鲁尔福。诗人利用叙述使自己的情感客观化并固定其普遍的特征：请想一想《黑岛纪事》《漫歌》或《点亮的家》②。总之，谁也不愿将自己封闭在传统文学门类狭窄的范围之内，大家争先恐后地寻找一种存在的形式和一种整体的表达。

　　早在三十年代初，先锋派运动内部已经有了广泛的分歧，看一眼赫拉尔多·迭戈著名的选集 ③ 里所收集的作者们的诗学便可想而知。在纪廉的诗学 —— 至今仍应仔细阅读的诗学之一 —— 里说，面对纯诗，"我决心采取复合的、复杂的诗歌，采取既有诗也有人类其他事物的诗歌"④。路易斯·费利佩·比万科认为："我们通过自己的职务与承诺所看到的日常的现实往往是被缩小了的现实。对纪廉来说，诗人的职责就是通过自己存在的天赋来加强或突出这些现实。"⑤ 面向生活的方向已经很清楚，但新形式的落实并非易事。无法很快地实现，更非一蹴而就：人们曾以各种方法进行尝

---

① 或想一想萨特，他后来使用了同样的方法。
② 这是本文作者罗萨雷斯于1949年首版的诗集。—— 译者注
③ 赫拉尔多·迭戈：《西班牙诗选（1915—1931）》，希格诺出版社，1932。
④ 赫拉尔多·迭戈：《西班牙诗选（1915—1931）》，第195页。
⑤ 路易斯·费利佩·比万科：《西班牙当代诗歌导论》，瓜达拉玛出版社，1957，第1—94页。这是关于该题目的最好的书。

试。先锋派运动特有的严格、精致、独创的艺术形式有着很高的威信并在某一段时间存在过。威信是保守的，有威信的艺术形式想使自己化作永恒。永远要防止它们如此。在《大地上的居所》中，可以很清楚地看到创新的意向与维持著名的诗歌形式之间的紧张关系。尽管诗人准确无误地向我们表明他的艺术主张："我在讲述存在的事情。当我在歌唱／上帝将我从虚构事情中解放。"的确在这些诗作中还有许多不存在的事物，还有熔化了的钢琴，诗人能在其中认出自己血管的时刻，黄色的狗群和转瞬即逝的金属，流经宿舍与篮筐的河流，男性的虞美人，用帆航行的棺材，毛毡的天鹅，像伞一样落下的时间的花瓣，最后还有葡萄酒的人们的合唱，这些人在用一根鸟骨敲打自己的棺材。反复阅读这些意象，人们不能不带着严重的精神负担说，这些或许不是虚构，可的确又是很好的虚构。当在生活的根本性与诗歌表达的独创性之间进行选择时，《大地上的居所》的作者还是倾向于独创性。他这种倾向是无意识的，因为他已在寻找那个感兴趣的世界，那个渐渐充满了各种事物的诗歌世界，这些事物在人的沮丧与劳作中陪伴他们。过了很多年聂鲁达才抛弃了这种表达形式——它的意义在于其自身，才以存在的诗学代替了独创性的诗学。这是《元素的颂歌》的基本成就。随着时间的流逝，已经无须为了读者的扩大而牺牲诗的质量，也无须为了增强沟通能力而牺牲它。在

简洁与独创性之间,《元素的颂歌》的作者已找到了一
种合成的方式：简洁的独创性。请看这种基本诗学的新
形式：

书的颂歌(Ⅱ)

书本，
美丽的
书本，
小小的树林，
一页
接一页，
你的纸张
散发着
元素的幽香，
你是夜曲
又是晨光，
是粮食，
又是海洋，
熊的猎手
在你古老的页面，
三桅船
在密西西比河旁，
独木舟在岛上，

然后

道路

连着道路，

揭示，

一个个

起义的

村庄，①

　　在读这首诗时，或者说一般在读《元素的颂歌》这
部诗集时，首先跳入眼帘的是短诗句的运用。它坚持
不懈地跳入眼帘，还有它极鲜明的特征，因为有时连
接词"和"——它的功能本来是连接不同的句子——
会独立出来，组成一个独立的诗句。所有的技术创新
往往都会引发无数对他人的成功怀有敌意的人们的争
论，这同样也不例外。费尔南多·阿莱格里亚在《现
实主义的边界》（1962）一文中说："人们挑剔聂鲁达
在《元素的颂歌》中对短诗句的运用，或曰滥用。挑剔
者们好像不懂短诗句在此所起作用的意义。聂鲁达并
非随心所欲地将思想分成散句、孤立的单词甚至嘟嘟
囔囔的音节。企图将这些诗句倾入不连贯的散文段落
是严重的错误……每行短诗本身就是一个基本的意
思，它不能再修饰和填充，诗人认为这是本质的形式，

① 巴勃罗·聂鲁达：《全集》第一卷，第1098页。

因为它对应着思想中的一件事情或具有基本特征的美的物体……内容与形式存在于数学般准确的对应之中。"①

我认为，费尔南多·阿莱格里亚的意见是无可辩驳的。这些诗作中的短诗句绝非随心所欲。聂鲁达运用它们的意图是为了在内容与形式之间建立更为自然的联系，因为基本的、朴实的物质世界应当用基本的、朴实的形式来表达。这十分重要并再一次证明了聂鲁达的技巧：要牢牢记住这一点。不过，我还想澄清另一件事情。在我们的时代，诗行或诗段的可行性服从于迥然不同的理由，此时此处，我们只想强调其中的一条。每行诗宜于表达一个意思，或一个比喻，以使其意义独立出来并予以强调。因此，诗句的长度须适应其自身的内容而不是文学规则的理由，韵律的对应是为突显诗的整体及其各部分之间的联系服务的。在聂鲁达和当代随便哪一位诗人的作品中，一首诗中的空白的分布都具有表现性，对其应予以关注，才不会损伤它的表现力。作为例证，我引用《马丘比丘高度》中的几行："穿过朦胧的光焰，/穿过岩石的夜晚，让我将手伸进去，/让那被遗忘的古老的心灵，/像一只被捕千年的鸟，在我的胸中跳动！/让我忘却今天这幸福，它比海洋宽广，/因为人类的宽广胜过海洋和它的岛屿，/

___

① 转引自埃米尔·罗德里格斯·莫内加尔《静止的旅客》，第310页。

应该像落入井中一样落入大海 / 以便取出海底一捧神秘的水和淹没的真理。"①

　　正如读者会看到的那样，每行诗代表一个意思或一个诗歌意象，当它们独立出来，就更加突出，浓缩为一行诗时，就获得了更大的活力。内容与形式的呼应获得的是一种似乎无法超越的效果。然而，我认为，这种含义与形体的对应首先是增强了艺术的而不是意义的维度。人们会说——也的确如此——随着诗句美感的突出，含义就退居次席。这是规律。对此，我们毫不奇怪：任何占主导地位的意义都会减弱诗作的其他意义。了解这一点，聂鲁达便在《元素的颂歌》中改变了表达体系。我们前面说他运用短诗句时，故意地犯了一个错误，因为聂鲁达在《元素的颂歌》中所做的是分解诗句，打破它，以便它的光彩和魅力在自己想要描写的现实面前不受影响。就是如此，让诗句缩小为只有自身含义的词语。创造一个诗歌的复合世界时，构成它的元素第一次成为诗歌的主要角色，诗句附属于语言的节奏，将诗歌语汇严格地缩小为它的含义，这三点是聂鲁达在寻找存在诗学的过程中运用的方法，或倘若愿意，也可叫作元素诗学。将诗句分解，将它分成段、碎成块，使它缩小为语言的节奏，使一个新的世界在从市场和旧货摊上收集来的元素上树立起来，

① 巴勃罗·聂鲁达：《全集》第一卷，第346页。

总之，剥去语言的艺术的面纱，使其唯一能表达的就
是它的现实含义。这新的技巧或许会舍弃不应舍弃的
东西，它的简洁或许不止一次地使它的语言失去魔力，
以至造成诗作的贫乏，但无关紧要，因为使诗作获得
了无法超越的客观化①。这是舍弃的英雄主义，是打破
诗歌语言多义的赤裸的形式并使诗的整体化作碎块，
这都是为了更准确地适应现实。总之，这是《元素的颂
歌》的不同寻常而又令人尊敬的、光荣的牺牲。

《夜晚献给手表的颂歌》是聂鲁达用压抑、概括的
声音在其抒情世界里为我们树立的极有代表性的范例，
其中的一切都为准确性做出了牺牲。这是一首很简单
的诗，体现了一个日常微小却又是神秘敏感的世界。
这个题材，千百年来在世界抒情诗中不断地重复——
恋人守护情侣的梦乡。

> 夜晚，我的表
> 宛似萤火
> 闪耀在你的手上。
> 我听到
> 它走动的声响：
> 像喃喃耳语

① 之所以无关紧要，尤其是因为说到底，聂鲁达的诗歌通过此前的作品已经取得了个人表达的极其光辉的水平。现在他寻求的是新事物，自然是更喜欢丰富自己或有所创新。

来自

你那看不见的手；

那时你的手

又放回我黑黑的胸膛

采撷我的梦和心的跳荡。

　　夜晚、失眠与梦乡。卧室里，无法穿透的黑暗。
黑暗化为诗，一切构成诗的元素都由此诞生。请读者
注意，视觉出现时，时间却从听觉进入。当什么也看
不见时，意识便转移到听觉。当黑暗包围着我们，我
们只觉察到那连续的动静。女伴在安睡，表在她手上
滴答滴答地走动，像低沉的耳语一样。尽管无人交代，
但很清楚，时间自夜晚诞生。当你在黑暗中摆动摇篮
时，动作会更慢，一种被锁住的缓慢使动作持续不停。
持续，在这种情况下，渐渐化作诗，我们评论的颂歌，
其情节仅仅是由爱所产生的时间的松弛。诗中什么也
没有发生。几乎什么也没有发生：她的手抬起，放在情
人的胸脯上并在心跳中采撷他活着的时间，在表的声
响中采撷他活过的时间，以使它们在同一个持续中融
合。不多不少：一个每天发生的奇迹：

　　表，继续

用它小小的锯子

切割时间：

像在树林中

将木材的片段，

树枝或鸟巢

撒落，

一滴滴一片片，

清凉的黑暗没有结束，

寂静没有改变，

这样，表

继续从你看不见的手腕

切割着时间，时间，

就像叶片

一分钟一分钟地落下，

破损时间的纤维

像黑色细微的羽毛一般。

　　这就是一切：情侣无意识的梦游的表情，她开始重新组织世界并将生活变为持续。事情已不再发生，而在持续，因为爱情无时不在总括生活并将情侣置于它本身的永恒面前。当我们爱恋时，我们是永恒的，但必须不断捍卫我们小小的永恒：随便什么失望都会使它破灭。在诗的第二节，由于因爱而生的现时的扩张或放松，道路开始向永恒展开。只听得手表在像锯子采伐树林般切割时间。分钟像树叶般落下，像时间的纤维，像黑色细微的羽毛。

像在树林里
我们闻到根的气味，
水从某一处吐出
硕大的一滴
像湿漉漉的葡萄。
一盘小小的磨
在磨着夜晚，
黑暗在喃喃细语
从你手落下
并充满大地。
夜里
我的表
从你的手上
磨着尘埃，
土地，距离。

　　时间就好像树林，树干、枝条、鸟巢在林中倒下，但它清新的黑暗没有变化，树林的意象使诗人忆起自己的童年：小小的磨、根的强烈的气味和泉水的管道，那里刚刚渗出硕大的一滴水，渐渐地像一粒湿漉漉的葡萄。应该注意到，磨的意象是连接着过去与现时，因为童年树林里隐约可闻的磨声现在与手表的声音融为一体了。玛蒂尔德纤细的手的阴影在增长并充满了

大地，与此同时，手表在爱人的手上，在磨砺生命、
距离和尘埃：

　　　　大地，与此同时，手表在爱人的手上，在磨砺生命、

　　　　我将手臂
　　　　放在
　　　　你看不见的脖颈
　　　　与温和的体重下面，
　　　　在我的手心里
　　　　落下了时间，
　　　　夜晚，
　　　　细微的声音
　　　　来自木头和树林，
　　　　被分割的夜晚，
　　　　阴影的片段，
　　　　不断落下的水：
　　　　那时
　　　　梦落下
　　　　从那手表
　　　　从你睡着的双手之间，
　　　　像树林
　　　　昏暗的水，
　　　　从手表流向你的身躯，
　　　　从你流向家园，
　　　　昏暗的水，

落下

并流向

我们心田的时间。

当黑暗包围着我们的时候，我们唯一感受到的是持续，此时它是那流淌、经过、落下的时间之水，还有在我们的心田落下、升温、流淌的梦幻之水。这首诗缺乏情节：它是生命的状态，没有任何发展。在空中，是眼睛；在眼里，是黑夜；在黑夜，是情人守护着女伴的梦乡。黑暗变成了充实。正如读者可能发觉的那样，构成《夜晚献给手表的颂歌》的所有意象都是自然的，同时代表着时间性生命对自然的回归，这种回归是由爱情和对在自然界的休息的向往引发的。这便是赋予诗中意象以奇异途径的动机：它们只是下落；对休息的向往是它们唯一的活力。夜晚、黑暗和叶片不停地落在地上，因为吸引便是下落，它们都感到了地球的吸引。在此情况下，地球的吸引不过是女性吸引的象征，而这种象征主义则是这首诗本质的核心。女人像大地一样吸引着一切，而情人由于感到这种吸引，才将手臂置于她脖颈的下面。以如此轻微的接触，重建了与自然界的和谐以及与自然的联系。于是，就像越过了最后的界线，时间回归了本源，守夜情人的有生命的时间开始化作梦幻，从那块表、从女伴安睡的双手落下，直至充满他的全身，然后流向别的地域、别的城市、别的男人。一切都在这手臂之内①，在那里血液重又与创造的自然节律合拍。众所周知，聂鲁达的诗歌经常出现的是将情侣与大自然做比："我在你的身边与大地生活在一起。"②不过，这并非是与神和超人力量的自然做比，而是更适当地与具有细微的亲密价值的大地做比。因此，他在情诗中经常描写恋人的身躯，就像一道必须一毫米一毫米、一个吻一个吻地浏览的风景："我这样浏览你身体的火，亲吻着你／小巧、星球般的女人，鸽子和地理。"③

　　诗人或许在任何一个时刻都没有像在这首颂歌中那么好地表现对自己爱恋的娇小女子的行星般的领地。读者会记得，它所有的段落都受"落下"这个动词的驾驭：树干、枝条、鸟巢、化作时间和梦幻的水、分钟、叶片和阴影，一切都像被地心吸引一样，落向爱人安睡的身躯，一切都像黑夜一样落在大地上，不留任何

① "在你的手臂里，我拥抱着一切，／沙滩，时间，雨水的树。"（巴勃罗·聂鲁达：《全集》第二卷，第293页）

② 巴勃罗·聂鲁达：《全集》第二卷，第305页。或："我爱你，就像爱一块大地。"（《全集》第二卷，第297页）

③ 巴勃罗·聂鲁达：《全集》第二卷，第297页。或："肩膀高得像两座山冈／乳房漫步在我的胸膛／我的手臂几乎无法环绕／你那有着新月曲线的细腰／你放纵自己在海水般的爱情里／我几乎无法探测／你那比天空更广阔的眼神／便俯身向你的口，将大地亲吻。"（《全集》第一卷，第941页）

痕迹，只有她的安睡、弱小、寂静。这奇异的结尾，
宛似在熄灭，有一种罕见的柔情和惊人的伟大。我们
永远无法忘怀。可心女子的梦变成了万有引力的核心，
热恋男子的梦在她旁边只是她融入自然的形式：

　　　　那个夜晚就是这样，
　　　　空间与黑暗，大地
　　　　与时间，
　　　　什么东西在跑动
　　　　落下并经过。
　　　　夜晚都是这样
　　　　在大地上徜徉，
　　　　只留下一缕
　　　　黑色的幽香，
　　　　一片叶，
　　　　一滴水
　　　　落在大地上
　　　　不声不响，
　　　　树林，水，草原，
　　　　钟，眼睛，
　　　　都已入梦乡。

　　　　我听见你在呼吸，

亲爱的，

我们睡在一起。①

　　《夜晚献给手表的颂歌》是《元素的颂歌》中最美的诗篇之一。它具有神秘与简洁，轻盈，深远与日常，流畅，温柔与冷漠，空间与一种行星的、逝去的、的确感人的伟大。以如此轻微的诗歌素材和如此朴实的语言，居然能给读者这样惊奇、坚实并神秘的印象，似乎是不可能的。从这一点看来，是个奇迹。格调具有聂鲁达伟大时刻的热情与强悍。表达力如同作者此前的著作一样，并非来自形式，而是来自诗歌素材——与其功能处于完美的和谐之中。在形式与内容之间，没有丝毫的松弛。通过《元素的颂歌》，聂鲁达充分实现了自己的存在诗学，并在许多年里一直忠实于它。事实上，对《元素的颂歌》的时代，还应补充另外两本书:《出海与返航》和《全权》，它们具有同样的表达格调并象征日常现实的相似境界。从这个时代起，聂鲁达又改变了诗歌的声音——更加深沉、苦恼、真诚。有时会给人以他想做诗歌见证的感觉:他愿意与这种感觉联系在一起。《遐想集》《爱情十四行诗一百首》《黑岛纪事》和《无用地理学》是他成熟以后最重要并最具代表性的作品。就技巧性而言，它们代表了一种既

---

① 　巴勃罗·聂鲁达:《全集》第一卷，第1157页。

严格又简洁的诗歌形式的成就，这是对此前几个阶段的总结。这些作品很美。就人性的观点而言，它们是我们宠爱的书籍，但以不同的方式，重复着我们已经探讨过的标准。对了解诗人的生平及其个人心理特征，它们也是至关重要的。然而这并非我们的主题。请您耐心等待吧，已经是结束这篇介绍的时候了。

1973年8月于塞尔塞蒂利亚

聂鲁达生平年表

1904　出生于智利帕拉尔。（7月12日）

1910　进入特木科中学。

1915　写了第一首诗，献给继母。

1917　第一次发表文章。

1920　结识加夫列拉·米斯特拉尔。确定以巴勃罗·聂鲁达
　　　为笔名进行创作。中学毕业。

1921　来到圣地亚哥，进入大学学习。诗歌《节日之歌》获
　　　得智利学生联合会主办的诗歌比赛一等奖。

1923　第一本诗集《晚霞》在圣地亚哥出版。

1924　《二十首情诗和一支绝望的歌》在圣地亚哥出版。

1926　发表《奇男子的尝试》《戒指》和《居民及其希望》。

1927　任驻仰光领事。

1930　在爪哇同玛丽亚·安东涅塔·哈格纳尔结婚。

1931　结束在东方的领事生涯。

1932　回到智利。

1933　《热情的投石手》《大地上的居所（1925—1931）》在圣地
　　　亚哥出版。任驻布宜诺斯艾利斯领事。结识加西亚·洛
　　　尔卡。

1934　任驻巴塞罗那领事。由加西亚·洛尔卡介绍，在马德
　　　里大学举行诗歌朗诵会，并做演讲。认识黛丽娅·德

尔·卡里尔。

1935　任驻马德里领事。西班牙出版《西班牙诗人向巴勃罗·聂鲁达致敬》。《大地上的居所（1925—1935）》在西班牙出版。

1936　西班牙内战爆发，开始写作《西班牙在心中》。被免去驻马德里领事一职。同第一任妻子分居。同黛丽娅结合。

1937　在法国成立支援西班牙委员会。回到智利。《西班牙在心中》在圣地亚哥出版。

1939　任智利驻巴黎负责处理西班牙移民事务的领事。部分西班牙流亡者乘坐"温尼伯号"离开欧洲，到智利生活。《愤怒与痛苦》在圣地亚哥出版。

1940　《巴勃罗·聂鲁达的诗歌与风格》在布宜诺斯艾利斯出版。任智利驻墨西哥总领事。

1943　领事生涯结束。《智利漫歌：片段》在墨西哥城出版。

1945　被选为参议员。获国家文学奖。

1946　认识玛蒂尔德·乌鲁蒂亚。

1947　《第三居所（1935—1945）》在布宜诺斯艾利斯出版。

1948　在参议院发表演说《我控诉》。被智利最高法院剥夺议员特权，遭全国通缉。

1949　翻越安第斯山，逃出智利，开始海外流亡。

1950　《漫歌》在墨西哥城出版。

1952　《船长的诗》在意大利匿名出版。流亡结束，回到智利。

1954　《葡萄和风》在圣地亚哥出版。庆祝五十诞辰。《元素的颂歌》在布宜诺斯艾利斯出版。将藏书和贝壳等其他收藏品赠予智利大学。

1955　同黛丽娅分手，和玛蒂尔德搬进"拉恰斯高纳"。

1957　《颂歌第三卷》在布宜诺斯艾利斯出版。同年在同一出版社出版《全集》，1968年出版两卷本，1973年出版三卷本。

1958　《遐想集》在布宜诺斯艾利斯出版。

1959　《出海与返航》在布宜诺斯艾利斯出版。《爱情十四行诗一百首》在圣地亚哥出版。

1960　《伟业之歌》在古巴"美洲之家"出版。

1961　《二十首情诗和一支绝望的歌》出版第一百万册。《智利的岩石》在布宜诺斯艾利斯出版。在同一家出版社出版《礼仪之歌》。

1962　《全权》在布宜诺斯艾利斯出版。

1964　庆祝六十寿辰。诗体回忆录《黑岛纪事》在布宜诺斯艾利斯出版。玛加丽塔·阿吉雷为聂鲁达所写传记出版。

1965　获牛津大学哲学与文学荣誉博士学位。

1966　同玛蒂尔德办理法定结婚手续。《鸟的艺术》在圣地亚哥出版。《沙滩上的家》在巴塞罗那出版。出席在纽约举行的国际笔会俱乐部会议。

1967　戏剧《华金·穆列塔的光辉与死亡：1853年7月23日在加利福尼亚被不公正处决的强盗》在圣地亚哥出版。《船歌》在布宜诺斯艾利斯出版。

1968　《白昼之手》在布宜诺斯艾利斯出版。获美国文学艺术学院名誉院士称号。

1969　《世界末日》和《依然》在圣地亚哥出版。获智利天主
教大学荣誉博士。被提名为总统候选人。

1970　《海啸》在圣地亚哥出版。《燃烧的剑》和《天空的石头》
在布宜诺斯艾利斯出版。

1971　任驻法国大使。获诺贝尔文学奖（10月21日）。

1972　《无用地理学》在布宜诺斯艾利斯出版。《孤独的玫瑰》
在巴黎出版。

1973　《处死尼克松和赞美智利革命》在布宜诺斯艾利斯出
版。于9月23日在圣地亚哥逝世。

　　聂鲁达的遗著《海与钟》《冬天的花园》《2000年》《黄色
的心》《疑问之书》《挽歌》《挑眼集》于1973年至1974年出版。
这七本诗集写于诗人生前最后几年，他本想在七十岁生日时
一齐出版，作为献给智利人民的礼物。此外，他的遗著还有
1974年出版的回忆录《回首话沧桑》、1975年出版的《爱情书
信集》、1978年出版的散文集《我命该出世》、1980年出版的
青年时期诗文集《看不见的河流》、1996年出版的《特木科笔
记》和2004年出版的《我用作品回应（1932—1959）》等。

　　聂鲁达和玛蒂尔德的遗体于1992年一同迁回黑岛安葬。

　　（以上根据聂鲁达基金会官方网站所辑译出）

后　记

　　自中华人民共和国成立以来，聂鲁达是在我国传播最广、对诗歌界影响最大的外国诗人之一，也是笔者译介最多的诗人之一。1985年，江苏人民出版社出版了我和陈光孚先生合译的《拉丁美洲抒情诗选》，聂鲁达当然是其中重点介绍的诗人。1986年，严阵先生主编的《诗歌报》刊登了我译的《诗歌不会徒劳地歌唱》（聂鲁达在瑞典学院的获奖演说）。1987年，北京大学出版社出的《诺贝尔文学奖获奖作家谈创作》，收录了我译的聂鲁达的文章。1988年，云南人民出版社出了我编译的《拉丁美洲历代名家诗选》；1995年出版了我和张广森先生合译的《漫歌》；1996年出版了我译的《拉丁美洲诗选》。2001年，南海出版公司出版了我译的《马丘比丘高度》。2002年，北京大学出版社出版了拙作《西班牙与西班牙语美洲诗歌导论》。2004年，为了纪念聂鲁达百年诞辰，我与滕威合作，在世纪出版集团出版了《山岩上的肖像：聂鲁达的爱情·诗·革命》。2007年，台北爱诗社约我翻译出版了《二十首情诗和一支绝望的歌》。2008年，花城出版社约我在"世界文学大师纪念文库"中主编《聂鲁达集》：该书三分之一是诗作，三分之一是回忆录，三分之一是他人的评论。2008年7

月16日，我在《人民日报》文艺版上发表了《真爱之歌：为纪念聂鲁达诞辰104周年而作》。

2011年，我有幸去智利做学术访问，参观了聂鲁达的三所故居，并向他们赠送了聂鲁达诗歌的汉译本。他们不仅派专人陪同我参观，还向我开放了不向公众展示的部分。在圣地亚哥参观诗人故居时，聂鲁达基金会执行主席亲自为我讲解，并赠送了《聂鲁达诗歌奖获奖作品选》。2015年8月，为了纪念反法西斯战争胜利70周年，我在作家出版社出版了一本译著——反法西斯诗选，用的就是聂鲁达一部诗集的书名《西班牙在心中》，聂鲁达当然是主要作者之一。2021年12月，南海出版公司出版了我和已故张广森教授合译的《漫歌》。

多年来，我一直想编译一本《聂鲁达诗选》，但是由于版权问题难以解决，一直未能如愿。今年9月23日，是聂鲁达逝世50周年，这是一个值得纪念的日子，也标志着他的作品即将进入公版期。想到此，便和人民文学出版社协商，得到了他们的全力支持。这对我是莫大的鼓舞，因为他们是国内最早介绍聂鲁达的出版社。

聂鲁达的诗集有几十部，译者并没有通读过，更没有进行过全面深入的研究，只是从他不同时期的诗作中选译了自认为是具有代表性的作品；希望通过这部诗选，使人们对聂鲁达的诗歌创作和心路历程有一个较为准确、全面的认识，并从中吸收有益的启迪和借鉴。由于水平和时间所限，在编选和翻译过程中，难免疏漏和谬误，敬请同行和读者们批评指正。

赵振江

2023 年 3 月 24 日

于蓝旗营五牛斋